미 야 베   미 유 키   단편집

홀로
남겨져

옮긴이 **박도영**

성균관 대학교에서 동양 철학을, 미국 일리노이 대학원에서 일본사를 공부했다. 현재 일본
오사카 학원 대학 전임 강사로 근무하고 있으며, 일본 문화를 어떻게 우리말로 전달하면 좋
을지 언제나 고심하고 있다.

TORINOKOSARETE
by MIYABE Miyuki
Copyright © 1992 MIYABE Miyuki
All right reserved.

Originally published in Japan by BUNGEI SHUNJU LTD., Tokyo.
Korean translation rights arranged with OSAWA OFFICE, Japan
through THE SAKAI AGENCY and SHINWON AGENCY CO.

이 책의 한국어판 저작권은 THE SAKAI AGENCY와 신원 에이전시를 통해
MIYABE Miyuki와의 독점계약으로 도서출판 북스피어에 있습니다.
저작권법에 의해 한국 내에서 보호를 받는 저작물이므로 무단전재와 무단복제를 금합니다.

* 이 도서의 국립중앙도서관 출판시도서목록(CIP)은 e-CIP 홈페이지(http://www.nl.go.kr/cip.php)에
서 이용하실 수 있습니다.(제어번호: CIP2011001761)

Miyabe
World

미야베 미유키 단편집

홀로
남겨져

미야베 미유키 지음
박 도 영 옮김

북스토

차 례

★

★

★

홀 로

남 겨 져

1

1

처음엔 발소리만 들렸다. 모습이 눈에 들어오기까지는 상당히 긴 시간이 걸렸다.

그 발소리도, 처음에는 멀리서 들려왔다. 학생들이 돌아가고 아무도 남지 않은 긴 복도에, 높은 천장에 작고 아련히 울려 퍼지는 발소리. 텅 빈 건물 안에서는 작은 소리가 의외로 멀리까지 들린다.

언젠가 조용한 학교에 혼자 남아 단체 검진 기록을 정리하고 있다가 어디선가 들려오는 딱딱이 소리에 온통 신경이 쏠린 적이 있었다. 어렸을 때 굉장히 유행했던 장난감. 지금 아이들이 그딴 것을 가지고 놀 리가 없어, 어딘가 다른 곳에서 나는 소리겠지, 그렇게 생각했다. 하지만 몇 번을 들어 봐도 딱딱이가 분명하다. 소리는 때때로 멈췄다 다시 들렸다가 하며 계속 들려왔다.

신경에 거슬려서라기보다는 정말로 딱딱이 소리인지 확인해 보고 싶다는 실없는 호기심을 이기지 못해, 바보 같다고 생각하면서도 양호실을 나서서 학교 안을 구석구석 살펴보았다. 그러다가 뒤뜰 구석에서 딱딱이를 열심히 부딪치며 놀고 있는 4학년 남자아이 둘을 발견했다.

"별일이네. 집에 있던 걸 가지고 왔니?"

"예, 엄마가 옛날 물건을 정리할 때 나왔어요. 선생님, 이거 이렇게 가지고 노는 것 맞죠?"

끈 양쪽에 두 개의 플라스틱 공이 달려 있을 뿐인 너무나 단순한 장난감. 하지만 이 단순함에 많은 사람들이 빠져들었던 적도 있었다. 나도 그중 하나였고.

"선생님, 저희가 여기 있는지 어떻게 아셨어요?"

"소리가 들리기에 어디서 나는 소리인가 따라와 봤지."

"와아, 양호실까지 들리는구나. 대단하다."

"이거 보니 옛날 생각 난다."

"한번 해 보실래요? 어떻게 하는지 보여 주세요, 선생님."

잠시나마 십여 년 전의 자신으로 되돌아간 기분이 되어 아이들과 어울려 놀았다.

"잊지 않고 다시 꺼내 줘서 이 장난감도 기뻐할 거야."

한 아이가 그렇게 말하자 다른 아이가 웃었다.

"선생님한테도 이런 장난감을 갖고 놀던 때가 있었다니 왠지 못 믿겠어요."

"글쎄 말이다. 내가 생각해도 신기하네."

내가 양호실로 돌아온 후에도 아이들은 놀이를 계속했다.

딱딱딱딱. 마치 과거에서 찾아온 갈 길 바쁜 전령이 발뒤축을 동동거리는 소리 같다.

어서 문을 열어. 기억해 내. 쭉 기다리고 있었단 말이야.

그 발소리도 마찬가지였다.

처음 눈치 챘을 때도 혼자 남아 일을 하고 있었다. 가을에 있을 단체 독감 예방 접종과 관련해 월말에 학부모 설명회가 있기 때문에 자료를 준비해야 했다.

나는 회의실에 있었다. 산더미 같은 자료들을 스무 부씩 복사해서 널찍한 책상에 늘어놓은 후 순서대로 스테이플러로 찍어 철했다. 단순한 작업이기 때문에 머리를 쓸 필요가 없었다. 그래서 머릿속으로는 다른 생각을 하고 있었다.

사람을 죽일 수 있으면 얼마나 좋을까, 하고.

죽이고 싶은 사람이 한 명 있다. 젊은 여자다. 나보다 훨씬 어리다. 하지만 운전면허를 따지 못할 정도로 어리지도, 차로 사람을 죽이지 못할 정도로 어리지도 않다. 사고를 일으켰을 때 그녀의 나이는 열여덟 하고 삼 개월이었으니까.

그녀 때문에 죽은 사람은 나의 약혼자였다. 결혼식을 한 달 앞두고, 일방통행 표지를 무시한 채 내달린 그녀의 차에 그대로 부딪히고 말았다.

그곳은 T자형 길로, 그는 사이드 미러를 살피면서 천천히 차를 움직이려던 참이었다. 그에게는 익숙한 길이었다. 어느 쪽 길에서도 우회전만 가능한 일방통행이었으므로 오른쪽에서 차가 오리라고는 생각지 못했다. 그런데 그녀의 차가 오른쪽에서 달려와 부딪친 것이다.

순식간에 일어난 충돌이었기 때문에 고통 없이 죽음을 맞았을 거라고 의사가 위로 섞인 말을 해 주었다. 억세게 운이 없었다고 경찰관이 괴로운 얼굴을 했다. 나중에야 알게 된 일이지만, 그때 경찰관이 그렇게 불쌍하다는 듯한 표정을 지은 이유는 사건이 어떻게 처리될지 이미 알고 있었기 때문이다.

열여덟 하고 삼 개월의 그녀는 별다른 처벌을 받지 않았다. 처음에는 법이 그녀를 엄중하게 처벌이라도 할 듯한 시늉을 했지만 그건 단지 형식에 지나지 않았다. 그녀가 미성년자이기 때문에, 면허를 딴 지 한 달 반밖에 되지 않았기 때문에, 일방통행을 무시했어도, 제한 속도 십 킬로미터의 어린이 보호 구역에서 사십 킬로미터로 내달렸어도 아무도 뭐라 할 수 없었다.

사람을 죽였는데도 아무도 뭐라 하지 않았다.

마지막까지 그녀는 나에게 미안하다는 말 한마디 없었다. 그냥 파리한 얼굴을 하고서는 점잖게 생긴 자기 아버지 품에 기대어 아무 말도 하지 않았다. 장례식에도 오지 않았고, 만날 때는 언제나 변호사와 아버지의 그늘에 숨어 있었다. 예쁘장하게 화장하고, 매니큐어도 칠하고, 옷차림도 완벽할 정도로 단정했다. 때때로 눈물을 훔칠 때 꺼내드는 손수건의 색깔도 블라우스에 어울리게 맞춘 것이었고 스타킹은 줄 하나 나가 있지 않았다.

약혼자의 부모가 가해자 측과 합의했기에 나로서는 더 이상 어떻게 할 수 없었다. 몸부림치는 것도 오열하는 것도 남들 앞에서는 할 수 없었다. 그런 행동을 해 봐야 남겨진 유족들을 더 슬프게 만들 뿐이라는 얘기를 들었기 때문이다.

나에게도 약간의 위자료라는 것이 쥐어졌다. 정말 내키지 않았지만 일단은 받아 두기로 했다. 그러나 그런 돈을 받았다 해도 아무 의미도 느낄 수 없었고, 그런 돈에 얽매이고 싶지도 않았다. 그래서 그 돈을 교통사고로 고아가 된 아이들을 위한 기금에 모두 기부한 뒤에 내 나름대로 매듭을 지으리라 마음먹었다.

한마디라도 좋으니, 사과를 받고 싶었다. 두 번 다시 그러지 않겠노라고 빌게 만들고 싶었다. 그의 목숨과 나의 미래를 돈으로 대신했다고, 그렇게 생각하도록 내버려둘 것 같아? 단지 그것뿐이었다.

나는 그녀를 쫓아다녔다. 대학으로, 집으로, 아르바이트하는 곳으로 따라다니며 그녀가 자신이 저지른 죄의 무거움을 깨달을 때까지 내 모습을 보여 주고자 했다.

기겁을 한 그녀는 경찰을 부르겠다며 내게 겁을 주기도 하고, 누군가와 같이 있을 때는 그 사람의 어깨에 매달려 울면서 나를 "미친년"이라고 부르기도 했다.

나는 무슨 일을 당하든 상관없었기에 꿈쩍하지 않았다. 더 이상 부서질 것도, 잃을 것도 남아 있지 않았기 때문이다.

어느 날 변호사가 나를 불러 서류를 한 장 보여 주었다. 내 쪽의 변호사였다. 그는 사뭇 심각한 표정으로 말했다.

"심정을 이해 못하는 건 아니지만, 이 일로 상대방을 괴롭히거나, 사고에 대해 얘기를 꺼내거나, 상대방을 부당하게 비난하지 않기로 합의하셨잖습니까."

"그런 합의는 한 적 없어요."

"여기에 서명도 하셨잖아요. 보세요, 당신 자필입니다."

"그런 게 무슨 의미가 있죠?"

"이러시면 안 됩니다. 법으로 정해져 있어요. 누가 당신을 속여서 서명하게 한 것도 아니고요."

"바로 그 법이 그 여자를 처벌해 주지 않았잖아요. 그런 게 무슨 법이에요?"

"그 여자는 미성년자입니다. 아직 어린애예요. 당신은 어른이잖습니까. 부디 이성적으로 행동하시기 바랍니다."

"어린애는 차를 몰다 사람을 죽여도 법으로 처벌 못한다는 말인가요?"

변호사는 고개를 가로저으며 이렇게 말했다.

"그 사람은 이미 충분히 벌을 받았습니다. 아무리 과실이었다 해도 사람을 죽였다는 사실을 평생 떠안고 살아가지 않으면 안 되니까요."

가족들은 나를 병원에 데리고 갔다. 의사는 약을 주었고 진료를 했다기보다는 이야기 상대가 되어 주었다. 나는 직장을 그만두었다. 가족들은 나를 이곳저곳 여행에 데려가기도 했다. 시간이 어느 정도 지나자 나는 다시 웃음을 지을 수 있었고, 밥도 먹고, 밤에 잠도 잘 수 있게 되었다. 모두들 그런 나를 보고 다시 새 출발을 할 수 있겠다며 기뻐했다.

그때는 정말 그랬는지도 모른다. 그렇게 증오의 에너지를 불태우다 보면 누구든 활활 타오르다 금세 지쳐 어느 정도 식게 마련이다. 나는 자주 울었지만, 울 때마다 몸속에서 무언가가 빠져나가는 걸 느끼곤 했다. 처음에는 밤새 울었다. 그 후에는 네 시간 정도 지나 눈물이 말랐다. 그다음에는 두 시간 정도 지나면 얼굴을 씻곤 했다. 드디어 눈물을 참을 수 있게 되었을 때 나는 희미한 안개 속을 빠져나와 제대로 된 생활을 해야겠다고 결심했다.

이사를 했고, 아는 사람이 소개해 주어 이 학교에 양호 교사로 취직할 수 있었다. 임신 때문에 휴직한 교사를 대신하는 임시직이었지만, 새 출발의 첫걸음으로서는 이편이 적당하다는 생각이 들었다. 아이들을 좋아하는데다 이 일 또한 싫지 않았다.

올해 여름이 끝나갈 즈음에는 머리를 똑바로 들고 사고의 기억을 되뇔 수 있게 되었다.

그래서 자신을 한번 시험해 보기로 했다. 한 번만 더, 한 번만 더 그녀를 만나러 가자. 냉정하게 흐트러짐 없이, 내가 얼마나 슬픔에 빠져 있었는가, 얼마나 그녀를 증오했는가, 그 한마디만 해 주고 오자. 그걸로 모든 것을 끝내자. 그렇게 할 수 있는지 나 자신을 시험해 보자. 틀림없이 할 수 있어. 그렇게 믿었다.

구월 중순, 드디어 선선한 바람이 불어오기 시작한 어느 주말의 일이었다.

내가 갔을 때, 그녀는 자신의 집 차고 앞에 서 있었다. 차고 앞에. 화려한 색깔의 트레이닝 복을 입고, 짧게 자른 청바지 밑으로 보기 좋게 그을린 다리를 드러낸 채 세차를 하고 있었다.

그녀의 차는 아니다. 수리를 할 수 없을 정도로 부서져 폐차를 했다고 들었으니까. 그 차는 그녀를 대신해 죽은 거나 마찬가지였다.

아마도 가족의 차겠지. 그녀는 세차를 하고 있었다. 청바지 주머니에 워크맨을 꽂고 귀 아래로 헤드폰 줄을 늘어뜨린 채 그녀에게 만 들리는 음악에 맞춰 몸을 흔들면서 콧노래를 부르며 차에 물을 뿌리고 있었다.

나는 몸을 돌려 자리를 떴다. 숨을 쉴 수가 없었다. 하지만 발걸음은 점점 빨라져, 정신을 차렸을 때 나는 낯선 거리에 서 있었다.

역시 안 돼. 그렇게 생각했다.

그녀는 햇볕에 그을려 있었다. 콧노래를 부르고 있었다. 두 번 다시 선탠 같은 건 못하게 만들어 주고 싶다. 두 번 다시 음악에 맞춰 몸을 흔드는 짓 따위 못하게 하고 싶다.

죽여 버리고 싶어. 처음으로 그렇게 생각했다.

그때부터 이중생활이 시작되었다. 내 안에는 지극히 평범한 인간으로 살아가는 시간과 복잡한 살인 계획이 머릿속에 꽉 차 있는 시간이 균등하게 공존하고 있었다. 한쪽이 다른 한쪽의 에너지가 되기도 하고, 다른 한쪽이 또 다른 한쪽의 안전핀 역할을 하기도 했다.

실제로 내가 살인을 할 수 있을 것 같지는 않았다.

죽여 버리면 얼마나 기분이 개운해질까 상상하면서도 행동으로 옮기지는 못했다. 한밤중에 홀로 어두운 천장을 쳐다보고 있노라면 그녀의 목을 면도날로 확 그어 버리거나 그녀를 옥상에서 밀어 버리는 일쯤은 손쉽게 해낼 수 있을 것 같았다. 하지만 밤하늘이 하얗게 밝아 오기 시작함과 동시에, 나를 달구던 어둠의 에너지는 떠오르는 태양 앞에 깜박이는 별이 사그라지듯 없어져 버리고 말았다. 아마도 낮 시간에는 밤이 숨어 있는 곳으로 따라가 어둠 속에서 같이 잠이라도 자는 모양이다.

왜 죽이지 못하는 걸까? 대낮의 밝은 빛 아래에서는 언제나 그 생각만 했다. 죽여 버리면 정말 좋을 텐데 말이야.

가족이나 친구들이 슬퍼할까 봐 걱정되어서도, 체포될까 봐 두려워서도 아니다. 그냥 분할 뿐이다. 그녀를 죽이면 이번에는 내가 가해자가 된다. 그녀와 마찬가지로 너절한 살인자가 되는 것이다. 그녀와 같은 위치로 추락해야 한다는 것이 너무나도 분해 견딜 수 없었다. 뉴스에서 존칭 없이 이름만 불리고 얼굴 사진이 뜨면 손가락질 당하며 '무서운 여자'라고 조롱받게 된다. 그 누구도 내 심정 따위는 알아 주지 않는다. 지금 내가 누리고 있는 안락한 삶을 등지고 남들에게 비난받는 가해자가 되지 않는 한 복수를 할 수 있는 방법이 없다니, 얼마나 불공평한 일이란 말인가.

그래서 절대로 실행에 옮기지 못할 살인 계획은 더더욱 교묘해지고 잔혹해져 갔다. 마음속에 쌓여 가는 증오는 내 체중보다도 더 무겁게, 마치 블랙홀처럼 나 홀로 지새우는 밤 속에 존재하는 모든 검은 것들을 흡수하여 나날이 시퍼렇게 날이 서 가는 듯했다.

그럴 때 그 아이의 발소리를 들었다.

2

소리는 멀리서부터 가까이 다가왔다.

어린아이를 키우는 부모나 아이를 가르치는 선생이라면 금방 알 수 있다. 부드러운 운동화의 고무바닥이 바닥에 닿을 때 나는 소리. 가볍고 리듬감 있게 깡충 걸음으로 계단을 내려와서 복도를 달린다.

이 학교 건물은 세워진 지 이십오 년이나 됐다. 바닥에는 나무판자가 깔려 있고 천장은 높기 때문에 발소리가 쉬이 울린다.

오래된 건물이라 배관이 낡아서 화장실이나 세면장에서는 언제나 물이 샌다. 도내에 있는 학교들은 보통 좁은 부지를 최대한 넓게, 교정을 될 수 있는 한 넉넉히 쓰기 위해 건물은 사 층 정도로 짓고 체육관과 실내 수영장을 옥상에 올려놓는데, 이곳은 체육관도 수영장도 교사와 떨어진 곳에 따로 지어져 있다. 체육관 벽에는 '위험하므로 공을 천장에 닿게 던지지 마시오'라는 경고문이 붙어 있어 참관일에 학교에 온 학부모들이 보고 쓴웃음을 짓기도 한다. 방화용수를 겸해 연중 물을 빼지 않는 야외 수영장의 수면은 지금 같은 계절이면 가을바람에 떨어져 내린 은행잎들로 뒤덮여 버린다.

이렇게 낡은 학교의 긴 복도를 달리는, 한 아이의 작은 발소리.

처음엔 일을 하느라 흘려들었다. 귀 기울여 들었다고 해도 그저 남아 있는 학생이라 여겼을 것이다.

신경이 쓰이기 시작한 것은 발소리가 언제나 내가 있는 양호실 가까이까지 와서 딱 멈춰 버린다는 사실을 알고 나서였다. 볼일이 있다면 문을 열고 말을 걸어왔을 텐데. 양호실은 아이들에게는 일종의 피난처 같은 곳이기 때문에 양호 선생이 무서워서 못 들어오는 아이들은 없게 마련이다.

이상하게 여기는 사이 발소리는 언제부터인가 문 앞까지 다가오게 되었다.

게다가 항상 같은 코스로 달려 다가온다. 계단을 내려와 마지막 단을 남겨 두고는 폴짝 뛴 후 복도를 오른쪽으로 꺾어 양호실까지 쭉 달려온다. 콩콩콩, 탕탕탕.

그러고는 거기에서 딱 멈춰 선다.

어느 날 발소리가 문 앞에서 멈춰 서자, 결국 나는 의자에서 일어나 천천히 문을 열어 보았다. 갑자기 열면 복도에 있을 소심한 누군가가 깜짝 놀랄지도 모르니까.

하지만 문밖에는 아무도 없었다. 좌우로 뻗은 복도의 나무 바닥 위를 시월 말의 가느다란 햇빛만이 비추고 있을 뿐. 교정에서는 아이들이 피구라도 하는지 간간히 환성이 들려올 뿐이다.

"누구니?" 하고 불러 봐도 대답이 없었다.

그 소리가 다시 들린 건 수업이 한창인 때였다. 평일 오전, 나는 하얀 커튼 건너편에 두통으로 누워 있는 6학년 여자아이와 함께 있었다.

발소리는 계단을 내려왔다. 타닥 소리를 내며 복도로 뛰어내린 후 방향을 바꾼다. 운동화 고무 밑창이 끽끽대는 소리를 낸다.

가까이 다가온다. 씩씩한 발걸음. 나는 살그머니 의자에서 일어나 복도로 나서 건너편에 있는 체육 준비실의 문 뒤쪽으로 몸을 숨겼다. 약간은 어린애가 된 기분으로, 이렇게 문 뒤편에 숨어서 기다리다가 발소리를 내며 다가오는 아이를 깜짝 놀라게 해 줄 심산이었다.

오 센티미터 정도 벌어진 틈 사이로 복도 쪽을 계속 바라보았다.

발소리가 점점 가까워진다. 자박, 자박, 자박. 슬슬 아이의 그림자가 보일 때가 됐는데.

하지만 아무도 없었다. 아무도 오질 않았다.

그리고 발소리는 멈추었다. 바로 양호실 앞에서.

문을 조금 더 열고 복도 쪽으로 머리를 내밀어 살펴보았다. 아이는 없었다. 틀림없이 발소리가 가까운 곳에서 멈추었는데 누구의 모습도 보이지 않았다.

체육 준비실에서 나와 주위를 둘러보았다. 복도의 이쪽 끝에서 저쪽 끝까지도 가 보고 이층으로 이어진 계단 아래에서 위쪽을 둘러보기도 했다.

아무도 없었다.

고개를 갸우뚱거리며 양호실로 되돌아왔다. 침대 위에 웅크리고 누워 있는 여자아이의 상태를 살피려고 다가갔더니 두 눈을 동그랗게 뜬 채 깨어 있다.

"좀 어떠니?"

"많이 좋아졌어요, 선생님."

고개를 끄덕이던 나는 문득 생각이 나서 물어보았다.

"그런데, 혹시 방금 복도 쪽에서 발소리가 들리지 않았니?"

여자아이는 고개를 가로저었다.

"아니요, 아무 소리도 못 들었는데요."

"그래……?"

하지만 아무리 생각해도 환청을 들은 것 같지는 않았다. 개운찮은 기분을 못 이겨 한 번 더 문을 열고 오른손으로 문고리를 쥔 채 복도를 내다보았다. 그 순간 왼손 안에 작은 손이 잽싸게 미끄러져 들어왔다. 차가운 손가락, 나긋나긋하고 부드러운 손바닥. 그 손이 내 손을 살짝 쥐고선 곧 빠져나갔다.

깜짝 놀라 내려다보자 다시 발소리가 들렸다. 마치 옆에 있던 아이가 "선생님, 안녕"이라고 외치며 뛰어나가듯, 교정으로 이어진 복도 쪽으로 가벼운 발소리가 멀어져 갔다.

아무것도 보이지 않는데.

나는 서둘러 발소리를 쫓아갔다. 어른 발걸음이면 충분히 따라 잡을 수 있으리라 여겼지만, 모퉁이를 돌아 교정으로 나가는 유리 문 앞까지 가 봐도 어린애 운동화의 끝자락조차 보이지 않았다.

가슴이 두근거렸다. 오랜만에 느껴 보는 기분이다. 내 심장이 감정에 반응하여 고동치는 일은 더 이상 없을 거라 생각했는데.

그곳은 고학년 아이들의 신발장이 가지런히 놓여 있는 작은 홀이었다. 나는 숨바꼭질하는 아이를 찾듯 신발장 사이를 기웃거리며 걸어 들어갔다.

"누구니? 그만하고 나오렴."

허공을 향해 말을 거는 순간 등 뒤에서 누군가가 킥킥 웃었다. 목구멍을 울리는 듯한, 아직 근육이 부드러운 어린아이만이 낼 수 있는 웃음소리.

뒤돌아보자 저 멀리 떨어진 신발장의 그늘에 숨어 있는 한 아이의 얼굴이 보였다. 흠칫 놀랐지만 곧 안심이 되었다. 이런 장난꾸러기 같으니.

"너, 이 녀석."

손을 하얀 가운의 허리춤에 대고 아이를 슬쩍 흘겨보았다.

"지금은 수업중이야."

아이는 또 웃었다. 누군가가 턱 밑을 간질이기라도 하는 양 목을 움츠리고 눈을 가늘게 뜬 채, 정말로 재미있다는 듯이.

남자아이다. 귀여운 얼굴이었다. 조금 나온 광대뼈에 동글동글한 눈을 가지고 있었다. 3학년 정도일까.

머릿속에 아이의 목소리가 들려왔다.

"선생님, 이쪽으로 와 봐요."

나는 황급히 좌우를 둘러보았다. 아이는 아까부터 계속 웃고 있었다. 웃음소리는 들린다. 하지만 아이의 입술이 움직여 이쪽으로 오라고 말하는 듯 보이지는 않았다. 그런데도 말소리가 들려왔다. 누군가 다른 사람이라도 있나?

아니, 없다. 나와 이 아이, 단둘뿐이다.

남자아이 쪽으로 다시 시선을 돌렸을 때 아이는 신발장 그늘에서 나와 있었다. 깃이 커다란 하얀 셔츠와 검은 반바지를 입고 있다. 셔츠는 반소매였고 양말도 신지 않았다. 고무바닥이 하얀 운동화 뒤축을 꺾어 신어서 가냘픈 복사뼈와 발뒤꿈치가 그대로 보였다. 한 손으로도 쥘 수 있을 것 같은 가느다란 발목.

"얘."

내가 한 걸음 내딛자 아이는 살짝 뒤로 물러서며 또 킥킥 웃었다. 셔츠의 앞섶엔 학교 마크가 들어 있는 이름표가 있었다. 이름을 보려고 한 걸음 더 다가가자 아이는 몸을 획 돌려 신발장 그늘로 도망쳐 버렸다. 나는 쫓아갔다.

"얘, 어서 나와."

없다. 사라져 버렸다. 대신 목소리가 머릿속으로 울려 왔다.

"선생님, 같이 놀아요. 수영장 쪽으로 오세요."

나는 멍하니 서 있었다. 다시 가슴이 두근거리며 뛰기 시작했다. 삼층 음악실에서는 학생들이 〈저녁 하늘은 맑은데〉를 합창하는 소리가 들려왔다.

그날 오후에도, 그날 밤에도 내 머릿속에 남자아이의 목소리가 들려왔다. 모습도 보였다.

"선생님, 놀아요. 같이 놀아요. 수영장으로 와요. 재밌는 거 보여 줄 테니까."

꿈속에서 그 목소리가 들려 몇 번이나 잠에서 깼다.

다음 날 아침에 일어나 출근 준비를 하고 있을 때도 아이가 날 부르는 것 같은 감각은 사라지지 않았다. 누군가의 손에 이끌리는 듯한 느낌까지 들어 도무지 마음을 진정시킬 수가 없었다.

결국 평소보다 한 시간 일찍 출근해 버렸다. 아직 학생들은 물론 교사들도 없어, 학교는 잠이라도 자는 듯 조용했다.

정문을 지나면 오른쪽이 야외 수영장, 왼쪽이 교실이다. 늦가을 이른 아침 찬바람에 시린 손을 부여잡고 수영장으로 향했다. 그럴 생각은 아니었지만 정신이 들어 보니 어느새 그쪽으로 향하고 있었다.

야외 수영장의 물 깊이는 딱 내 가슴까지 잠길 정도다. 여름이 아닐 때는 만에 하나 학생이 물에 빠지지 않게 펜스를 단단히 잠그고 출입구에는 블록을 쌓아 놓는다.

나는 녹슨 펜스 철망에 손가락을 걸고 수영장 안쪽을 들여다보았다. 낙엽과 고인 물 냄새가 섞인 찬바람이 불어왔다.

그곳에 그 아이가 있었다.

풀 사이드의 건너편에 어제와 같은 차림으로, 하지만 추운 기색하나 없이 생글생글 웃고 있다. 운동화의 뒤축을 꺾어 신은 채 양손을 주머니에 넣고 있었다.

"선생님, 수영장."

나는 눈을 몇 번 깜빡이고는 고개를 힘껏 흔들었다. 눈을 뜨자남자아이의 모습은 사라지고 없었다.

하긴, 남자아이가 안에 들어가 있을 리가 있나. 블록이 단단하게쌓여 있는데다 누가 움직인 흔적도 없었다. 펜스 철망도 오래되긴했지만 상당히 높다.

나는 이마에 손을 얹고 크게 한숨을 쉬었다. 정신이 어떻게 된 거아닌가 싶었다. 눈을 감았다 다시 뜨고 쓸쓸하게 웃으며 교사로 향하려 했을 때 뭔가 하얀 물체가 수면 위로 솟아 있는 모습이 눈에띄었다.

수면을 뒤덮은 누렇게 빛바랜 낙엽들 사이로 사람의 종아리 부분이 위를 향한 채, 무슨 기분 나쁜 장난을 치려고 준비한 소도구인 양 두둥실 떠서, 불어오는 바람에 출렁이는 물결과 함께 천천히흔들리고 있었다—.

3

경찰은 참으로 야단스럽게 들이닥쳤다.

학교는 즉시 폐쇄되었고, 연락을 제때 받지 못한 채 등교한 학생들은 경찰의 보호 아래 집으로 돌아갔다. 남아서 사건을 처리해야만 하는 어른들도 누군가 집에 데려다 줬으면 하는 얼굴을 하고 있었다.

학교 관계자들 중에 가장 철저하게 조사받은 사람은 당연히 나였다. 시체를 가장 먼저 발견한 사람이라는 훈장이 내 심장에 매달려 있었다. 무겁고 숨 쉬기 힘들어서, 괴로웠다.

제일 먼저 만난 형사 두 사람 중 한 사람은 경시청 사람 같았고, 다른 한 사람은 관할 경찰서 사람이었다. 두 사람 모두 매서운 눈을 하고 있었지만 친절해 보였고 의외로 정중하게 말을 걸어 주었다. 주로 질문한 사람은 경시청 사람이었지만, 내가 속이 울렁거려 세면장에 갔을 때 따라와 문밖에서 기다리고 있다가 손수건을 건네준 사람은 관할서 형사였다. 역할 분담이라도 하는 모양이다.

그들은 내가 오늘 아침 출근이 빨랐던 이유와 수영장 쪽으로 간 이유를 물었다. 나는 거짓말을 했다. 평소보다 이른 시간에 잠에서 깼기 때문에 일찍 출근해서 쌓인 일을 좀 처리하려고 생각했어요. 수영장 쪽으로 간 이유도, 학교에 도착해 보니 아침 공기가 상쾌해 기분이 좋기에 잠깐 교정을 산책할까 싶어서였고요.

형사들은 고개를 끄덕였다. 딱히 수상하게 여기는 표정은 보이지 않았다. 이 분야에서는 전문가일 테니 수상하게 여겨도 그런 표정을 직접적으로 얼굴에 드러내진 않겠지만.

나는 어제 있었던 일도, 풀 사이드에서 어린아이를 본 것도 일절 얘기하지 않기로 마음먹고 있었다. 나 자신부터 어린아이가 나타났다가 사라진 일을 믿을 수 없었기 때문이다.

그러나 우리 교사들이 학생들의 거짓말을 쉽게 알아채듯 형사들도 사람들의 거짓말을 금방 눈치 챘다.

"뭔가 감추고 계시죠?"

이렇게 물어오자 나는 그런 것 없습니다, 라고 대답하다가 말문이 막혀 버렸다.

입술을 깨문 채 어떻게 할까 궁리하는 동안 형사들은 입을 꾹 다물고 내 대답을 기다렸다. 나 역시 꾀병을 부리고 있는 학생들에게 같은 방법을 쓴다. 그게 얼마나 효과적인지는 나 자신이 겪어 봐서 잘 안다.

나는 눈을 들었다.

"사실은…… 풀 사이드에 아이가 있는 걸 봤어요."

거기까지만 얘기하기로 마음먹었다. 거기까지라면 그다지 이상한 얘기도 아니다. 깜짝 놀랄 만한 얘기기는 하지만 있을 수 없는 일도 아니다.

하지만 달갑지 않은 얘기였던 모양이다. 형사들의 무표정 뒤편에서 무언가가 움직였다. 펄럭이는 프로의 면모 뒤로, 아주 살짝이긴 하지만 아이를 가진 부모의 얼굴이 얼핏 드러났다.

"아이라고요?"

"예, 틀림없어요."

"이 학교 학생이었나요?"

"잘 모르겠어요. 하지만 본 적 없는 얼굴이었어요. 게다가……."

"게다가?"

나는 작심하고 말을 이었다.

"학교 마크를 달고 있었는데 우리 학교 마크는 아니었어요. 그러니까 우리 학교 학생은 아닐 거예요."

우리 학교의 마크는 벚꽃 문양 안에 제4초등학교를 뜻하는 四와 小 우리나라의 초등학교에 해당하는 학교를 일본에서는 소학교(小學校)라고 한다 두 글자가 들어가 있다. 그 애가 가슴에 달고 있던 마크는 우리 학교 것과는 달리, 동그란 원 안에 벚꽃 문양이 새겨져 있고 또 그 안에 뭔가 두 글자가 들어 있었다. 확실히 우리 학교 마크와는 달랐다.

"몇 학년쯤으로 보이던가요?"

"3학년이나 4학년 정도일 거예요."

옷차림이나 체격 등을 자세히 설명하자 형사는 꼼꼼히 메모했다.

"나중에 몽타주를 만들어야 할지도 모르니 그때도 협조 좀 부탁드리겠습니다."

나는 덜컥 겁이 났다.

"그 아이가 관련돼 있을까요?"

"모르죠. 하지만 할 수 있는 일은 다 해 봐야 하니까요."

형사는 그렇게 말하며 수영장 쪽을 돌아보았다.

"선생님이 시체를 발견하셨을 때 아이는 어디에 있었습니까?"

"그게…… 잘 모르겠어요. 저 역시 너무 놀란 터라. 다시 정신을 차렸을 때는 사라지고 없었어요."

형사는 미간을 찌푸렸다.

"한데 거기서 어떻게 빠져나오죠?"

그건 내가 묻고 싶었다. '빠져나간 게 아니라 사라졌다고요'라고 내뱉고 싶은 기분을 꾹 참고 대답했다.

"잘 모르겠어요. 하지만 들어갈 수 있으면 빠져나갈 수도 있겠죠. 아이들은 몸이 가벼우니까요."

삼십 분 정도 후에 풀려났지만 나는 다른 교사들과 함께 교무실에서 대기해야만 했다. 시체를 건져 올릴 테니 얼굴 확인을 해 달라는 요청을 받았기 때문이다. 학교 관계자들 중에 연락이 안 되는 사람이나 소재가 불분명한 사람은 없었지만 혹시나 학부모일 가능성도 있어서라고 했다.

얼굴이 어두운 거울이 되어 상대방의 불안한 표정을 비추고 있는 양, 우리는 하나같이 어두운 표정을 하고서 아무 말 없이 앉아 있었다. 때때로 전화가 울리기라도 하면, 모두 깜짝깜짝 놀라며 조금이라도 늦었다간 전화기가 폭발이라도 할 듯이 황급히 달려가 수화기를 들곤 했다. 전화는 학부모일 때도 있고 매스컴일 때도 있었다.

교정의 펜스 건너편으로 방송국의 중계차와 빨간 깃발을 세운 신문사 차량들이 세워져 있었다. 인근 주민들까지 모여들자, 마치 우리가 이 나라에 처음으로 수입된 진기한 동물이라도 된 기분이었다.

문득 그런 생각이 들었다. 내가 만일 그녀를 죽인다면 역시 이런 소동이 벌어지겠지, 라고.

눈을 감고 자신이 체포되는 광경을 떠올려 보았다. 아파트 바깥 계단에는 출입금지라고 쓰인 줄이 둘러질 테고, 쓰레기 버리는 곳에는 사람들이 모여들어 내 방의 창문을 올려다보며 그런 무서운 여자인 줄 짐작했다느니 어쨌다느니 하며 수군거리겠지.

이윽고 우리는 차례차례 불려 나갔다. 시체는 수영장 옆 사물함의 그늘에 뉘여 있었다. 우리가 다가가자 푸른 작업복을 입은 경관이 시체를 덮고 있던 검은 비닐 시트 끝을 들어 보였다.

여자였다. 감은 눈. 젖은 채 창백하게 굳어진 시체의 얼굴에서 나이를 짐작하기란 쉽지 않은 일이었지만, 나보다 훨씬 나이가 많다는 점은 알 수 있었다. 단정하게 슈트를 입고 있었다. 물을 먹어 반투명해진 블라우스의 앞섶으로는 흰 속옷의 레이스가 비쳐 보였다.

모르는 여자였다. 나는 말없이 고개를 가로저은 후 뒤로 물러섰다. 미안한 일이지만 그녀의 얼굴을 오랫동안 쳐다볼 수가 없었다.

수영장에서 교무실로 돌아오다가 바쁜 걸음으로 다가오는 두 명의 남자들과 마주쳤다. 또 형사들인가 싶어 지나치려는 찰나, 그중 한 사람, 이십 대 후반 정도의 젊은 남자가 내 얼굴을 보고 흠칫 놀라더니 멈춰 서려고 했다. 이상하게 생각하며 뒤돌아보니 남자가 동그랗게 커진 눈으로 나를 바라보고 있었다. 옆에 있던 남자가 팔꿈치로 쿡쿡 치며 재촉하자 다시 발걸음을 옮기면서도 어깨 너머로 나를 또 한 번 쳐다보았다.

아는 사람도 아니고 그렇게 놀라게 할 만한 일을 한 적도 없다. 그런데 왠지 모르게 어디선가 본 듯한 얼굴이다. 등줄기가 오싹해지는 기분이 들어 서둘러 교사 쪽으로 발걸음을 옮겼다.

제4초등학교 관계자들 가운데 그녀를 아는 사람은 없었다. 시체는 곧 학교에서 실려 나갔다. 이내 교내 수색이 시작되어 복도, 벽, 천장에 얼굴이 굳은 남자들의 발소리가 울리고 그들의 그림자가 어른거렸다. 이렇게 많은 어른들이 들이닥치는 데 익숙하지 않은 학교가 겁이라도 집어먹고 숨을 죽이고 있는 듯, 해가 높이 뜨고 하늘이 맑은데도 왠지 모를 어둠이 느껴졌다.

"수영장 청소는 누가 하죠?"

교사들 중 한 사람이 말했다. 아무도 답하는 이는 없었다.

여자의 신원과 그녀가 살해당했다는 사실이 점심 무렵에 밝혀졌다. 나는 그 이야기를 경찰서의 어느 방 안에서 전해 들었다.

이름은 이마자키 아키코. 43세. 시내의 초등학교 교사로 어젯밤부터 행방불명이 되어 근무하던 학교에서 난리가 나 있던 참이라고 한다.

"어젯밤 그쪽 학교에서는 전근하는 교사를 위한 송별회가 있었답니다. 이마자키 선생도 모임에 나갔다가 열한시쯤에 자리를 떴대요. 그런데 그대로 사라져 집으로 돌아오지 않았던 모양입니다."

그 학교와 우리 학교는 전철로 두 시간 이상 걸릴 정도로 떨어져 있다. 지리적인 연관 같은 건 전혀 없었다. 하지만 놀라운 것은 이마자키 아키코가 이십여 년 전에 우리 학교에서 교편을 잡은 적이 있었다는 사실이다.

지금 우리 학교에 있는 교사들 중 가장 고참인 사람도 이곳에 적을 둔 지 십여 년 정도밖에 되지 않는다. 그래서 그녀를 아는 사람이 아무도 없었다.

그녀의 남편 역시 교사로, 그녀와 같은 시기에 제4초등학교에서 가르쳤다. 두 사람은 여기서 만나 결혼했다.

남편의 이름은 이마자키 유키오, 53세. 그 역시 시내 초등학교에서 교감으로 재직하고 있다. 그 어떤 이름도(이마자키 아키코의 결혼 전 이름인 이토 아키코도) 나는 들어 본 적이 없었다. 다른 동료들도 마찬가지였다.

내가 경찰서에 불려 간 것은 풀 사이드에서 봤던 아이의 몽타주를 만들기 위해서였다. 지금은 모든 작업이 컴퓨터로 이뤄져 키를 누르면 다양한 얼굴 부분의 틀을 불러낼 수 있다. 담당 경찰관은 나에게 마음 편히 먹으라고 말해 주었지만 결코 유쾌한 작업은 아니었기에, 모든 일이 끝났을 때는 온몸의 근육이 뻣뻣해지는 느낌이 들었다.

경찰관의 훌륭한 솜씨 덕분에 아이 얼굴이 하나의 그림으로 완성되었다. 제4초등학교의 관계자 중에는 그 얼굴을 아는 사람이 없었다. 수렁에서 벗어난 기분이었다.

하지만 오후에 학교로 돌아왔을 때, 주위의 시선 속에 비난 어린 가시가 잔뜩 돋쳐 있음을 느낄 수 있었다. 아이들을 다루는 최전방에서 일하며 아이들에 대한 동화 같은 환상 따윈 남아 있지 않을 교사들에게도, 살인 사건에 어린아이와 초등학교가 연관되어 있을지도 모른다고 생각하는 건 견디기 힘들었던 모양이다. 그런 가능성을 상상하는 일조차도 교사로서 부도덕하다고 여기는 분위기였다.

'정말 아이를 보기는 한 거야?'

'그런 쓸데없는 얘기는 왜 해 가지고.'

말을 하진 않았지만 사람들의 눈빛이 그렇게 나를 비난하고 있었다.

언론에는 시체 옆에 아이가 있었다는 얘기를 덮어 두었다. 하지만 제4초등학교의 학부모들 사이에서는 살금살금 소문이 퍼져나가고 있는 듯했다. 교장이 나에게 던지는 눈빛은 바늘처럼 따가웠다. 내가 나쁜 병이라도 퍼뜨리는 사람인 양 노골적으로 피했다. 주위에 보는 눈만 없으면 나를 짓밟고 싶은 게 분명했다.

교내 수색은 여전히 계속되었다. 이마자키 아키코를 살해한 흉기를 찾고 있었다.

그녀는 흉기에 찔려 죽었다고 한다. 심장 아래를 단 한 방에. 나이프나 식칼이 아닌 가위 같은 것이라고 들었다. 학교 안에는 가위가 수도 없이 많은데 경찰은 그것들을 하나하나 대조해 보고, 또 밖으로 던져 버렸을 가능성에 대비해 그야말로 일 밀리미터 간격으로 꼼꼼하게 뒤지고 있었다.

"여기에 남아 있다는 보장도 없는데."

친한 여교사가 중얼거리면서 동의를 구하는 표정으로 나를 바라보았다. 그러자 나이가 지긋한 교무주임이 바깥을 바라보며 한마디 내뱉었다.

"이게 다 누군가가 있지도 않은 얘기를 한 덕분이지."

나는 고개를 숙인 채 형사 앞에서 끝까지 거짓말을 하지 못한 것을 후회했다. 아이를 봤다는 얘기 따위를 도대체 왜 했을까.

그러다가 생각했다. 역시 나는 그 여자를 못 죽인다. 만일 그녀가 의문의 죽음을 당하면 내가 가장 먼저 용의선상에 오를 게 뻔하고, 나는 형사가 묻기도 전에 알아서 다 불고는 형무소로 직행하리라. 그건 싫다. 아무리 생각해 봐도 나는 그녀를 죽일 수 없다. 너무나 분하지만.

"죄송하지만, 정말로 봤어요."

나는 작은 목소리로 말했다.

"하지만 우리 학교 학생은 아니었어요. 학교 마크를 봤거든요."

"우리 학교 학생일 리가 없지!"

나 역시 그렇게 생각했다. 그 학교 마크는 틀림없이 우리 학교 게 아니었으니까.

그래서 저녁 무렵, 아침에 만났던 형사가 다시 찾아와 곤란하다는 표정으로 얼굴을 찡그리며 이렇게 말했을 때는 우리 모두 할 말을 잃을 정도로 놀라고 말았다.

"그 마크 말인데요……. 그게 이 학교 마크랍니다."

형사는 한 손에 내가 본 마크의 그림을 들고 있었다.

모두들 멍한 표정으로 입을 벌린 채 형사의 얼굴을 쳐다보았다.

"지금 마크와는 다르지만 말입니다. 실은 피해자의 남편인 이마자키 씨가, 이 마크는 이십 년 정도 전에 자신들이 이 학교에서 근무할 때 썼던 거라더군요. 이마자키 씨가 전근가기 직전, 그러니까 약 십삼 년 전에 학군 개편이 있었는데 그때 지금의 디자인으로 바뀌었답니다. 당시의 사진도 보여 주시더군요."

누군가가 낮은 목소리로 중얼거렸다.

"그런 말도 안 되는 일이……."

형사가 끄덕거렸다.

"뭐, 정말 말도 안 되죠. 하지만 이론적으로 불가능한 얘기는 아닙니다. 여기는 옛날 마크를 보관하고 있지 않나요?"

형사가 교장과 교감을 따라 방을 나서자 한 여교사가 나를 보고 웃었다. 쓴웃음이었다.

"자기, 혹시 유령이라도 본 거 아냐?"

4

밤이 되자 우리 평교사들은 집으로 돌아가도 좋다는 허락을 받았다. 오늘 밤 안에 수색이 끝나면 내일부터 일단 수업을 재개할 수 있다. 모두들 지쳐 있었지만 아이들에게 어떻게 얘기해야 할지 생각해 두어야 했으므로 간단하게 대책 회의를 한 뒤에 헤어졌다.

아파트에 돌아오자 무릎에서 힘이 빠져 한동안 아무것도 못한 채 의자에 앉아 있었다. 그러고 보니 어느 한 사람도, 끔찍한 시체를 맨 처음 발견한 나에게 위로의 말 한마디 해 주지 않았다는 사실이 떠올랐다. 눈물이 나려 했다.

전화벨이 울린 것은 겨우 몸을 일으켜 욕조에 물을 받고 있을 때였다. 움직일 때마다 관절이 삐걱거리며 울리는 듯했다.

수화기를 들자, 낯선 남자의 목소리가 내 이름을 확인했다. 약간 긴장하면서 그렇다고 대답하자 남자는 관할서 소년과의 형사라고 자신을 밝혔다.

소년과라니, 그 아이가 발견되기라도 했나? 초등학생도 이런 일이 있을 때는 소년과 신세를 지게 되는 모양이지?

"저는 아이카와, 아이카와 고이치라고 합니다. 갑자기 전화해서 놀라셨으리라 생각됩니다만."

상당히 주저하는 말투에, 낮에 만난 형사들이 보여 준 '우리는 프로입니다. 안심하고 맡겨 주십시오. 단 거짓말만은 하지 마시기를' 같은 거드름도 없다.

"저…… 무슨 일이신지."

조금 머뭇거리다가 그는 말을 이었다.

"제 이름을 어디서 들어 보신 기억 없으시죠?"

"네?"

"아이카와 고이치라는 이름은 모르시죠?"

나는 귀에서 수화기를 떼어 잠시 쳐다봤다.

"여보세요?"

"네, 듣고 있어요. 저…… 도대체 무슨 말씀을 하시는지 잘 모르겠는데요."

"오늘 아침 제4초등학교에서 시체를 발견하셨을 때 풀 사이드에서 한 아이를 봤다고 말씀하셨죠?"

"네……."

"아이의 몽타주가 만들어졌다고 들었습니다만."

"네."

"몽타주는 제대로 만들어졌나요? 아니, 그러니까, 선생님의 기억과 일치하는 얼굴로 그려졌는지 여쭙고 있는 겁니다."

욕조에 물이 차오르는 소리가 들려왔다. 너무나 피곤해 수화기를 내던지고 싶은 기분이었다.

"전 거짓말 안 했어요."

약간 뜸을 들이다 형사가 다시 말했다.

"그 아이가 선생님에게 뭐라고 말을 걸지 않았나요? 수영장이 아니라 어젯밤에 말입니다. 꿈속이었는지도 모르겠는데 '선생님, 같이 놀아요'라고."

순간 머릿속이 하얘지며 눈앞이 어질해져 전화기가 놓인 테이블을 손으로 짚었다.

"여보세요? 듣고 계십니까? 괜찮으세요?"

"도대체 뭐 하시는 분이죠?"

상대방의 목소리가 조금 바뀌었다.

"그렇게 놀라시는 걸 보니 제 말이 맞았나 보네요. 믿을 수는 없지만 정말이었군요."

"뭐가 정말이란 말씀이세요?"

"실은…… 사실은…… 전 당신을 알고 있습니다. 꿈에서 봤어요."

나는 수화기를 든 채 쭈그리고 앉았다. 그러지 않으면 어지러워 쓰러질 것 같았다.

"꿈속에서, 제4초등학교로 되돌아갔어요. 계단을 내려와 복도를 걸어 당신에게 말을 걸었습니다. 선생님, 놀아요. 수영장으로 와요. 재미있는 거 보여 줄 테니까. 꿈이었어요. 그런데 오늘 제4초등학교에 갔더니 선생님이 정말로 거기에 계시더군요. 심장이 몇

는 줄 알았습니다."

나는 점심 무렵 교정에서 스쳐 지나갔던 젊은 남자를 떠올렸다. 물어보자 "네, 맞습니다. 저였어요"라는 대답이 돌아왔다.

예의를 차리느라 어색하게 굳어 있던 그의 목소리에서 힘이 빠졌다. 상당히 당황해하는 목소리였다.

"다시 말씀드리지만, 예전에 선생님을 뵌 적도 없고 누구신지도 전혀 몰랐어요."

"저는 지금도 형사님이 누군지 몰라요."

"정말로 모르시죠? 지금도, 예전에도? 어렸을 적에 어디선가 만난 적도 없죠?"

"있을 리가 없잖아요."

어렴풋이 떨리는 듯한 한숨 소리가 저쪽에서 들려왔다.

"그럼 도대체 이걸 어떻게 받아들여야 할까요?"

이내 용기를 낸 듯 약간 높은 목소리로 그는 말을 이었다.

"오늘 시체로 발견된 이마자키 아키코는 옛날 제4초등학교에서 제 담임 선생이었습니다. 그때는 아직 이토 아키코였습니다만. 그녀의 남편인 이마자키 유키오는 당시 학년주임이었죠."

나는 순간적으로 할 말을 잃었다.

"말도 안 되는 얘기라고 생각은 합니다만 웃지 말아 주십시오. 선생님이 몽타주에 그리신 아이는 이십 년 전의 접니다."

"아홉 살 때의 저예요."

아이카와 형사는 말했다.

우리는 내가 사는 아파트에서 조금 떨어진 심야 영업 레스토랑의 한구석에 마주 앉았다. 가게 안은 한산했고 창가 자리에 진을 치고 앉은 한 무리의 젊은이들이 뿜어내는 담배 연기가 옅은 띠 모양으로 떠 있었다.

그와 만나다니 정말 미친 짓이라 생각했다. 하지만 직접 만나서 얘기를 들어 보고 싶은 충동을 억누를 수 없었다. 무서웠지만 도망치면 더 무서워질 것 같았다.

아이카와도 같은 기분이었나 보다. 내가 먼저 와서 기다리고 있었는데 자동문이 열리면서 그가 들어섰다. 그는 철봉에서 떨어진 아이처럼 막막하고 얼떨떨한 얼굴을 하고 있었다. 경찰수첩을 보여 주는 그의 손 역시 떨렸다.

그는 뭔가를 두려워하는 듯 보였다. 그 두려움은 나에게도 전해졌다. 무척이나 가여울 정도였다.

"저에 대해서는 어떻게 아셨어요? 꿈 얘기 말고요. 그쪽은 소년과 형사님이잖아요. 살인 사건에도 관여하고 계신가요?"

"관할 구역에서 십 년 만에 일어난 살인 사건이거든요. 초동 수사 단계에서는 전원이 동원되었습니다. 게다가 사건 현장이 학교라서요."

커피는 향이 거의 나지 않을 정도로 옅었지만 뜨거웠다. 그제야 눈치 챘지만 우리 둘 다 에어컨이 돌아가는 곳에 앉아 있는데도 언 손이라도 덥히려는 양 커피 잔을 꼭 쥐고 있었다.

"제정신이 아닌 건 어느 쪽일까요?"

커피 잔에서 시선을 들며 아이카와 형사가 물었다.

"선생님일까요? 아니면 저일까요?"

"저는 안 미쳤고, 그쪽도 미친 사람처럼 보이지는 않는데요."

나는 그렇게 말하면서 억지로 웃음을 지어 보였다.

"형사분들은 사물을 합리적으로 판단하는 사람들이라고 생각했어요."

그는 나를 쳐다보면서 피식 웃었다.

그 순간이, 지금껏 살면서 가장 등골이 오싹해진 순간이었다. 그 아이의 간지럼을 타는 듯한 얼굴과 지금 눈앞에 있는 형사의 얼굴이 정확하게 겹쳐졌기 때문이다.

"당신……, 정말 그 아이가 맞군요."

내가 중얼거리듯 말하자 형사는 말없이 고개를 끄덕거렸다.

"혹시 어린 시절의 형사님이랑 꼭 닮은 아드님이 있다든지."

"전 독신입니다."

나는 한숨을 내쉬었다.

"무슨 꿈을 꾸셨는지 말씀해 주세요. 언제부터였나요?"

아이카와 형사는 시선을 돌려 창밖을 바라보면서 낮은 목소리로 말을 시작했다.

"처음 시작은 올해 구월 중순쯤이었나……. 처음엔 학교 복도에서 있었어요. 어린 시절로 되돌아가서요. 반소매 셔츠와 반바지를 입고 말이죠."

"게다가 맨발에 운동화는 뒤축을 꺾어 신고 있었죠?"

그는 나를 힐끗 쳐다봤다.

"잘 알고 계시는군요."

"네."

"버릇이었어요. 지금도 눈이라도 오지 않는 한 맨발로 운동화를 신는 걸 좋아합니다. 뒤축을 꺾어서요. 게다가 더위를 잘 탑니다. 아버지를 닮았죠. 초등학교 시절, 친구들이 모두 긴소매를 입을 때도 달랑 러닝셔츠 한 장만 입고도 아무렇지 않을 정도였으니까요."

그는 추억에 잠겨 있었다.

"그해 여름은 기록적인 폭염에 늦더위까지 대단했습니다."

"그해 여름이라면 형사님이 아홉 살이었던 해 말씀이신가요?"

그는 고개를 끄덕였다. 나는 이어서 물었다.

"그해 여름에 무슨 일이라도 있었나요?"

아이카와 형사는 잠시 대답이 없었다. 커피 잔을 들었다가 다시 받침에 올려놓고 나서야 입을 열었다.

"그 얘기는 나중에 하겠습니다. 얘기할 수 있을 때가 되면…… 아니, 지금 말씀드려야겠네요. 그러지 않으면 뭐가 어떻게 돌아가는지 모르실 테니."

그는 심각해 보였다. 아까의 겁에 질린 표정으로 되돌아가 있다.

"꿈 얘기를 하고 있었죠?"

그는 헛기침을 한 번 하더니 자세를 고쳤다.

"아까 말씀드렸듯이 시작은 구월 중순이었습니다. 처음엔 그냥 복도에 서 있었죠. 나중에 생각났는데 이층 복도였어요. 그다음 꿈에서는 계단을 내려갔어요. 계단을 내려간 후엔 일층 복도를 걸어갔죠."

내 귓가에 자박자박하는 그 발소리가 들려오는 듯했다.

"어디로 가려고 하셨는데요?"

나는 답을 알고 있으면서도 일부러 물어보았다.

"양호실이었어요."

아이카와 형사는 그렇게 대답하며 나를 바라보았다.

"선생님이 계신 곳이죠?"

나는 고개를 끄덕였다.

"저를 만나러 오셨나요? 전요, 형사님이 꿈을 꾸기 시작했을 무렵부터 복도에서 다가오는 아이의 발소리를 듣기 시작했거든요."

나는 내가 겪었던 얘기를 들려 주었다. 될 수 있으면 자세하게. 아이의 운동화에서 끽끽 소리가 났던 것도, 내 손을 쥐었던 아이의 손이 차가웠던 것도, 그리고 오늘 아침 수영장으로 따라 나갔던 것도.

아이카와 형사는 숨 쉬는 일조차 잊은 듯 굳은 자세로 내 얘기를 들었다. 그러고는 떨듯이 숨을 한 번 내쉬고 나서 고개를 크게 끄덕였다.

"말씀하신 그대로네요. 제 꿈과 똑같아요. 그래서 오늘 아침 선생님을 실제로 보고 놀랐습니다. 꿈이 언제나 너무 생생했던 터라 눈을 떴을 땐 정말로 아홉 살로 되돌아간 게 아닌가 싶은 생각이 들 정도였지만, 선생님은 제가 전혀 모르던 사람이었으니까요. 그래서 오늘 아침까지만 해도 어디선가 다른 곳에서 마주쳤던 여자가 초등학교 시절 양호 선생님의 모습이 돼서 꿈속에 나타나는 거라고 생각했어요. 꿈속에선 그런 일이 자주 있잖아요."

"그렇죠……. 뭐랄까, 꿈에는 시간의 벽이 없으니까요."

있다고 해도 그것은 지금 실내에 떠 있는 연기처럼 엷고 무른 존재이리라. 염원이나 두려움으로 쉽게 휘기도 하고 깨지기도 하는.

"그런데 문제는 그게 꿈이 아니었다는 거죠. 선생님이 실제로 제4초등학교에 계시니까요."

"전 낮에 아이의 발소리를 들었고, 모습을 봤어요. 하지만 형사님이 꿈을 꾸시는 건 밤이죠? 어느 쪽이 먼저일까요?"

"무슨 말씀이신지?"

"제가 보고 들은 것이 형사님의 꿈속에 비춰지는 건가요? 아니면 형사님의 꿈이 환영이 되어 낮에 나타나는 걸까요?"

아이카와 형사는 긴장된 표정으로 목소리를 깔았다.

"꿈도 환영도 아닙니다."

"왜요?"

"살인이 벌어졌어요. 이마자키 아키코가 살해당했어요."

"하지만 그건……."

그 순간 나는 그가 왜 그렇게 겁에 질려 있었는지 눈치 챘다.

"설마……."

그런 말도 안 되는 일이.

"아니요. 유감이지만 사실입니다."

아이카와 형사는 천천히 고개를 가로저었다.

"어젯밤 꿈속에서, 제가, 아홉 살의 제가 이마자키 아키코를 죽였어요. 공작용 가위로."

5

일순간의 공백에서 빠져나와 내가 처음 입에 올린 말은 지극히 현실적인 것이었다.

"알리바이는 있나요?"

아이카와 형사는 웃음을 터뜨렸다. 메뉴를 옆에 끼고 지나가던 웨이트리스가 우리를 힐끗 쳐다보았다.

"글쎄요, 용의선상에 오른다면 입증하기 어렵겠죠. 혼자 사는 몸인지라 집에서 자고 있었다고밖에는 할 말이 없거든요."

"어찌되었든 형사님이 죽인 건 아니에요. 꿈속에서 일어난 일이니까요."

"선생님은요? 꿈속의 제가 이마자키 아키코를 죽이는 현장을 목격하진 않으셨죠?"

"예, 오늘 아침 수영장에 갔더니 시체가 있었어요. 그뿐이에요."

나는 일부러 가볍게 내뱉었다. 하지만 그 말투를 오래 유지하진 못했다.

"다만······ 어젯밤 쭉 그 아이가 날 부르는 듯한 느낌이었어요. 수영장으로 와요, 라고."

아이카와 형사도 나도 입을 다물었다. 한참 후 그가 혼잣말하듯 입을 열었다.

"죽였습니다. 확실히 제가 죽였어요. 단지 지금의 제가 아니고 아홉 살의 저라는 차이가 있을 뿐이죠. 죽인 상대도 지금의 이마자키 아키코가 아니라 담임이었던 이토 아키코 선생이었고요. 그런 꿈이었어요."

"단순한 우연일 뿐이에요."

나는 애써 웃었다.

"깜짝 놀랄 만한 우연이에요. 범인은 따로 있어요. 살아 있는 인간 말이에요. 원한 때문이라든가 돈을 훔치려고 했다든가, 뭐 그런 뻔한 이유로 범행을 저질렀을 테죠. 꿈이나 환상 속에서 일어난 일이 절대 아니에요."

"범행 동기를 말씀하시는 겁니까?"

"예."

"그거라면 저에게도 있습니다. 강렬한 동기가 있죠. 지금의 제가 아니라 아홉 살의 저에게 말입니다. 이토 선생이 정말 죽이고 싶을 정도로 미웠으니까요."

나도 모르게 몸을 뒤로 뺐다. 상대방이 너무나 심각한지라 잠시 숨을 돌릴 여유가 필요했다. 심리적으로도, 물리적으로도.

"이런 얘기, 제가 더 이상 듣고 있을 필요가 없을 것 같네요."

"도와주시는 셈 치고 들어 주세요."

"제가 형사님을 도와드리지 않으면 안 될 이유라도 있나요?"

"선생님이 제 꿈에 나타났고, 제 환영을 보기도 하셨잖습니까. 몽타주가 바로 그 명확한 증거입니다. 지어낸 얘기로 만들 수 있는 얼굴이 아니니까요."

나는 일어섰다. 도망치고 싶었다. 그러자 아이카와 형사가 뒤쫓아 오려고 엉거주춤 일어서며 말을 꺼냈다.

"선생님을 좋아하는 것 같아요."

나는 선 채로 그를 내려다보았다.

"선생님이 보신 아홉 살 때의 저, 꿈속의 제가 말입니다. 무슨 이유에서인지는 모르겠지만 선생님을 따르고 있어요. 그러니 선생님을 만나러 갔고 또 같이 놀아 주길 원했죠. 선생님에게 반한 겁니다. 기분 나쁘게 들릴지도 모르겠는데, 저 역시 도대체 뭐가 어떻게 된 건지 혼란스럽습니다. 저 혼자만으로는 해결이 안 됩니다. 선생님이 필요해요."

나는 의자에 기대어 앉아 찬물을 한 모금 들이켰다.

"저……."

"죄송합니다. 겁주려고 한 말은 아닙니다만."

나는 고개를 끄덕였다.

"알고 있어요. 저도 이상하게 그 남자아이가 절 따른다는 느낌이 들었거든요. 이유는 모르겠지만 말이에요."

갑자기 숨이라도 막힌 듯 넥타이를 느슨하게 풀며 아이카와 형사가 입을 열었다.

"현실 속 아홉 살 때의 저는 이토 아키코 선생을 증오했습니다. 그녀뿐만 아니라 장차 그녀의 남편이 될 이마자키 유키오 선생도 미워했어요. 죽이고 싶을 정도로요. 왜냐하면 두 사람에게 정말 몹쓸 짓을 당했거든요."

그는 두 사람에게 감금당했다고 한다.

"당시 전 말썽꾸러기로 유명한 학생이었습니다. 좋게 말하면 씩씩했고 솔직히 말하면 문제아였죠. 그건 인정합니다. 이토 선생도 저 때문에 참 피곤했을 겁니다. 자주 야단을 맞았어요."

나는 살짝 웃었다.

"3,4학년 남자애들이란 다 그렇잖아요."

"그런가요? 아, 맞아, 게다가 이토 선생도 조금은 별난 구석이 있었어요. 저 같은 말썽꾸러기 학생들에 대한 면역이 전혀 없었다고 할까요. 애들하고 똑같은 수준으로 발끈하며 화를 내곤 했거든요."

어느 학교에서나 흔히 있는 얘기다.

"그 선생은 귀여움 받으며 자랐고, 일을 안 해도 먹고살 수 있는 부잣집 딸이었어요. 교사가 된 건 아마도 교직에 대한 막연한 동경을 품고 있었기 때문일 테죠. 당시 학부형들 사이에서도 뒷말이 있었고 학생 지도 면에서도 그다지 평판이 좋지는 않았습니다. 아무래도 부잣집 따님이라 세상 물정을 모른다는 식이었지요. 하지만 선생은 선생 나름대로 교사로서의 이상과 프라이드가 있다 보니 그런 소문들에 반발해서……. 그래도 이제까지 교직을 계속해 온 걸 보면 능력이 없는 선생은 아니었던 모양입니다."

아이카와 형사의 표정이 흐려졌다.

"하지만 그 일만큼은 지나쳤죠. 3학년 때 저에게 내렸던 벌. 그것만큼은 너무했습니다."

방과 후 여느 때처럼 사소한 일로 야단을 맞았을 때, 말대꾸를 계속하자 정말로 화가 난 이토 아키코는 아이카와 고이치를 학교 창고에 가뒀다고 한다.

"당시 이층 북쪽 끝에는 한쪽으로만 열리는 무거운 문이 달린 창고가 있었습니다. 학교를 지을 당시에는 뭔가 용도가 있었을지 몰라도 그때는 거의 쓸모가 없어서 안에는 아무것도 놓여 있지 않았어요. 겨우 반 평 정도의 넓이에 깜깜하고 어두웠죠. 자물쇠는 걸려 있지 않았지만 문이 무거운데다 뻑뻑했기 때문에 한번 닫으면 안에서는 아이 힘으로 절대 열지 못해요."

"거기에 갇혔단 말인가요?"

"네, 하루 종일."

나는 눈을 크게 떴다.

"절 가둔 후 친구들에겐 제가 집에 먼저 갔다고 말했던 모양입니다. 아무도 찾으러 오지 않았거든요. 별로 두세 시간 가둔 후 꺼내줄 생각이었겠죠. 하지만 그렇게 두세 시간이 지나가는 사이에 선생도 그만 잊어버렸나 봅니다."

쓴웃음을 지으며 그가 나를 쳐다보았다.

"어른들이란 종종 그렇게 멍청해지기도 한다니까요. 끝까지 자기들 입으로 말하진 않았지만, 아마 데이트 약속이라도 있었겠죠. 덕분에 창고 속에 갇혀 있던 얄미운 문제아는 까맣게 잊어버렸고요."

"데이트 상대는 지금의 남편이었겠죠?"

형사는 끄덕였다.

"아마도요. 둘이서 드라이브라도 즐겼을 테죠. 밤이 되어도 제가 돌아오지 않자 집에서는 난리가 났는데 이토 선생도 학년주임이었던 이마자키 선생도 연락이 닿지 않았답니다. 겨우 두 사람과 연락이 된 건 다음 날 아침이었고요."

그때는 이미 경찰도 수색에 나섰는데, 친구들이 '이토 선생님이 아이카와는 집에 돌아갔다고 그랬어요'라고 말하는 바람에 학교 안은 제대로 뒤지지 않았다고 한다. 대신 다른 곳을 철저하게 수색하고 강물까지 퍼올려 강바닥을 파헤칠 준비까지 했다고 하니, 정말로 대소동이 일어났던 모양이다.

"누구보다도 놀라서 달려온 건 두 선생이었습니다. 경찰의 눈을 피해 학교에 들어와서 저를 꺼내 주었죠. 그런데 그때……."

이 일을 누구에게도 말하지 말라는 협박을 당했다고 한다.

"저 혼자서 창고에 들어갔는데 문이 닫히는 바람에 이렇게 됐다고 말하라며 윽박지르더군요. '선생님이 가뒀다는 말을 하면 가만두지 않을 테니까, 알았어?' 하고요."

"형사님은 그 말에 따랐나요?"

"당연하죠. 겁에 질린데다 배도 고팠고 목도 쉬었고 화장실도 못 가 바지에 오줌까지 싼 아홉 살짜리 아이였습니다. 선생의 말을 거역할 수 있겠습니까?"

"정말 너무했네요."

나는 정말로 화가 났다.

"선생이라고 할 수도 없어요."

"저도 그렇게 생각했어요. 하지만 그때는 어쩔 수 없었습니다. 학교에서는 선생이 절대 권력자니까요. 무서웠습니다. 게다가 창고에서 나와 어른들 앞에 처음 나섰을 때 제가 직접 창고에 들어갔노라고 거짓말을 했기 때문에 나중에 '실은 선생이 가뒀는데 입막음을 당했기 때문에 사실대로 말할 수 없었다'라고 말할 용기가 없었습니다. 거짓말을 번복하는 셈인데다 아무도 믿어 줄 것 같지 않았어요."

쓴웃음을 지으며 그는 한마디 덧붙였다.

"전 정말 말썽꾸러기였거든요."

"그렇다 해도 아이를 협박하다니 말도 안 돼요."

"선생들도 절박했겠지요. 이토 선생은 자신의 평판이, 아니 교사로서의 생명이 걸린 문제였고, 이마자키 선생에게는 사랑하는 애인의 문제였으니까요. 무슨 수를 써서라도 자신들의 위치를 지키고 싶었겠죠. 게다가 별로 어렵지도 않은 일이니까요. 아이들 입을 막아 버리는 일 정도는 식은 죽 먹기잖습니까."

얘기를 멈추고 커피 잔을 만지작거리고 있다.

"그래서 당신은 그 두 선생님을 죽이고 싶을 정도로 미워했다, 이건가요?"

내가 말했다.

미칠 것 같은 증오, 그건 나에게도 익숙한 감정이다.

"네. 당시의, 어린애였던 저는 그랬죠."

어린애라는 단어에 힘을 주며 그가 말했다.

"어린애들이 뭔가에 집착하거나 뭔가를 좋아하거나 미워할 때는, 어른들과는 자릿수부터 다른 에너지를 방출하잖습니까. 일반 상식이나 사회 통념 같은 잡다한 것에 방해받지 않으니까, 순수하고 앞뒤를 재지도 않고 힘을 조절할 줄도 모르지요. 당시의 저 역시 그랬습니다. 게다가 그 감정을 밖으로 발산할 수단을 봉쇄당한지라 더더욱 안에서 부풀었죠. 머릿속에서 몇 번이나 두 사람을 죽였는지 모릅니다. 창문에서 확 밀어 떨어뜨리고 싶다, 독을 먹이고 싶다, 총으로 쏴 죽이고 싶다. 가위로 찌른 후 수영장에 빠뜨려 죽이고 싶다……."

나도 모르게 손으로 입을 막았다. 아이카와 형사는 천천히 머리를 끄덕였다.

"맞습니다. 당시 제가 생각한 방법으로 오늘 아침 이마자키 아키코 선생이 살해당했습니다."

수면 위로 나와 있던 하얀 다리.

"오늘 아침 제가 얼마나 놀랐는지 이제 아시겠죠? 믿을 수 없었습니다. 하지만 현실의 선생이 죽어 있었어요. 꿈속에서 아홉 살의 제가 이토 선생을 죽였더니 똑같은 방법으로 이십 년 후의 지금, 마흔네 살인 이마자키 선생이 살해당했습니다."

그리고 어찌된 일인지 그의 꿈속에 내가 나타나고, 나는 그의 환영을 본 것이다.

"형사님이…… 만일 형사님이 그때 창고 안에서 죽었더라면 망령의 복수쯤으로 이해할 수 있을지도 몰라요. 믿기지는 않지만 이해는 되죠."

나는 아이카와 형사를 쳐다보았다. 너무나 심각한 그의 눈빛에 확연한 공포를 느꼈다.

"하지만 형사님은 지금 여기에 살아 있잖아요. 어른이 돼서요. 어린 시절의 형사님과 어른이 된 형사님이 공존한다니, 이게 말이 되나요?"

그의 어깨에서 힘이 빠지는 게 보였다.

"그렇죠. 저도 그렇게 생각은 합니다."

"그거 보세요. 역시 상상이 지나친 거라고요."

"그렇게 말 한마디로 쉽게 정리가 될 문제일까요?"

"그러고 싶어요. 그것밖에 수가 없잖아요."

나는 일부러 힘을 주어 잘라 말했다.

"이런 얘기는 그만 잊어버리시는 편이 좋아요. 행여 무슨 꿍꿍이가 있어서 제 앞에서 얘기를 지어내고 계신 거라면 빨리 실토하시고요."

그러고 보니 문득 떠오르는 게 있었다.

"맞아, 맞아, 게다가 제4초등학교 이층에는 창고가 없어요."

"제 사건이 있은 후 학교 측이 문을 폐쇄하고 벽을 발라 버렸습니다."

아이카와 형사가 조용히 말했다.

이번에야말로 나는 의자에서 일어났다.

"이제 그만 돌아갈게요. 형사님도 언제까지나 이런 일로 골치 썩이지 마시고 돌아가서 잠이라도 주무시는 편이 건강에 좋겠어요."

코트와 핸드백을 챙기는 나를 보며 아이카와 형사는 작게 중얼거렸다.

"걱정이 돼서 그럽니다."

"뭐가요?"

"전 완전히 잊고 있었어요. 예전에 그 두 사람을 죽이고 싶을 정도로 미워했다는 사실을요. 이십 년도 더 된 얘기니까요. 그런데 그게 왜 이제 와서 되살아났을까요? 게다가 선생님이라는 제삼자까지 끌어들여서 말입니다. 그 이유를 모르겠어요. 그래서 걱정이 됩니다."

"제 걱정이라면 안 하셔도 돼요."

아이카와 형사는 일어서면서 내 손에 들린 계산서를 빼앗아 들었다.

"네, 알겠습니다. 더 이상 폐를 끼치고 싶지는 않군요."

하지만 커피숍 앞에서 헤어질 무렵, 그는 처음 만났을 때처럼 겁에 질린 표정을 하고 어두운 밤거리를 꿰뚫듯이 바라보며 입을 열었다.

"내일입니다."

내가 고개를 돌려 쳐다보자 그는 고개를 끄덕였다.

"제가 창고에 갇힌 날이 이십 년 전 내일입니다. 게다가 아직 한 사람 남아 있어요. 이마자키 유키오 씨."

"살인 사건이 또 일어나기라도 한다는 말씀이신가요?"

그는 내 질문에는 대답하지 않고 이렇게 말했다.

"사실 전 두 사람 중에 이마자키 선생을 더 미워했다고 기억합니다. 학생주임이라는 직책을 가진 훌륭한 선생님인 줄 알았는데 그 존경심을 배신한 셈이니까요. 산 채로 땅에 묻어 버리고 싶다고 생각한 적도 있었고, 천장이 무너지고 선생이 그 아래 깔려 뭉개져서 죽어 버렸으면 좋겠다고 바란 적도 있었죠."

그는 힘없이 웃었다.

"뭐, 그런 일이 일어날 리도 없는데 말이에요."

하지만 그 일은 실제로 일어났다.

다음 날 아침 일찍 전화가 왔다. 흉기를 찾기 위해 동원됐던 금속 탐지기가 학교 뒤뜰에서 학교 건물 북쪽까지 땅 밑에 파묻혀 있는 대량의 '무언가'를 탐지했다는 소식이었다.

"자기 탐사반이 투입되는 등 일이 더 커졌다네. 아직 자세한 얘기는 모르겠어. 그런데……."

"그런데?"

"그게 말이야, 불발탄인 모양이야. 전쟁 때 떨어뜨렸던 것들 말이야. 수십 발―아니, 경우에 따라선 수백 발이 될지도 모른대."

6

이 일은 이제 제4초등학교만의 문제가 아니었다.

경찰 대신 자위대의 폭발물 처리반이 와서 현장의 지휘를 맡았다. 본격적인 폭탄 처리를 위해서는 신중하게 조사해야 할 부분이 많다고 했다.

주민들에게 대피 명령이 내려졌지만 다행히도 큰 소란이 일어나지는 않았다. 몰랐는데 십 년 전에도 불발탄 발견 소동이 벌어진 적이 있었다고 한다. 주민들 사이에서는 괜찮아, 어차피 폭발하지는 않을 테니까, 라고 수군대는 소리도 들려왔다.

나를 포함해서 제4초등학교의 교사들 대부분은 다른 동네에 살고 있기 때문에 직접적인 위험을 걱정할 필요는 없었다. 주민회관이나 학교 체육관에 마련된 대피소를 돌며 학생들과 학부모의 안전을 확인하고 정보를 주고받으며 기다리는 게 전부였다.

"선생님, 어차피 내년에 학교 건물을 다시 짓는다고 했잖아요. 기왕 부술 거면 그 폭탄으로 한 방에 해치워 버리면 좋지 않아요?"

학생들 중엔 웃으면서 그런 얘기를 하다가 부모에게 야단맞는 아이들도 있었다. 학부모들도 '흉기는 어디에…… 앗, 폭탄?'이라는 신문의 헤드라인을 보며 헛웃음을 짓기도 했다.

사건 한가운데에 있는 입장인데도 새로운 정보를 바로바로 얻을 수는 없다니 묘했다. 텔레비전 뉴스 쪽이 더 정확하고 믿을 만했다. 불발탄이라 해서 처음엔 도쿄 대공습 때 떨어진 포탄인 줄 알았는데 조사가 진행되면서 다른 설이 유력해졌다.

전쟁이 끝날 무렵 몰래 버려진 포탄들이 아닐까, 하는 의혹이다. 당시 이 지역에는 무기고가 몇 개 있었는데, 제4초등학교가 지어진 장소는 그중 한 곳과 아주 가깝다고 한다. 게다가 불발탄치고는 발견된 양이 너무 많았다. 이백오십 킬로그램 폭탄과 오십 킬로그램 폭탄이 이백여 발 가까이 발견되었다고 한다.

그렇다면 철야 작업을 한다고 해도 다 파내서 처리하는 데 이삼 일은 걸릴 게다. 대피 장소에 침구류와 식사를 준비하지 않으면 안 된다.

"그래도 버려진 폭탄이라면 신관을 제거했겠지요. 불발탄 처리보다는 그쪽이 더 안전합니다."

그렇게 말해 준 이는 어제 나에게 손수건을 빌려 주었던 관할서의 형사였다. 생각지도 못한 상황에 살인 사건 수사 본부는 곤혹스러운 모양이다.

"도리어 잘된 거 아닙니까. 피해자한테는 미안한 얘기지만, 사건이 일어나지 않았으면 제4초등학교는 앞으로도 계속 폭탄 위에 앉아 있었을 테니까요."

그야말로 이 동네에 사는 사람다운 발언이었다.

"사건 수사 진행은 어떻게 되어 가고 있나요?"

"그게 어제도 오늘도 상황이 이렇다 보니까 말이죠. 피해자의 주변을 좀 뒤져 보긴 했는데 살해당할 정도로 원한을 살 만한 인물도 아니고."

"웬만한 일이 아니면 살인 따위 저지를 수 없으니까요."

"그렇죠. 어지간히도 강한 동기가 없으면 말이죠."

형사는 온화한 얼굴로 웃었다.

조금 망설이다 내가 물었다.

"혹시…… 소년과에 계신 아이카와 형사님을 아세요?"

"아이카와? 물론이죠, 알고 말고요. 아는 사이세요?"

"그런 모양이에요."

그런 모양이라는 말이 언뜻 이해가 되지 않는지 형사는 약간 움츠린 얼굴로 나를 쳐다보았다.

"그렇군요. 좋은 사람입니다. 젊지만 유능한 친구죠. 너무 성실해서 약간 외골수긴 합니다만."

그때 맑게 갠 하늘로 사이렌 소리가 길게 울려 퍼졌다.

"발굴 작업이 시작되었군요."

형사와 나는 나란히 서서 학교 쪽을 바라보았다.

밤—.

봉쇄 구역의 한구석, 제4초등학교가 가장 잘 보이는 곳에서 나는 기다리고 있었다. 여느 때라면 마을 안에서 가장 어두워야 할

학교가 지금은 조명 아래 환하게 떠올라 무척이나 크게 보였다.

등 뒤에서 발소리가 들려 뒤를 돌아보았다.

"역시…… 오실 줄 알았어요."

아이카와 형사였다. 어제와 마찬가지로 안색이 좋지 않았지만 입술만큼은 굳게 다물고 있었다.

"선생님이야말로 여기서 뭘 하고 계십니까?"

"학교로 가실 거죠?" 나는 미소 지으며 말을 이었다.

"저도 갈 거예요. 가서 이제까지의 모든 것이 망상이었음을 확인 하자고요. 이마자키 유키오 씨는 안 와요. 그러니 천장이 무너져 내 려 그 사람 머리를 깔아뭉개는 일 따위도 일어나지 않겠죠. 그런 일 이 일어날 리가 없잖아요. 우리 둘 다 제정신이 아니었던 거예요."

"그게 그럴 것 같지 않아요."

그는 학교 쪽을 쳐다보았다.

"어젯밤, 꿈을 꿨습니다. 선생님은 환영을 보셨나요?"

나는 고개를 저었다.

"그렇군요. 선생님의 역할은 끝났나 봅니다."

"무슨 말씀이세요?"

그는 말없이 걸었다. 나 역시 말없이 따라갔다.

"위험합니다."

"신관이 제거되어 있기 때문에 폭발하지 않는다고 들었어요."

그는 더 이상 나를 말리지 않았다. 나보다는 그곳에 있을지 모를 자신의 환영에 대한 생각으로 머릿속이 꽉 차 있는 듯 보였다.

우리는 어둠을 타고 학교로 숨어들었다. 의외로 별로 어렵지 않았다. 상황이 상황이다 보니 경비원들도 현장에 남겨진 사람이 있는가만 신경 썼지 밖에서 누군가 들어오리라곤 생각지 못했으리라.

발굴은 뒤뜰부터 시작되었다. 그곳에만 대낮처럼 환하게 창백한 형광 불빛이 비추고 있었다. 우리는 교사 반대편 끝을 통해 안으로 들어갔다.

"어디로 가나요?" 나는 물었다.

"양호실로요." 그가 대답했다.

불을 켤 수는 없었지만 양호실 안에는 어슴푸레 빛이 들어왔다. 나는 문 쪽에, 그는 창가에 서서 밖을 내다보았다.

"무슨 꿈을 꾸셨나요?"

그는 대답이 없었다.

옅은 어둠 속에서 담배 불빛만이 빨갛게 빛나고 있다.

"생각해 봤는데요……."

"뭘요?"

"아홉 살의 저—두 선생을 죽이고 싶다고 생각했던 저는 쭉 여기에 있었는지도 모릅니다. 홀로 남겨져, 계속 기다렸던 거죠. 누군가 와서 자신을 흔들어 깨워 줄 때를 말입니다."

수수께끼 같은 말이라 이해되지 않았다. 무슨 말이냐고 물어보려는 순간 그가 등을 펴며 고개를 들었다.

"왔다."

그랬다. 다가오고 있었다. 이층으로부터 그 아이의 발소리가.

발소리가 양호실 앞까지 오는 것을 기다렸다가 아이카와 형사는 문을 열었다. 교사 반대편을 휘황찬란하게 밝히고 있는 불빛이 어렴풋이 여기까지 닿았다. 웅성대며 뭔가를 지시하는 소리가 멀리서 들려왔다.

복도에는 아무도 없었다. 우리는 문을 등지고 섰다. 서로의 거친 숨소리에 귀를 곤두세웠다.

"없네요."

"아니요, 있어요."

그때 복도의 왼편, 내가 처음으로 아이를 봤던 신발장이 있는 홀 쪽에서 발소리가 들렸다. 아이의 발소리가 아니었다. 더 크고 또렷했다.

우리는 홀로 향했다. 그러나 이내 걸음을 멈추었다. 그곳에 있는 사람이 누구인지 깨달았기 때문이다. 믿을 수 없었다.

오늘 처음 보는 얼굴이었지만 누구인지 이내 알 수 있었다. 이마자키 유키오다. 아내가 살해당해 엉망진창이 되어 있는 생활의 흔적을 고스란히 묻힌 채 집에서 여기까지 온 것이다. 흐트러진 옷차림에 샌들을 신고 있었다.

천천히 이쪽으로 다가오고 있다. 얼굴은 무표정했고, 영화에 나오는 좀비처럼 눈을 뜨고 있지만 아무것도 눈에 들어오지 않는 듯했다.

"이마자키 선생님."

아이카와 형사가 불렀다. 목소리가 떨리고 있다.

"선생님, 여기서 뭘 하십니까? 여기는 어떻게 오셨어요? 선생님은 기억 못하시는 것 같은데요. 전 기억납니다. 아이카와입니다.

기억을 되살려 보세요."

이마자키 유키오는 우리 쪽을 쳐다보지도 않고 지나쳐 갔다. 아이카와 형사가 팔을 붙잡자 파리라도 떨쳐내는 양 간단하게 뿌리쳤다. 발걸음을 늦추려고도 하지 않는다.

이층으로 가려는 것 같았다.

당신은 도대체 왜 온 건가요?

소리를 지르려는 순간 말문이 막혔다.

주위의 풍경이 변해 있었다. 왁스 냄새가 나는 나무 바닥. 창틀은 알루미늄 새시가 아니라 낡은 나무 창틀이다. 개보수 허가가 좀처럼 내려지지 않았던 제4초등학교지만 창틀만큼은 새것으로 바꿨다. 그게 언제였던가? 언제쯤이었지?

이마자키 유키오는 계속 걸어갔다. 뒤를 쫓아가며 한 발 한 발 내딛을 때마다 풍경은 조금씩 조금씩 더 깨끗해졌다. 녹슬어 있던 화장실의 배관은 반짝반짝한 은색으로 빛나고 있었고 벽에 가 있던 금들도 사라졌다. 계단에 도착하자, 이미 다 닳고 여기저기 벗겨져 있어야 하는 미끄럼 방지 고무 패킹이 제대로 붙어 있는 모습이 보였다.

시간이 거꾸로 흘러가고 있었다. 이십 년 전으로.

그리고 계단 맨 위 층계참에 그 아이가 서 있었다.

그 뒤에는 있을 리가 없는, 페인트로 칠해 없애 버렸던 창고의 문이 있었다. 아이는 문의 손잡이를 잡은 채로, 걸어오는 이마자키 유키오를 바라보고 있었다. 꼼짝 않고 서서 그를 쳐다보고 있었다.

"안 돼……."

나도 모르게 중얼거렸다.

아이는 나를 보았다. 입가에 귀여운 웃음이 떠올랐다.

'선생님, 같이 놀아요.'

이마자키 유키오는 계단 맨 밑단에 발을 디뎠다. 순간 시야가 기묘하게 겹치는 걸 느꼈다. 평상복에 양말도 안 신은 그가 양복을 갖춰 입은 모습으로 보였던 것이다.

'선생님, 이쪽이에요. 이쪽으로 오세요.'

이마자키 유키오가 한 걸음 더 계단을 올라갔을 때 발굴 현장 쪽에서 누군가가 크게 소리를 질렀다. 그 소리에 깨어나기라도 한 듯, 멍하게 서 있던 아이카와 형사가 몸을 날렸다. 이마자키 유키오의 등 쪽으로 손을 뻗어 그를 붙잡으려는 듯—.

순간 일제히 조명이 꺼졌다. 발끝에서 둔탁한 충격이 느껴졌다.

그 이후의 일은 기억나지 않는다. 모든 것이 한순간에 일어났다. 폭발음과 무너지는 소리, 비명 소리. 내 몸은 공중으로 떠올랐고 그 순간 정신을 잃었다.

정신을 차렸을 때는 복도의 벽을 등지고 바닥에 주저앉아 있었다. 복도의 벽도 내가 있던 부분 외엔 흔적도 없이 사라졌다.

파편 더미였다. 산산조각 난 콘크리트 더미가 계단을 가득 메우고 있었다. 석면 먼지가 흩날려 앞이 거의 보이지 않았다. 나는 콜록대며 기침을 했다.

폭발한 것이다. 신관이 없었어야 하는 폭탄이.

희뿌옇던 먼지가 가라앉자 서서히 주위가 보이기 시작했다. 어디선가 배관이 터졌는지 물이 세차게 뿜어져 나오는 소리도 들렸다.

'선생님.'

고개를 들자 계단 위에 있는 아이가 보였다. 파편 속에 작은 발로 서 있었다. 아이는 천천히 창고의 문을 닫았다. 그러고는 아무런 장애물도 없다는 듯, 계단이 온전히 남아 있기라도 한 것처럼 사뿐사뿐 내려오고 있었다.

그때 누군가의 손이 주저앉아 있는 나의 발목을 잡았다. 아이카와 형사였다.

그의 몸은 콘크리트 더미에 깔려 있었다. 머리와 오른팔만 겨우 밖으로 내민 채였다. 커다란 철근이 그의 가슴 위를 가로지르고 있었다. 창백한 얼굴에 입가 한쪽 끝에선 피를 흘리고 있다.

나는 부들부들 떨며 겨우 몸을 일으켜 그가 있는 쪽으로 다가갔다.

"정신 차려요……. 사람을…… 사람을 부를게요."

그는 괴로운 듯 고개를 가로젓고, 갈라진 목소리로 힙겹게 속삭였다.

"저기…… 저기…….."

그의 시선을 따라가자 건너편에 쌓인 콘크리트 더미 사이로 이마자키 유키오의 두 다리가 삐져나와 있는 모습이 보였다.

"이게 당신의 꿈?"

아이카와 형사는 고개를 끄덕였다.

"현실이 되고 말았군요."

아이는 계단을 내려와 우리 바로 옆에 잠시 서 있었다. 그러다가 곧 몸을 빙 돌리더니 홀 쪽으로 발걸음을 옮기기 시작했다.

"기다려…… 기다려!"

나는 소리를 질렀다. 아이는 뒤돌아보지 않았다. 운동화 뒤축을 꺾어 신고, 홀쭉한 발목을 드러낸 채 멀어졌다.

"기다려! 어디로 가는 거니……?"

나도 모르게 울고 있었다. 목소리가 갈라졌다.

"부탁이야, 돌아와…… 돌아오란 말이야!"

넌 도대체 누구니? 그렇게 외치고 있을 때 부여잡고 있던 아이카와 형사의 손에 힘이 들어오는 게 느껴졌다.

"쭉 여기에 있었어."

귀 기울이지 않으면 들리지 않을 만큼 작은 목소리로 아이카와 형사가 중얼거렸다.

"쭉 여기에……. 그래서 이제 집에 돌아가는 겁니다."

"아이카와 형사님……?"

그는 눈을 움직여 나를 올려다보았다. 기묘하게도 편안한 표정이었다.

"당신이 저 녀석을 불러냈어요."

아이의 모습은 사라지고 없었다. 남겨진 것은 무너진 건물과 쏟아져 나오는 차가운 물, 그리고 이마자키 유키오의 시신이었다.

내 손에서 아이카와 형사의 손이 힘없이 떨어져 나갔다. 그는 숨을 거두었다.

사람들이 나를 발견했을 때 나는 바닥에 쭈그리고 앉아 죽은 아이카와 형사의 머리를 끌어안은 채 "돌아와, 돌아와……"라고 외치고 있었다고 한다. 누구에게 그렇게 외친 것일까. 나 자신도 잘 모른다. 창고에서 나온 아이의 환영인지, 아니면 현실의 아이카와 형사인지.

나는 학교를 그만두고 다시 병원에 다니기 시작했다. 정신적인 안정을 되찾을 때까지, 주위가 그렇다고 인정해 줄 때까지 아주 오랫동안 병원에서 지내야만 했다.

덕분에 생각할 시간은 많았다.

'당신이 저 녀석을 불러냈어요.'

그때 아이카와 형사가 한 말의 의미를, 이제는 이해할 수 있을 것 같다.

사람은 성장해서 어른이 되어 간다. 하지만 어린 시절의 자신은 정말로 사라지는 걸까?

육체 같은 건 어쩌면 의미가 없는지도 모른다. 우리를 우리답게 만드는 것은 감정, 사념, 그리고 영혼.

그것들은 남겨진다. 우리가 그것들을 절실하게 품었던 그 장소에 홀로 남겨져 외로이 기다리고 있다. 그 사념의 주인이, 혹은 그것과 공명할 수 있는 영혼을 지닌 이가 찾아와 자신을 깨워 주기를, 자신을 불러 주기를 기다리고 있는 것이다.

아홉 살 때의 아이카와 고이치가 맛보았던 공포, 그가 품었던 증오, 살의는 고스란히 제4초등학교에 남겨졌다. 너무나도 절실했기에 남겨졌던 것이다.

히로시마에 원자폭탄이 떨어졌을 때 폭심지 근처의 돌계단에 앉아 있던 사람의 그림자가 폭발의 섬광으로 그 자리에 새겨진 사진을 본 적이 있다. 마치 그 사진처럼 우리들이 품었던 강한 감정은 그 자리에 오롯이 남겨지는 것이다.

덧칠된 벽의 건너편에서 아홉 살의 아이카와 고이치가 기다리고 있었다. 그곳에 내가 왔다. 약혼자를 교통사고로 죽게 한 여자에 대한 살의와 증오로 머릿속이 꽉 차 있던 내가.

그래서 우리들은 공명했다. 진동수가 같은 소리굽쇠처럼. 내가 발산하는 증오의 에너지를 먹고 자란 그가 창고에서 기어 나왔다. 그렇게 실제의 형체를 이루어 이십 년 전부터 품고 있던 염원을 실현하고, 육체를 가지고 있는 '어른이 된 그'를 대신하여 새롭게 살아가려 한 것이다.

내가 그를 불러냈다.

나는 생각했다. 다시 한 번, 똑같은 일을 할 수 있을지도 모른다고. 이번에는 나 자신을 깨우러 가는 거다.

어딘가에서 홀로 남겨진 내가 기다리고 있다. 약혼자가 세상을 떠난 사고 현장에서, 어린 시절 따돌림을 당해 울면서 달렸던 골목에서. 내가 남겨 두고 떠난 그 감정을 그대로 끌어안고 있는 또 다른 내가 기다리고 있을 것이다.

어디 있니? 도대체 어디 있는 거니?

그녀를 깨워 내 대신 움직이게 하는 일, 어두운 염원을 이루는 일은 어렵지는 않으리라. 틀림없이 해낼 수 있다. 틀림없이.

나는 이곳저곳을 계속 걸을 것이다. 그녀를 찾아 헤맬 것이다. 그렇게 걸어가다 보면 언젠가 어느 어두운 밤거리에서, 아련한 기억이 남아 있는 길모퉁이에서 어느샌가 나와 함께 걸어가는 또 하나의 그림자를 발견하게 되리라. 내 손안에 미끄러져 들어오는 작고 차가운 손을 느낄 수 있을 것이다.

　나는 절대 포기하지 않는다. 그날이 올 때까지.

★

구 원 의

저 수 지

2

1

"예쁘죠?"

곁에서 들려온 목소리에 나는 얼굴을 들었다. 카운터 건너편에서 점원이 웃고 있다. 통통한 체격의 중년 남자. 어쩌면 이 가게의 주인인지도 모른다. 아유미야라는 상호가 찍힌 데님 앞치마를 둘렀고, 걷어 올린 티셔츠의 소매 아래로는 굵은 두 팔이 보인다.

"예, 구사기조메풀이나 나무 등에서 뽑은 천연 염료를 쓴 염색법죠? 붉은색이 선명해서 참 곱네요."

나는 들고 있던 손수건을 펼쳐 보았다.

아유미야는 열 평 남짓한 크기밖에 안 되는 아담한 기념품 가게다. 전통 양식에 가깝게 지은 목조 민가의 한 부분을 개조해서 가게로 만들었다. 바로 옆은 찻집인데 이 동네에서 많이 재배하는 살구를 듬뿍 넣어 만든 케이크와 젤리로 유명한 곳이다.

나도 조금 전까지 그곳에 있었다. 커피가 무척 맛있는데다 컵도 예뻐 점원에게 물어보았더니, 똑같은 컵을 이곳 아유미야에서 팔고 있다고 가르쳐 주었다.

이곳에 도착한 지 얼마 되지 않았으니 기념품을 사기에는 아직 이르다. 그보다는 꽃다발을 사는 게 먼저다. 하지만 별로 큰 짐이 될 것 같지도 않아 결국 사고 말았다. 거스름돈을 기다리는 사이 계산대 옆 카운터 위에 놓인 커다란 바구니에서 예쁜 구사기조메 손수건을 발견했다.

열어 둔 문 사이로 초여름답지 않은 서늘한 미풍이 불어와 천장에 매달려 있는 색색의 종이풍선들을 흔든다. 도쿄에서 차로 다섯 시간. 증류수처럼 맑은 고원 지대의 공기가 운전에 지친 머리를 개운하게 해 주었다.

"이건 무슨 풀로 물들였나요? 특히 이 붉은색. 참 신기하네요."

앞치마를 두른 점원은 기쁜 얼굴로 나에게 되물었다.

"어떤 풀 같습니까? 잘 보면 알 수 있는데요."

이곳은 스키와 테니스, 요즘 들어서는 행글라이더 등 젊은이들이 좋아하는 스포츠 시설이 갖춰진 고원 관광지의 전형과 같은 동네다. 주말에는 하라주쿠나 시부야 못지않게 북적댈 테지만 지금은 그렇지 않다. 가게 안에는 나와 젊은 커플 한 쌍이 전부다. 손을 꼭 잡고 얼굴을 맞댄 채 기념품을 고르는 데 여념이 없는 두 사람은 주위의 시선 같은 건 신경 쓰지 않았다. 점원도 심심하니 손님에게 말을 거는 모양이다. 나는 손수건을 펼쳐 무늬를 들여다보는 척만 하다가 대충 넘겨짚었다.

"뭘까…… 살구?"

"손님께선 도쿄에서 오셨습니까?"

"예."

"역시. 간토 지방 말씨라서 금방 알아봤어요. 도시 분들은 화초에 대해 잘 모르시니까요."

점원은 즐거운 듯 웃었다. 나 역시 예의상 조금 웃어 보였다.

"그건 말이죠, 피안화로 물들인 겁니다. 아니, 물들였다 그러더라고요. 이 동네에서 만든 물건이 아니라서 저도 자세히는 모르겠습니다만."

"피안화요?"

"만주사화라고도 부르는데요."

"아아, 그 붉은 꽃 말인가요?"

"네, 묘지에 많이 심잖아요. 붉은색인데도 어딘가 좀 어두운 구석이 있는 꽃이죠. 하지만 그 꽃으로 물들이면 이렇게 선명한 붉은 빛이 나온다네요."

나는 구사기조메의 손수건을 펼쳐 들어 다시 한 번 들여다보았다. 눈에 확 들어오는 무늬는 아니었지만 붉은색 부분만은 만주사화의 독특한 꽃잎 모양과 비슷했다. 내가 한 질문의 대답은 이미 이 손수건에 그려져 있었던 것이다.

"이 동네에서 만든 게 아니라고 하셨는데……?"

점원은 손을 들어 대충 북쪽을 가리켰다.

"국도를 따라 북쪽으로 쭈욱 올라가다 보면 이곳보다 해발 고도가 더 높은 곳에 마을이 하나 나옵니다. 고바나이라는 곳인데요. 그곳에서 만듭니다."

"고바나이라……."

지도에는 안 나와 있던 곳 같다.

"인구가 오십 명 정도밖에 안 되는 콩알만 한 마을이에요. 오가기도 무척 불편하고요."

"이 구사기조메 하나로 먹고사나요?"

점원은 포동포동한 손을 내저었다.

"설마 그럴 리가요. 그곳을 먹여 살리는 건 숯입니다. 이게 말이죠, 장난이 아니랍니다. 하나의 산업이에요."

그곳에서 생산되는 숯은 말 그대로 고급품이라고 한다.

"빈초 숯유명한 고급 숯만큼 알려지진 않았지만 품질만 놓고 보면 고바나이 쪽이 더 윗길이에요. 도쿄나 오사카의 고급 요정, 호텔, 레스토랑에서 매년 예약을 해서 사 갈 정도니까요. 정말 깊은 산골인데다 땅도 척박해서 농업은 계단식 밭에서 밭벼를 찔끔찔끔 수확하는 게 전부지만, 숯 하나만으로도 고바나이 사람들은 돈을 많이 번답니다."

솔직히 좀 놀랐다. 나야 고급 요정 같은 곳엔 갈 일 없는 사람이지만, 그런 최고급만 따지는 곳이 이런 작은 시골 마을 사람들의 노동력으로 지탱되고 있다는 사실이 의외면서도 재미있다.

"고바나이로 가려면 어떻게 해야 하죠? 차로 금방 갈 수 있는 거리인가요?"

기왕에 먼 곳까지 온 참이다. 유감스럽게도 만주사화를 구경하기엔 아직 철이 이르지만 예쁜 구사기조메를 만드는 마을까지 한번 가 보는 것도 나쁘지 않겠다. 점원도 이쪽의 생각을 읽었는지 약간 얼굴을 찡그렸다.

"꽤나 고생하실 겁니다. 가는 길이 무척 험하거든요. '구원의 저수지'도 지나야 하고. 아가씨가 운전해서 가실 생각이라면 그다지 권해 드리고 싶지 않네요."

구원의 저수지─그 말을 듣는 순간 가슴속 깊은 곳에서 뭔가 무거운 것이 내려앉았다. 구사기조메의 붉은빛마저 일순 퇴색되어 보일 정도로.

아아, 그쪽이란 말인가.

십 년 전, 그 구원의 저수지에서 하나밖에 없는 오빠가 세상을 떠났다. 오늘은 오빠의 기일. 내가 이곳까지 온 이유도 오빠의 목숨을 집어삼킨 구원의 저수지에 꽃이라도 바치기 위해서였다.

사고가 일어났을 때 오빠는 스무 살 대학생, 나는 열일곱의 고등학교 3학년이었다.

오빠는 진중하고 품행 방정한 사람은 아니었다. 그런 사람이었으면 그렇게 죽지 않았으리라.

동아리 친구 차에 네 명이 타고선 심야에 서킷을 달리는 레이서라도 된 양 굽은 산길을 시속 백사십 킬로미터 이상(사고 조사에서도 이 이상 정확한 수치는 나오지 않았다)의 속도로 내달리다, 커브를 미처 돌지 못하고 가드레일을 받으면서 이곳 사람들이 구원의 저수지라 부르는 깊은 못에 빠져 세상을 떠났다. 게다가 네 명 모두 만취 상태였다. 그러니 누가 운전했더라도 결과는 마찬가지였으리라.

오빠와 친구들 네 명이 이곳을 찾은 이유는 친구 중 한 명의 고향이 이곳과 가까운데다 당시로서는 신종 스포츠였던 잔디 스키를 즐길 수 있었기 때문이다. 새로운 걸 좋아하는 오빠가 그런 찬스를 놓칠 리 없었다.

사고 현장은 이차선 도로가 크게 반원을 그리면서 계곡 쪽으로 삐져나와 있는 곳이었다. 가드레일에 바짝 붙어 서니 옅은 초록빛의 저수지 수면이 발밑에 닿는 듯했다. 이 동네에선 사고 다발 지역으로 유명한 곳으로, '속도를 줄일 것'이라는 팻말이 눈에 거슬릴 정도로 많이 서 있다. 그런 곳을 왜 '구원의 저수지'라고 부르는지 물었을 때, 담당 경찰이 약간 곤혹스런 표정을 지으며 가르쳐 준 말을 지금도 기억하고 있다.

"이곳에서 사고를 만나면 '하느님, 살려 주세요' 하고 구원을 비는 것 외에는 방법이 없기 때문이죠."

저수지에 빠졌을 때 오빠 일행이 그렇게 외쳤는지는 알 길이 없다. 저수지는 깊어, 사고 다음 날 낮에야 차를 끌어낼 수 있었다. 차 안에 있던 시신은 두 명뿐이었고, 오빠의 가장 친한 친구였던 가와이 겐이치라는 청년의 시신은 저녁 무렵 잠수부가 건져 올렸다.

하지만 오빠의 시신은 결국 찾지 못했다. 그것이 사고 처리에 혼란을 몰고 온 원인이 되었다.

전원이 사망했기 때문에 어느 누구도 억울할 게 없다는 건 세상을 떠난 이들에게나 해당되는 말이고, 남겨진 유족들 사이에서는 운전한 사람이 누구인가가 큰 문제가 되었다.

차 안에 있던 두 사람의 시신은 뒷자리에서 발견되었다. 결국 운전자는 오빠 아니면 가와이 둘 중 하나다. 둘 다 면허를 가지고 있었고, 두 사람 다 차 주인은 아니지만 부탁을 받고 대신 운전했을 가능성은 충분했다. 언제나 행동을 같이했던 네 사람이었기에 흔히 있을 수 있는 일이었다.

조사 후, 경찰은 운전자가 가와이 겐이치라고 단정했다. 거기에는 나름대로 근거가 있었다. 하지만 가와이 씨 유족은 이를 받아들이지 않았다. 또 한 명의 용의자인 오빠의 시신이 발견되지 않았다는 점을 들어 경찰에 강력하게 이의를 제기했다. 다시 말해 운전자는 우리 오빠, 소마 가즈키라는 말이었다.

딱히 쓰고 싶은 표현은 아니지만, 상대방이 싸움을 걸어온 이상 우리도 피할 이유가 없었다. 특히 엄청나게 화가 난 엄마는 자신의 모든 인생을 걸고 싸움에 나섰다. 마치 오빠의 갑작스런 죽음으로 생긴 가슴속의 깊은 공백을 이 싸움으로 메우기라도 하려는 듯 보였다.

"가즈키가 누명을 쓰게 내버려둘 줄 알아?"

결국 사건은 법정 싸움으로 번졌고, 덕분에 나는 사이좋았던 오빠를 잃은 것도 모자라 십 대 후반에서 이십 대 중반이라는 인생의 가장 빛나는 시기를 진흙탕 싸움을 지켜보며 보내야만 했다.

소송이란 원고와 피고의 싸움이 아니다. 서로 세월과 다투는 싸움에 불과하다. 그만큼 오랜 시간과 인내를 요구한다. 그렇기에 더더욱 물러날 수 없는 싸움이기도 했다. 여기서 포기하면 이제까지의 고생이 다 물거품이 된다—지난 십 년간 우리 가족을 지탱해 온건 오직 이 한마디뿐이었다.

그러나 재판도 끝이 났다. 나는 오늘 오빠에게 그 사실을 전하고 싶어 이곳에 왔다.

결국 구사기조메 손수건을 다섯 장 사고 아유미야를 나섰다. 예쁜 손수건은 직장 동료들에게 기념품으로 선물하기 딱 좋았다. 유급 휴가까지 써서 온 길이니 이 정도는 챙겨 줘야 할 테지.

역 앞의 꽃 가게에서 꽃다발을 산 후 차에 올라탄 게 오후 두시 조금 넘어서였다.

구원의 저수지로 가려면 시내에서 편도로만 한 시간 넘게 달려야 한다. 평일인데다 여름 관광철은 아직 시작되지 않은 탓에 도로 위는 한산했지만 나는 조심스럽게 운전했다. 구원의 저수지 근처에서 대형버스와 스쳐 지나갈 땐, 행여 버스가 엉덩이를 한번 흔들기만 해도 내가 탄 작은 차 따위는 튕겨나가지 않을까 싶어 핸들을 쥔 손에 땀이 배기도 했다.

이상하게도 위험한 도로일수록 주변의 경치가 아름답다. 악녀는 으레 미녀인 것과 비슷한 이치인지도 모른다.

사고가 났던 장소 부근에는 차를 세울 만한 곳이 없다. 나는 조금 더 지나 눈에 띈 대피 차로에 차를 세우고 걸어서 되돌아왔다. 사방을 둘러보아도 차라곤 그림자도 보이지 않았지만 조심하지 않을 수 없었다.

사실 내가 혼자서 여기 오겠다고 했을 때 엄마는 심하게 반대했다. 왠지 불길한 예감이 든다는 것이다. 조심하고 또 조심하겠다고 몇 번이나 안심을 시켰는데도 엄마는 출발 직전까지 "역시 면허를 못 따게 했어야 했어"라고 중얼거리며 한숨을 내쉬었다.

나 역시 혼자 오고 싶어 온 게 아니다. 십 년간 질질 끌던 소송이 끝나자 맥이 풀린 탓인지 한 달 전에 아버지가 쓰러진 것이다. 뇌졸중으로. 다행히 목숨은 건졌지만 거동이 불편해져 엄마를 곁에 두지 않고는 일상생활도 할 수 없는 지경이 되었다. 나는 그런 두 사람 몫까지 지고 왔다.

짧게 합장을 하고 발아래의 비취색 수면을 바라보며, 수면보다는 오히려 머리 위 푸른 하늘을 향하는 기분으로 꽃다발을 던졌다. 꽃을 선물할 여자친구가 생기기도 전에 저세상으로 가 버린 오빠를 위해 특별히 고른 새빨간 장미다. 장미 꽃잎이 허공에 흩날리다가 완만한 곡선을 그리며 떨어지는 모습을 보고 나는 천천히 발걸음을 돌렸다.

그때 반대편 차선에서 승용차 한 대가 나타났다. 평범한 흰색 세단으로 꽤 오래된 모델인 듯싶다.

스쳐 지나갈 때 핸들을 쥐고 있던 젊은 여자가 힐끗 내 쪽을 쳐다보았다. 나 역시 그녀를 보았다. 시선이 교차한 것은 일순간이었지만 그걸로 충분했다. 여자란 같은 여자를 관찰하는 데는 타고난 촉이 있다. 남자들이 미인에 민감하다고들 얘기하지만, 실제로는 여자 쪽이 훨씬 섬세한 안테나를 숨기고 있다가 스쳐 지나가는 아름다움을 잡아내는 법이다.

아름다운 여자다. 하나로 묶은 검고 긴 머리는 왼쪽 어깨 쪽으로 늘어뜨렸다. 흰 볼에 도드라질 정도로 선명한 붉은 입술. 흑백 사진에 붉은빛 한 방울을 떨어뜨린 듯했다. 마치 조금 전에 던졌던 빨간 장미 같다고나 할까. 아니, 그보다는 만주사화가 더 어울리겠다.

멀어져 가는 차의 번호판을 보니 이 동네 차다. 속도가 빠르진 않지만 산길을 주저 없이 미끄러져 나가는 모습이 안정적인 것도 당연하다 싶었다.

나는 차로 돌아와 시동을 걸었다. 안전벨트를 맬 때 조수석 시트에 떨어진 장미 꽃잎 하나가 눈에 들어왔다. 그걸 집어 창밖으로 던지는 순간, 꽃잎의 빨간색에 마음이 쏠려 문득 생각이 났다.

만주사화의 별명이 '저승화'라는 사실이.

2

그날 밤은 동네 호텔에 머물렀다.

휴가는 이틀이나 더 남아 있었다. 천천히 목욕을 한 후 지도를 뚫어져라 들여다보며 내일부터의 계획을 세웠다. 호텔 맨 위층 레스토랑에 저녁을 먹으러 올라간 건 저녁 일곱시쯤이었다. 밖으로 나갈 기운도 없었고 유명한 먹거리가 있는 마을도 아니다. 흔해 빠진 메뉴라도 상관없었다.

대신 식사 전에 와인을 두 잔 주문했다. 한 잔은 레드로, 또 한 잔은 화이트로. 어쨌든 오빠는 돌아올 수 없으니까 건배할 만한 일은 아니지만, 그래도 역시 재판이 끝났다는 사실을 오빠에게 보고하고 함께 잔을 부딪치고 싶었다.

참 이상하게도, 사고는 십 년도 더 된 옛날 일인데, 오빠가 죽은 게 마치 얼마 전 일처럼 느껴졌다. 법정에서 다투는 동안 몇 번이나 오빠 이름을 입에 올리거나 듣거나 한 탓에, 오빠가 아직 건강하게 살아서 우리랑 줄곧 같이 살아온 듯한 착각이 들어서인지도 모른다.

그러기에 오늘 밤 와인 잔을 기울이고 나 혼자만의 의식을 치르며 오빠를 떠나보내려는 것이다. 만약 누군가가 여자 혼자 여행을 하는 모습에 흥미가 생겨 나를 보고 있다면, 내 우울한 모습은 영락없이 실연 여행을 떠난 여자로 보이겠지.

나를 위해 레드 와인을 마시고 오빠 몫의 화이트 와인 잔도 들었다. 알코올에는 약한 편이다. 위장 언저리가 뜨뜻해지고 머리가 몽롱해졌다.

유리창 저편으로 내려다보이는 마을 풍경엔 아름다운 야경도 화려한 전구 불빛도 없다. 겨울에는 스키장 슬로프에 환한 불빛이 비쳐 야간 스키를 즐기는 젊은이들의 모습이 보인다지만, 지금은 오로지 휴식과 무료함, 개개인의 은밀한 기쁨을 즐기는 계절이다. 하늘에는 달도 보이지 않는다.

그러고 보니 오빠 일행이 사고를 당한 그날 밤도 달이 뜨지 않았다. 그뿐만 아니라 구원의 저수지에서 사고가 나는 때는 대체로 달이 뜨지 않는 밤이라는 얘기도 들었다.

— 그래서 저수지에 빠진 시신이 발견되지 않는 경우도 많습니다. 산속이라서 달빛이라도 있으면 수색이 그나마 좀 쉬워지는데 말이죠. 행방불명, 사망 추정으로 처리된 실종자는 오빠분만이 아니랍니다.

헤드라이트 하나에만 의지한 채 달려야 하는 밤길에서 뭔가가 운전자를 놀라게 해 사고가 나는 경우도 있겠지. 고양이나 토끼 같은 것들이 휙 뛰어든다거나.

그 순간 바로 옆에서 들려온 큰 소리에 퍼뜩 정신이 들었다.

"죄송합니다!"

한눈에도 아르바이트생으로 보이는 젊은 웨이터였다. 쟁반 위에 놓여 있던 주전자가 그만 내 옆자리의 시트에 뒤집혀 떨어진 것이다. 무릎 위로 찬물이 튀었다. 그뿐만이 아니다. 옆자리엔 가방도 놓여 있었다. 하필 운도 없어 오늘 들고 온 가방은 얇은 천으로 된 것이었다. 안에 있던 내용물도 다 젖었다.

이런 일로 소란을 떨고 싶지는 않았다. 정중한 사과를 받은데다 다행히 가방 속에 담아 온 건 지갑이랑 손수건밖에 없었다. 다만 아유미야에서 샀던 구사기조메 손수건도 같이 들어 있긴 했다. 다섯 장 따로따로 포장을 해 뒀는데 사이좋게 다같이 젖어 버리는 바람에 기념품으로 내밀기엔 글렀다.

방에 돌아와 젖은 포장지들을 벗겨냈다. 비닐 포장 안에 들어 있었기 때문에 손수건에 물이 묻진 않았다. 어차피 맘에 들어서 샀으니 내가 쓰면 그만이다. 엄마에게 줘도 좋아할 것 같고. 동료들에게 줄 선물은 나중에 또 찾아보자. 그렇게 생각하면서 손수건을 들여다보고 있던 참이다.

만주사화 무늬의 손수건 한구석에 이름이 새겨져 있는 것을 발견했다. 자세히 보니 다른 손수건들에도 새겨져 있다. 알파벳 이니셜로 된 것도 있고 히라가나로 쓰여 있는 것도 있다. 아마도 만든 사람의 사인 대신 넣나 보다.

만주사화 무늬의 손수건에는 ITUKI라고 새겨져 있었다.

ITUKI…… 이쓰키. 오빠의 별명이었다 가즈키는 한자로 一樹라고 쓰는데, 이쓰키라 고 읽기도 한다. 줄여서 '잇키'라고 부르는 친구들도 있었다. 성격으로 보 나 나이로 보나(죽었을 때 겨우 스무 살이었으니) 딱딱한 격식 같 은 걸 싫어하던 오빠는 친한 사람들에게 보내는 연하장엔 일부러 '잇키'라는 이름을 써넣기도 했다.

설마…….

우연이겠지. 그렇게 생각했다. 이쓰키라는 이름은 요즘이라면 그렇게 별난 이름도 아니다. 전화번호부를 펼치면 다로나 지로 같 은 이름을 찾기가 더 어려울 정도니까. 一樹라는 한자를 이쓰키라 고 읽는 경우도 꽤 많은 듯하고.

나는 웃으면서 손수건을 접었다. 젖은 가방을 욕실에 걸어 두고 갈아입을 옷을 챙겨 온 보스턴백에 손수건을 넣은 후 주변을 정리 했다. 텔레비전이라도 보면서 느긋하게 뒹굴다가 일찍 자자. 오늘 은 피곤했어.

하지만 텔레비전 프로그램이 눈에 들어오지도 않았을뿐더러 침 대 위에 누워도 도통 잠을 이룰 수 없었다. 가슴만 점점 더 두근거 렸다.

나는 침대에서 일어나 머리를 매만지고 립스틱을 바른 후에 외 투를 집어 들었다. 서두르다 보니 나도 모르게 슬리퍼를 신은 채로 방문을 나섰다. 쯧쯧쯧 혀를 차며 슬리퍼를 벗어 던진 후 운동화를 신고 엘리베이터로 향했다.

아유미야는 문을 닫았지만 바로 옆 찻집은 아직 열려 있었다. 밤 에는 술집으로 바뀌는 모양이다. 가게 안에는 젊은 커플이 몇 쌍

앉아 있고 음악이 낮게 흘렀다. 색색의 커피 잔을 늘어놓은 선반 앞에는 낮에 아유미야에서 말을 걸어왔던 중년의 점원이 서 있었다. 안녕하세요, 하고 인사하는 내 목소리는 왠지 들떠 있었다.

"글쎄요……."

처음 봤을 때 짐작했던 대로 중년의 사내는 아유미야와 이 찻집의 주인이었다. 이시다라고 했다. 지금은 위스키 회사의 이름이 들어간 앞치마를 두르고 있다.

"고바나이에 대해선 저희들도 잘 모른답니다."

이쓰키 혹은 소마라는 인물이 그곳에 살고 있는지는 전혀 모르겠다고 한다. 그는 사람 좋아 보이는 얼굴을 곤란하다는 듯 찡그려 보였다.

나는 테이블에서 반쯤 몸을 내밀며 말했다.

"하지만 구사기조메는 고바나이에서 들여오잖아요. 그 마을 사람이 직접 가지고 오는 거 아니에요?"

"네, 맞습니다. 도매상이 따로 있진 않으니."

나는 지갑을 열고 언제나 가지고 다니는 오빠의 사진을 꺼냈다.

"이거 한번 봐 주세요. 이렇게 생긴 남자가 온 적 없었나요? 십 년 전 사진이라 얼굴이 좀 변했을 수도 있는데요."

이시다 씨는 끝이 갈색으로 변색된 사진을 집어 올려 들여다보았다. 잠시 후 그는 천천히 고개를 가로저었다.

"잘 모르겠네요……. 있는 것 같기도 하고 없는 것 같기도 하고. 그 마을 사람들하곤 직접 얼굴을 마주치는 경우가 거의 없어서."

그는 사진을 테이블 위에 올려놓고 내 쪽으로 밀었다.

"하지만 그 마을 사람들도 장 보러 내려오거나 할 거 아녜요?"

"그럴 때는 산자락 더 아래까지 내려간답니다. 여기는 관광객들을 모으기 위해서 만들어진 곳이거든요. 게다가 몇 번이나 말씀드렸지만 저희는 그쪽 사람들하고 어울리지 않아요. 그쪽이 싫어하거든요. 그러니 저뿐만 아니라 이곳 사람들 누구에게 물어봐도 결과는 마찬가지일 겁니다. 고바나이는 정말로 폐쇄적이거든요."

나는 글라스를 들고 이시다 씨가 권해 준 묽은 캄파리 앤 소다를 마셨다.

"한번 가 보고 싶어요."

"뭐라고요?"

"고바나이에 한번 가 보고 싶어요. 위치를 좀 가르쳐 주세요. 차로 왔으니 길만 알면……."

말이 채 끝나기도 전에 이시다 씨가 말했다.

"안 돼요, 안 돼요. 무리입니다. 차도 그냥 보통 승용차죠?"

"예, 그런데요?"

"우선 그걸로는 산길을 못 올라가요. 사륜구동이 아니면 절대로 안 됩니다. 게다가 아가씨 운전 실력으로는요."

차는 빌리면 되지 않느냐고 했더니 그는 찌푸린 얼굴을 했다.

"아까부터 계속 말씀드리지만 그쪽 인간들은 배타적이에요. 이 마을 사람들조차도 거기는 안 간다니까요. 그런데 아가씨처럼 생판 다른 곳에서 온 사람을 환영해 줄 것 같습니까? 여기 같은 곳을 상상하시면 안 됩니다. 산속, 정말 손바닥만 한 곳에 지붕이 다닥

다닥 붙어 있는 집락촌이에요."

"가면 무시만 당한다, 이 말씀이신가요?"

"그러기만 하면 다행이게요."

그는 조금 짓궂은 눈을 하고선 한마디 덧붙였다.

"더 험한 꼴을 당할 수도 있다고요."

나는 조용히 있었다. 그의 말을 곧이곧대로 들어서가 아니라 도시에서 사람을 만날 때처럼 가벼운 기분으로 가서는 안 된다는 사실을 깨달았기 때문이다.

게다가 만에 하나 ITUKI가 오빠라면, 고바나이 같은 곳에서 왜 십 년이나 숨어 지냈을까? 그래야만 하는 이유가 있었으리라는 생각이 들었다. 이런 것도 헤아리지 않고 무작정 쳐들어갔다가는 오빠 쪽에서 피할 수도 있지 않을까.

한편으로, '오빠가 아직 살아 있을지도 모른다고 기대하다니 이런 바보 같은······' 하는 생각도 들었다. 만일 오빠가 멀쩡히 살아 있다면 지난 십 년 동안 한 번 정도는 연락을 했으리라. 적어도 내가 기억하고 있는 오빠는 사고가 났을 때 '이거야말로 기회다. 이참에 가족들과 연을 끊자'라고 생각할 만한 사람은 아니다. 부모 자식이나 형제간에 자주 다투긴 했어도 그 정도로 냉랭한 가족은 아니었으니까.

하지만 그런 오빠에게조차도 연락을 끊지 않으면 안 될 사정이 있었다면?

"이봐요, 아가씨. 왜 그렇게 고바나이에 관심을 가지세요?"

이시다 씨가 물어오자 막상 대답이 궁해졌다.

"이 ITUKI라는 분이 그렇게 중요한 사람인가요?"

또다시 물어 오자, 작심하고 자세하게 설명해 주었다. 이시다 씨의 양 볼 부근에 호기심 어린 표정이 징그럽게 떠 있었기 때문이다.

하지만 얘기를 다 들은 이시다 씨는 살짝 심드렁한 표정으로 퉁퉁한 팔을 긁적긁적 긁으며 말했다.

"에이, 그런 얘기였나? ……아가씨, 참 안된 얘기지만 구원의 저수지에 빠졌다가 살아 돌아온 경우는 이제까지 본 적도 들은 적도 없어요. 거기 빠져서 시체도 못 찾은 사람들이 수두룩해요. 이름이 같다는 건 그냥 우연입니다. 빨리 꿈 깨는 게 좋아요."

기세 좋게 나선 만큼 실망도 컸다. 호텔에 돌아와 엘리베이터를 타고 올라가는데 아까 주전자를 엎질렀던 웨이터가 중간에 탔다. 객실에서 룸서비스를 치우고 돌아오는 길인지 수건을 덮은 쟁반을 들고 있었다. 내 얼굴을 보자 당황한 표정으로 또 사과를 하기 시작했다.

"괜찮아요. 이제 됐어요."

그렇게 말하는 사이 한 가지 생각이 떠올랐다.

이 웨이터도 이 지역 사람 같고, 나한테 이렇게까지 미안해하며 벌벌 떨고 있기도 하다. 고바나이에 대해서 물어보면 이시다보다는 좀 더 자세하게 가르쳐 주지 않을까?

"저기요, 뭐 하나 물어보고 싶은 게 있는데요."

일단 내 방이 있는 층에서 내리도록 한 후 말을 꺼냈다. 가까이서 보니 아직 양 볼에 솜털이 보송보송 남아 있는 웨이터가 겁먹은 어린아이같이 눈을 깜박거리면서 내 얘기를 듣고 있었다.

"고바나이에 대해선 나도…… 아니, 저도 잘 모릅니다."

그렇게 말하면서 쟁반을 들고 있지 않은 손을 들어 머리를 긁적인다.

"학교 동창 중에 고바나이에 사는 사람은 없어요?"

"거기는요, 작은 마을이라서 아이들이 별로 없거든요. 제 친구 중엔 거기 사는 애들이 없었어요."

웃고 있는 그의 얼굴은 어린아이 같았다. 나도 따라 웃었다.

"그래……, 그랬군요. 사실은 고바나이에 가 보고 싶은데 가는 길 알아요? 가르쳐 주면 좋겠는데. 안내해 줘도 좋고. 물론 사례는 할 테니까."

웨이터는 깜짝 놀란 얼굴이었다.

"그…… 그런 데를 뭐하러 가시게요?"

"예쁜 구사기조메를 만드는 데잖아요. 거기에 흥미가 있거든."

"그러세요……?"

그는 고개를 갸우뚱거렸다.

"저도 어느 쪽인지 대충밖에 몰라서 안내해 드릴 자신은 없거든요."

"누구에게 물어도 똑같은 대답이네. 고바나이는 환상의 마을인가 봐."

"환상의 마을이라뇨?"

"용궁 같은 곳."

그는 싱겁다는 듯 웃었다.

"에이, 그런 이상한 곳은 아니에요. 숯을 사러 도쿄에서 사람들이 드나드는데요, 뭐."

"그 사람들도 마을까지는 안 가잖아요, 맞죠?"

"하긴……. 하지만 마을 사람들도 조금씩이긴 해도 물건을 사러 내려오기도 해요. 병원에도 가고……."

순간 그의 눈이 커졌다.

"맞아, 그렇게 고바나이에 가고 싶으시다면 이건 어떨까요? 그 마을 사람이 내려왔을 때 이유를 설명하고 함께 가는 거예요."

웨이터의 말에 따르면 호텔 여종업원 중 하나가 고바나이에 사는 여자를 안다고 한다.

"치과 대기실에서 한두 번 마주쳤는데 서로 인사 정도는 한 사이인 모양이에요. 오늘도 그 여자를 만났다고 했어요. 충치 치료 때문에 쭉 치과에 다니고 있는데 내일도 예약이 있다고 들었고요."

그 치과는 역 앞에 있다고 한다.

"이름이 뭐라더라……. 엄청난 미인이랬으니 가서 보면 한눈에 알 수 있지 않을까요?"

그때 내 머릿속에 영상이 하나 떠올랐다. 낮에 구원의 저수지에서 스쳐 지나갔던, 만주사화처럼 붉은 입술을 가진 여자.

"정말 고마워요. 그렇게 해 볼게요."

조금 의아해하는 웨이터를 엘리베이터에 밀어 넣고 방으로 발걸음을 돌렸다. 무의식적으로 바짝 말라 립스틱도 지워진 입술을 혀로 핥으면서.

숨어서 망을 보고 있자니 기분이 묘했다.

아무리 관광지라고 해도 시골이라 그런지 땅을 쓰는 게 널찍널찍했다. 동네 치과인데 환자 전용 주차장이 있다. 덕분에 구석에 차를 세워 두고 천천히 기다릴 수 있었다. 문제의 그 여자가 몇 시에 예약했는지 알 길이 없었으므로 치과가 문을 여는 시간부터 화장실도 꾹 참고 병원에 드나드는 차와 사람들을 확인했다.

오늘도 날씨는 화창하게 맑았고 바람에서는 갓 핀 나뭇잎 냄새가 났다.

이런 하늘 아래에서 나는 안절부절못한 채 손톱을 깨물고 있다. 잡지도 읽을 수가 없다. 음악을 틀어도, 라디오를 켜도 아무것도 귀에 들어오지 않는다. 발밑은 둥둥 떠 있는 것 같고, 긴장해서 위도 아프다. 때때로 맥박이 멈추는 기분까지 든다. 왜 이렇게 뻣뻣해져 있는지 나 자신도 모르겠고, 지금 머릿속에 있는 생각이 웃길 정도로 말이 안 된다는 사실도 잘 아는데 얼굴에 도저히 웃음기를 띄울 수가 없었다.

단 한 장의 구사기조메 손수건이, 내가 이런 반쯤 미친 짓을 하게 만들고 있는 거다.

어디서 본 듯한 차가 주차장 입구에 들어선 건 오후 세시가 거의 다 되어서였다.

내 뒤쪽 오른편에서 들어왔기 때문에 조수석에 앉은 사람의 얼굴이 보였다 일본의 자동차는 운전석이 오른쪽에, 조수석이 왼쪽에 있다. 어제 그 여자다. 오늘은 머리를 묶지 않았다. 양어깨 위에 가지런히 늘어뜨린 머리는 열린 차창으로 들어오는 바람에 흩날리고 있었다.

차는 천천히 주차장으로 돌아 들어와 바로 앞에 멈추었다. 운전하는 사람의 얼굴이 그늘져 있어 보이진 않았지만 남자라는 사실은 알 수 있었다. 익숙한 듯이 바닥에 그려진 흰 선을 따라 단번에 주차를 했다. 시동을 끈다.

우선 여자가 차에서 내렸다. 키는 나보다 조금 더 큰 정도. 예상대로 날씬한 몸매에 다리가 예쁘다. 물 빠진 청바지에 하얀 셔츠, 하얀 운동화를 신은 간소한 옷차림이 그녀의 미모를 더욱 돋보이게 했다.

오늘은 컨디션이 별로 좋지 않은 것 같다. 왼손바닥으로 볼을 감싸 쥐고 있다. 충치 치료라더니 부어오르기라도 한 모양이다. 먼 발치긴 하지만 입술색도 어제처럼 선명하진 않아 보였다.

운전석 문이 열리고 운전자가 차에서 내렸다. 남자였다. 여자와 마찬가지로 청바지에 셔츠 차림. 신혼부부처럼 보인다. 그는 차 앞으로 돌아 나와 볼을 감싸 쥐고 구부정하게 서 있는 여자의 얼굴을 들여다보며 잠깐 웃더니, 그녀의 팔을 살짝 잡고는 치과 입구로 향했다.

숨을 쉴 수 없었다. 목소리도 안 나왔다. 목각 인형처럼 무력하게 입만 벙긋거리며 멀어져 가는 두 사람을 바라보았다. 그녀의 머릿결에 비친 햇빛이 반사되어 그녀보다 한 뼘 정도는 더 큰 남자의 얼굴을 환하게 비추고 있었다.

순간 왠지 모를 분노가 북받쳐 올라 손바닥으로 핸들 가운데를 때려 경적을 울렸다. 몇 번이나 몇 번이나 두 사람이 뒤돌아볼 때까지 울렸다. 그러고는 문을 박차고 나갔다.

우리들 셋의 시선이 햇빛 아래에서 맞부딪쳤다.

들리지는 않았지만 남자는 여자에게 건물 안으로 먼저 들어가라고 말하는 듯했다. 문을 열어 주고, 걱정스러운 듯이 그의 손목을 붙들고 있는 여자를 조심스럽게 들여보낸다. 그 입술이 "곧 따라갈 테니까"라고 말한 것 같다고 생각했다.

문이 닫히고 여자의 모습이 사라지자 남자는 천천히 이쪽으로 걸어왔다. 나는 둘 사이의 거리가 가까워지길 기다렸다가 입을 열었다.

"오빠?"

남자는 금방 대답하지 않았다. 꽉 쥐고 있던 그의 주먹이 서서히 풀리더니 입을 열었다. 조금은 떨리는 말투로.

"코코구나."

내 이름 소마 다카코를 그렇게 부르는 사람은 오빠뿐이다. 순간 눈물이 흘러나왔다.

4

"흰 머리가 생겼네. 아니면 햇빛에 반사되어 그렇게 보이나?"

우리들은 아유미야 옆 찻집에 앉아 있었다. 어젯밤 이시다 씨와 마주 앉아 얘기하던 테이블에 지금 오빠와 함께 앉아 있다. 나는

90

몸을 내밀어 '거봐요. 오빠가 이렇게 살아 있잖아요' 하고 말하고 싶어 이시다 씨를 찾았다. 하지만 그는 보이지 않았다.

스무 살 때와는 완전히 다르게 오빠는 짧게 깎아 자연스럽게 가르마를 탄 머리를 하고 있었다. 무슨 근거가 있어서는 아니지만, 이렇게 머리를 깎아 준 사람은 아까 그 여자라는 확신이 들었다. 틀림없다.

오빠는 머리를 긁적이면서 쓴웃음을 지었다.

"나이가 벌써 서른이니까. 조금 있으면 서른하나다. 흰머리 정도는 생겨도 이상하지 않지."

"하긴, 흰머리 일찍 나는 것도 우리 집 유전이니까."

내가 기억하고 있는 스무 살의 청년은 이렇게 점잖은 말투로 얘기하는 사람이 아니었다. 십 년의 세월이 오빠를 바람 타고 떠도는 제비에서 둥지를 지키는 메추라기로 바꿔 놨는지도 모른다.

둥지를 지킨다 이건가? 나는 물었다.

"아까 그 사람, 애인이야?"

약간 뜸을 들인 후 오빠가 대답했다.

"아내야."

별로 놀라지 않았다. 하지만 이어진 말에는 약간 충격을 받았다.

"애도 있어. 올 가을이면 네 살이야."

오빠에게 아이가 있다―.

왜 그 사실에는 움찔했을까? 아마도 여자는 헤어지게 만들면 그만이지만 아이는 떼어 놓을 수 없다고 본능적으로 판단했기 때문이리라.

맞다, 나는 이미 오빠를 데리고 돌아갈 궁리를 하고 있었다. 이렇게 오빠를 둘러싼 인간관계를 묻고 있는 것도 어느 정도의 인연, 얼마만큼의 방해물을 끊어내면 되는지 알기 위해서였다. 왜냐고? 오빠는 우리 집 사람이니까.

"재회의 기쁨은 잠깐 제쳐 두고."

나는 화제를 바꿨다. 오빠의 얼굴을 보면 마음이 약해질까 두려워 냉수가 담긴 컵만 들여다봤다.

"왜 이제까지 연락하지 않았어? 엄마, 아빠, 나 모두들 얼마나 슬퍼했는지 몰라. 우리들 생각은 한 번도 안 했어?"

오빠는 오랫동안 입을 다물고 있었다. 카운터 쪽엔 관광객으로 보이는 부부 두 사람이 점원에게 길을 묻고 있었다. 그 목소리가 유달리 크게 들렸다.

"단 하루도 생각하지 않았던 적은 없어."

작은 목소리로 오빠가 대답했다.

"정말이야."

"그럼 왜?"

"용기가 없어서였어."

한마디를 툭 던지고 내 어깨 너머 먼 곳으로 시선을 돌린다.

"혼자만 살아남아 뻔뻔스럽게 돌아갈 용기가 없었어."

오빠는 조금 더듬거리며 이야기를 시작했다.

"사고가 났을 때, 차가 절벽 밑으로 떨어지기 직전에 나는 밖으로 튕겨져 나갔어. 안전벨트를 안 맨 덕분에 살아난 셈이지."

하지만 팔과 다리가 부러져 꼼짝도 못하고 쓰러져 있었다. 그런 오빠를 구한 사람이 때마침 지나가던 고바나이 주민이었다.

"차에 실려 사고 현장을 떠나게 됐을 때 구해 준 이에게 '친구들이 같이 있었어요' 하고 말했더니 '차에 탄 채 절벽 아래 저수지에 떨어진 것 같아'라고 가르쳐 주더라고."

의식을 잃은 후 다시 정신을 차렸을 땐 낯선 방 안에 누워 있었다.

"마을에 의사는 없었지만 골절이나 타박상 정도는 확실히 낫게 해 주는 사람이 있었어. 왜, 코코도 알잖아. 옛날 우리 동네에 있던 접골원. 그거랑 비슷한 거야. 실제로 깨끗하게 나았어. 산속에 있는 마을이라 겨울이 되면 매일 영하의 날씨가 이어지는데도, 그때 다친 곳은 욱신거리지도 않아."

마을 사람들은 왜 읍내에 있는 병원에 데리고 가지 않았을까? 왜 경찰에 연락하지 않았던 걸까? 이유는 뻔했다.

"읍내로 내려가면 붙잡힐 거랬어. 사고의 책임을 모두 뒤집어쓸 거라고."

스무 살의 철없는 젊은이는 그 말을 곧이곧대로 믿었다.

"사고가 일어났을 때는 가와이가 운전을 했어. 내가 아니야. 나는 조수석에 있었어. 하지만 혼자 살아남은 내가 무슨 소리를 한들 아무도 믿어 주지 않을 거라더군. 죽은 자는 말이 없으니, 내가 죽은 이들에게 모든 책임을 뒤집어씌우려는 비겁자로 몰릴 거라고 말이야."

지난 십 년간 법정에서 진흙탕 싸움을 벌였던 시간이 떠올라 나는 눈을 감았다.

"그렇지 않아도 혼자만 살아남았다는 생각에 정말 비참했어. 그때 같이 죽어 버리는 편이 나았을 거라는 생각도 했고, 이렇게 살아서 다행이라고 생각하기도 했지. 나 자신조차 뭘 어떻게 해야 할지 몰랐어."

걸을 수 있게 되자 오늘은 읍내로 내려가야지, 오늘은 가족들에게 연락해야지 생각하면서도 도무지 실행에 옮길 수가 없었다.

"마을 사람들이 읍내에서 이런저런 소문을 전해 준 덕분에 모두들 내가 죽었다고 생각한다는 사실도 알았지. 차라리 이대로 있는 게 낫지 않을까, 나 혼자 가족의 품으로 살아 돌아와 다른 세 가족으로부터 미움을 받느니 평생 마을에 남아서 사는 게 서로의 행복을 위하는 길이 아닐까 생각했어."

마을에 있으면 마을 사람들과 어울리게 되고 자연스럽게 일도 거들게 된다. 밭을 갈고 숯 굽는 기술도 배우고, 그러다 보니 어느새 마을의 일원으로 인정받게 되었다. 결혼하고 아이를 낳고 가정을 꾸리고, 그렇게 뿌리를 내렸다.

"아직 나를 찾고 있는지도 모르고 누군가와 마주치게 될지도 몰라서 처음 칠팔 년은 읍내로 전혀 내려가지 않았어. 최근 이삼 년 동안에도 손에 꼽을 정도야. 오늘은 집사람 치통이 너무 심해서 혼자 운전하기엔 위험할 것 같아 같이 나왔지. 그런데 여기서 코코를 만나게 될 줄이야……. 너, 어떻게 내가 살아 있을지도 모른다는 생각을 했어?"

내가 이유를 설명하자 오빠는 천천히 고개를 끄덕였다.

"그랬구나. 구사기조메는 마키코가 취미 삼아 만들고 있는데,

ITUKI는 이를테면 호 같은 거야."

"마키코라니?"

알면서도 나는 물었다.

"그 사람 이름이야?"

오빠는 고개를 끄덕였다.

"나중에 소개할게, 너도 마음에 들 거야."

"가엾게도 그 여자는 내연녀 신세겠군."

나는 입을 삐죽이며 빈정대듯 말했다. 뱃속에 새까만 구름이 꽉 차 있는 기분이다. 그걸 말로 확 토해내고 싶었다.

"오빠는 호적상으로 죽은 사람이야. 아이도 죽은 사람의 아이가 된다고. 어떻게 할 거야? 그 여자의 사생아로 그냥 둘 거야? 그렇게 돼도 상관없어?"

오빠는 무척 슬픈 얼굴을 하고 있었다.

"마을 안에서 사는 데는 별 상관없어."

"우물 안 개구리로 살겠다고?"

"넓은 세상에 나가는 것만이 가치 있는 삶은 아니야. 고바나이에는 계승해야 할 전통과 기술이 있어."

오빠의 눈가에 힘이 들어갔다.

"마을 사람들 덕분에 목숨을 건지고 마을에서 살면서 그걸 깨달았어."

속이 치밀어 올랐다.

"오빠가 그렇게 은혜를 갚을 때, 또 그놈의 소중한 전통인지 뭔지에 허우적대고 있을 때, 더러운 속세에서 우리들이 어떤 일을 겪었는지 알려 줄까? 그 십 년 동안 우리가 죽은 오빠의 명예를 위해 어떻게 싸워 왔는지 전부 얘기해 줄까?"

하지만 내가 시작도 하기 전에 찻집의 문이 열리면서 사람이 들어왔다. 그 여자였다.

그녀는 곧장 오빠 쪽으로 걸어와선 오빠의 팔꿈치를 잡았다.

"얘기 끝났어요?"

나와 오빠로서는 십 년 만의 재회인데 그런 것 따위는 신경도 안 쓰는 모양이다. 나와는 어제도 마주친 적이 있는데다, 만나려고 마음만 먹으면 언제든지 만날 수 있는데 뭘, 하고 말하는 듯한 얼굴이다. 내가 누구인지 소개시켜 달라는 말조차 안 한다.

"마키코……."

오빠도 이건 아니다 싶었는지 눈썹을 찡그리며 그녀를 올려보았다. 하지만 오빠가 누구 편을 더 강하게 들고 있는지는 두말할 필요도 없다. 안색과 표정, 눈빛으로 알 수 있었다. 오빠의 마음을 쥐고 있는 건 이 여자 쪽이다.

처음으로 가까이서 본 여자는 멀리서 봤을 때보다 훨씬 더 미인이었다. 화장기도 없고 볼도 부어 있고, 치통 때문인지 얼굴색도 안 좋다. 하지만 그런 마이너스 요인들조차 깎아 놓은 듯한 얼굴에 은근한 가녀린 분위기를 더해 줘 그녀를 더더욱 매력적으로 보이게 만들었다.

만주사화의 꽃이다—그런 생각이 들었다. 따뜻한 보살핌을 받지 않으면 아름다운 꽃을 피우지 못하는 연약한 장미와는 다르다. 무덤가에서조차 선명한 붉은 꽃을 피우는 만주사화. 저승화. 법률상으로 이미 죽어 있는 오빠를 꽉 움켜쥔 채 꽃을 피우고 있다.

이 여자로부터 오빠를 구해내야 해. 십 년의 세월, 그리고 이 여자가 적이다.

나는 이를 갈고 싶은 기분이었다. 지금 여기서 아버지가 몸져누운 것, 엄마는 십 년 동안의 소송과 간병에 지쳤다는 것, 모아 놓은 돈도 다 축냈다는 것, 나는 성깔 사나운 올드미스가 되어 직장 생활도 별로 원만하지 않다는 얘기를 꺼내면 어떻게 될까?

오빠도 아버지가 편찮으시다는 얘기를 들으면 걱정이야 하겠지. 잠깐은 마음 아파할 거야. 하지만 시간이 지나면 건강하고 아름다운 아내와 귀여운 아이 쪽으로 관심이 돌아설 테지. 분명 그렇게 될 게 뻔해. 남자들이란 그렇게 집을 떠나 독립하는 존재니까.

하지만 지금은 안 돼. 이런 상황에서는 안 돼. 오빠는 십 년 전부터 속아 살아온 거니까. 하계下界로 내려가면 붙잡혀 갈 거라고 속이고 을러서 발목을 잡고선 오빠를 노예처럼 부려 온 마을 사람들, 그중에서도 특히 오빠의 아내가 된 이 여자에게 미칠 듯한 증오심을 느꼈다.

"나중에 얘기하자, 오빠."

그렇게 얘기하고 자리에서 일어섰다. 기다렸다는 듯이 오빠도 곧바로 일어섰다. 마키코가 견고히 막아 내려는 듯 쓱 오빠의 팔짱을 끼었다.

"죄송하지만 그 팔 좀 놔주실 수 있겠습니까?"

나는 부러 공손한 말투로 말했다. 그녀는 뭔가 살피는 눈빛으로 오빠를 쳐다봤다.

"먼저 가서 시동 좀 걸어 줘."

오빠가 그렇게 말하며 주머니에서 차 열쇠를 건네자 그녀는 마지못한 표정으로 받아 들었다.

"얘기 빨리 끝내요. 잇페이가 낮잠에서 깨면 울면서 당신을 찾을 테니까."

그렇게 말하고 그녀는 가게 밖으로 나갔다.

아이 이름이 잇페이였군. 별로 알고 싶지 않았다. 얼굴을 보고 싶다는 생각도 안 들었다.

"오늘 밤 한 번 더 여기 와 줬으면 좋겠어. 단둘이서 얘기 좀 해. 저 여자한테 방해받고 싶지 않아."

오빠는 곤란한 표정을 지었다.

"밤에 나오는 건 무리야. 멋대로 집을 비우면 안 되는데다 차도 못 써."

"오빠 차 아니었어?"

"마을에서 공동으로 쓰는 차야."

"완전히 노예 생활이군. 그게 아니면 군대라도 돼? 오빠는 졸병이고?"

"그딴 식으로 말하지 마."

나는 어금니를 꾹 깨물었다.

"좋아, 정 그렇다면 내가 갈게."

"마을로? 무리야. 길이……."

"근처까지라면 어찌어찌 갈 수 있어. 오빠도 두 다리는 멀쩡할 테니 걸어올 수 있는 만큼 와 주면 될 테고. 그 정도쯤은 해 줄 수 있잖아!"

오빠가 움찔했다.

"좋아, 이렇게 하자. 구원의 저수지 앞쪽 절벽 위에 보면 커다란 녹나무 한 그루가 서 있어. 거기서 만나자. 높은 펜스가 쳐져 있는데다, 일단 큰 나무가 눈에 금방 띄니까 못 찾을 염려는 없어."

밤 열두시로 시간을 정하고 우리는 헤어졌다.

한밤중은 딱 좋은 시간이다. 말하는 와중에 다시 가슴이 두근거렸다.

오빠가 일단 차에 올라타기만 하면 만사 오케이다. 그대로 도쿄로 돌아가면 된다.

승산은 있다.

5

그날 밤 출발하기에 앞서 만일에 대비해 아유미야에 들러 이시다 씨에게 커다란 녹나무가 서 있는 장소를 확인했다. 그는 말로 설명하기 어렵다면서 "잠깐만 기다리세요. 지금 지도를 그릴 종이를 가지고 올 테니까"라고 말했다.

잠시 후에 돌아온 그는 전단지 뒷면에 연필로 어설픈 그림을 그렸다. 하지만 지도로는 정확했다. 그건 나중에 입증된 사실이었다.

아유미야를 떠나 혼자 밤길을 차로 달리는 동안 나는 머릿속으로 오빠에게 할 말을 되새김질하고 있었다.

오빠, 정신 차려. 오빠 지금 속고 있는 거야. 혼자 살아남았다고 오빠가 사고 책임을 다 뒤집어 쓰다니 말도 안 되는 거짓말이야.

우리가 재판에서 이겼거든.

최종적으로 가와이 씨의 시신에 남아 있던 상처의 위치와 상태를 통해, 그의 직접적 사인이었던 가슴 타박상이 핸들과 충돌했을 때 생겼다는 감정이 나오면서 우리가 승소했다.

시간은 걸렸지만 진실이 이긴 것이다. 오빠는 이제 아무것도 두려워할 필요가 없다.

원한다면 안정을 찾은 후 아내와 아이를 불러오자고 설득할 생각이었다. 일단 세상으로 돌아가자. 제발 용궁에서 빠져나와.

현실 세계로 되돌아오기만 하면 그 후로 방법은 얼마든지 있다.

물론 마키코는 강적이다. 하지만 도시에는 내 무기가 돼 줄 만한 것들이 산처럼 쌓여 있다. 편리한 생활, 화려한 삶. 오빠가 십 년의 공백을 메우고 제대로 된 선택을 할 수 있도록 이번에는 우리 가족들이 그를 다시 한 번 세뇌하지 않으면 안 된다.

언제든지 원할 때 장미를 손에 넣을 수만 있다면 그 누가 만주사화 따위를 돈 주고 사겠는가? 나는 승리에 취해 있었다. 눈앞이 핑 도는 것 같았다. 그래서 구원의 저수지에 다다랐을 즈음 갑자기 앞 유리창으로 강렬한 빛이 덮쳐 왔을 때도 얼굴은 웃고 있는 채였다.

차가 산산이 부서졌다.

그 이후는 기억나지 않는다.

정신이 들었을 때는 밤하늘을 쳐다보고 있었다. 나는 땅바닥에 누워 있었다. 온몸이 너무 아파 도리어 감각이 마비될 지경이었다.

멀리서 목소리가 들려왔다.

"계속 감시한 보람이 있었어. 내가 그린 지도가 정확했구먼."

이시다 씨의 목소리였다.

믿을 수 없었다. 속았다는 후회가 밀려왔다.

주도면밀한 고바나이 사람들이 읍내에 스파이를 심어 놓았던 것이다.

무거운 걸 끌고 가는 듯한 소리가 들렸다. 눈을 깜박이면서 시선을 돌리자 시야의 한구석에 조명 기구가 보였다. 그걸 비추는 바람에 한순간 눈이 안 보였던 것이다.

"가즈키는 소중한 인재야. 데리고 가는 건 곤란하지."

내가 모르는 목소리, 노인의 목소리였다.

눈을 감고 나는 생각했다.

고바나이 사람들, 이제까지 몇 번이나 이런 '사고'를 일으켰던 게 아닐까―.

인구가 적어 내버려두면 자연 소멸될 마을이다. 그러나 토지나 전통 산업에 대한 애착은 있다. 그걸 이어나가고 싶다. 그러기 위해서는 사람이 필요하다.

관광객들을 물색해 쓸 만한 사람을 골라 '사고'를 연출한다. 그중에 살아남은 한 사람, 두 사람을 교묘한 말로 속여 원래의 생활로 돌아가지 못하게 만들어…….

그렇게 마을을 유지해 왔던 거다.

'구원의 저수지'가 누구를 위한 구원인지, 진짜 의미를 이제야 알 것 같았다.

호리호리한 그림자가 다가와 내 머리 옆에 쭈그리고 앉았다.

마키코였다.

"시계를 늦춰 놨으니까 가즈키 씨는 나중에나 올 거예요."

그녀가 속삭이듯 말했다.

"당신이 운전을 잘못해서 사고가 났다고 생각하겠죠? 참 슬퍼할 테죠. 가엾으니 내가 옆에 있어 줘야겠어요."

아까 그 노인 같은 그림자가 나를 여기저기 살폈다.

"아니면 당신도 우리 마을로 같이 갈까? 도쿄에서보다 훨씬 더 인간답게 살 수 있다고."

그는 마키코 쪽으로 얼굴을 돌려 말했다.

"그러고 보니 가즈오에게 아직 색시감이 없지 않았나?"

"예, 맞아요."

마키코가 대답했다. 그러고는 다정한 목소리로 나에게 말했다.

"당신도 결혼하는 편이 좋아요. 그럼 여자에게서 남편을 빼앗아 가는 게 얼마나 잔혹한 일인지 깨닫게 될 테니까."

달콤한 냄새가 또 코를 간질였다.

아마도 만주사화의 향기이리라. 의식을 잃기 전 문득 그런 생각이 들었다.

★

내가

은

죽

후에

3

스포츠 신문 1면에 실린 한 장의 사진.

화면의 중앙에는 젊은 투수가 한 명. 유니폼 앞부분에 있는 구단 마크와 등 번호 21은 약간 앞으로 숙인 상체의 그늘에 가려졌다.

그는 마운드를 내려와 더그아웃 쪽으로 걸어가고 있다. 그 뒤로 보이는 무정하리만큼 새하얀 투수판. 등지고 선 3루수. 스파이크의 끝으로 잔디를 차면서 발밑을 내려다보는 유격수.

강판당하는 투수. 그는 파울 라인을 넘어서는 중이다. 모자 챙을 만지는 척하며 누구에게도 보이지 않았던 눈물을 훔친다.

렌즈는 그 순간을 담고 있었다. 기자가 고상한 척 붙인 제목이 사진 아래에 붙어 있다.

'고독'.

1

술에 취해 있었다. 그 때문에 싸움에 휘말렸는지도 모른다.

"어이, 사쿠마. 시즌이 시작됐는데도 네놈이 이런 곳에서 어영부영하고 있으니 팀이 연패에 빠진 거라고. 알기나 하냐, 엉?"

누군가 그렇게 시비를 걸었다. 맞받아쳐 싸움을 벌인 기억은 없지만 뭐라고 한마디 쏘아붙인 기억은 있다. 붙잡혀 있던 왼팔을 휘둘렀던 것 같기도 하다. 상대가 한 사람……, 두 사람이었나. 우리 팀의 팬이라고 했던가. 아무래도 상관없지만.

정신이 들었을 때 그는 바닥에 뻗어 있었다. 오른뺨은 바닥에 닿고 오른팔은 몸 아래 깔린 채 살짝 비틀린 자세로 쓰러져 있다.

도대체 무슨 일을 당한 건지…….

머리가 멍해서 잘 돌아가지 않았다. 신경이 쓰이는 건 명치끝이 차갑다는 것. 땅에 널부러져 있는 왼팔을 움직여 그곳을 만져 보려 했지만, 팔이 무겁고 힘이 들어가지 않아 거의 움직여지지 않았다.

자, 그럼 오른팔은? 움직이려나? 급한 상황이면 움직일지도.

아니, 역시 움직이지 않는다. 진작에 포기했다고 생각했는데도, 이런 때조차 마음먹은 대로 안 되는 게 분했다.

몇 번이나 헛된 노력을 반복하는 동안 몸 깊은 곳에서 차가운 통증이 밀려왔다. 그리고 기억이 되돌아 왔다.

맞아, 칼에 찔렸다.

명치 부분이 차가운 이유는 피가 흘러나오고 있기 때문이다.

말다툼을 하고 있을 때 상대방의 손에서 뭔가 반짝 빛났던 것 같다. 제길, 그게 칼이었구나.

엄청나게 성질 급하고 난폭한 놈 아닌가. 요즘 팬들 중엔 그런 부류들이 있다. 뱃속 깊이 음험한 불만을 쌓아 두고 있다가 야구로 발산하려는 놈들…….

나라는 놈은 참 운이라고는 지지리도 없네. 밀려오는 무기력함에 몸을 맡긴 채 그렇게 생각했다. 이런 곳에서조차 그런 팬들을 만나다니. 운 없고 불쌍한 사쿠마 미노루. 병신 같은, 오른팔이 안 올라가는 주전 투수.

그래도 팔을 찔리지 않아 다행이다. 어차피 부상중인, 쭉 부상중인, 두 번 다시 던질 수 없는 팔이긴 해도, 상처를 입으면 땅에 묻힐 때도 폼이 안 난단 말이다. 상처만 없으면 이 오른팔이 피칭은 커녕 바지조차 끌어올리지 못한다는 사실을 들킬 일은 없다.

그러고 보니 역도산도 건달의 칼에 찔려 죽지 않았나? 야구 선수로서는 내가 최초가 되는 명예를 얻게 되겠군. 좋아. 뭐가 어찌되든 이젠 상관없어. 하지만, 이렇게 죽게 될 줄은 몰랐네. 정말로.

점점 의식이 흐려지더니 곧 주위가 깜깜해졌다.

서늘한 손이 이마를 만지고 있다.

미노루는 일어나고 싶지 않았다. 자고 싶다. 하지만 이마를 만지는 손이 얼음장처럼 차가워서, 머릿속에 끼어 있는 안개가 그 차가움과 함께 씻겨 나가는 것 같았다.

"일어나. 일어나요."

한쪽 눈을 떴다.

목소리가 들렸다.

싫어. 그는 마음속으로 대답했다. 마치 그 말을 듣기라도 한 듯, 이번엔 이마가 아니라 어깨를 흔들기 시작했다.

"자, 일어나라니까요."

목소리는 끈질기게 이어졌다. 약간 톤이 높은 여자 목소리다.

이윽고 미노루는 눈을 떴다.

"정신이 들어요?"

그의 어깨에 손을 걸친 채 목소리가 계속 말을 걸어왔다. 이마가 바닥에 닿아 있어서 목소리 주인의 얼굴은 볼 수 없었다.

가까스로 머리를 들어 올리려 하자, 목소리의 주인은 오른손으로 너무나 가볍게 그를 바로 눕히고선 얼굴을 들여다보았다.

흐릿하던 눈의 초점이 맞자 드디어 상대방의 얼굴이 보이기 시작했다.

젊은 여자다.

하얀 얼굴. 긴 머리를 어깨에 드리운 채 사뭇 진지한 표정으로 내려다본다. 그의 옆에 무릎을 꿇고 앉아 오른손으로 어깨를 계속 흔들고 있다.

"정신이 든 모양이군요. 혼자 힘으로 일어날 수 있겠어요? 손잡아 줄까요?"

머리 위로 밤하늘이 보였다. 별빛 가득한 밤까지는 아니지만 도쿄의 밤하늘치고는 그럭저럭 별이 많다. 낮 동안 꽤 강한 바람이 불었기 때문인지도 모른다.

등이 차갑다는 생각이 들었다. 딱딱한 지면에 그대로 누워 있었던 모양이다.

게다가 처음 보는 여자까지 옆에 붙어 있다.

그런 자신이 문득 우스워져, 그는 몸을 일으켰다. 움직였다간 아플 것 같은데, 고통스럽진 않을까—하고 걱정했는데 다 쓸데없는 생각이었다. 몸이 깃털처럼 가벼웠다.

"내가 도대체 여기서 뭐 하고 있었지?"

"쓰러져 있었어요."

그의 곁에 있던 젊은 여자가 대답했다.

사월이라 해도 밤이 되면 기온이 뚝 떨어진다. 그런데도 그녀는 얇은 블라우스 한 장만 입고 목 언저리에 차가운 밤바람을 그대로 맞고 있었다. 그러면서도 추운 기색이 전혀 없다니 신기하다.

"쓰러져 있었단 말이지……. 맞아, 싸움을 한 기억이 있어. 게다가 칼에 찔렸던 것 같은데……."

미노루는 자신의 몸을 내려다보았다. 의식을 잃기 전에 느꼈던 명치끝의 차가운 감촉이 사라졌다. 당연히 그곳에 박혀 있을 거라 짐작했던 칼도, 찔린 흔적도 없다.

꿈이라도 꾸고 있는 걸까?

얼굴을 들어 주위를 살펴보았다. 틀림없이 숙소로 돌아가는 도중에 있는 공원 안이었다. 꽃잎이 대부분 떨어져 잔해 같은 모습으로 서 있는 벚나무 가로수 아래로 좁은 보도가 이어져 있다. 이 길로 가면 숙소 뒷문 쪽으로 더 빠르게 갈 수 있다.

"자, 일어서요."

젊은 여자가 그의 왼팔을 끌어당겼다. 오른손만으로, 작은 인형이라도 들어 올리듯 가볍게.

그런데도 그의 몸은 그녀의 손에 이끌려 쉽게 일으켜 세워졌다. 마치 체중이 사라져 버린 듯한 느낌이었다. 선수 등록 때 적은 대로라면 키 백팔십 센티미터에 체중이 칠십팔 킬로그램인데 말이다.

일어서자 눈에 익은 풍경이 정상적인 눈높이에서 보이기 시작했다.

"괜찮은 거죠, 그렇죠?"

젊은 여자가 미노루를 쳐다보며 말했다. 그녀는 그보다 머리 하나 정도 작았다.

오목조목 귀여운 얼굴이다. 파마기라고는 전혀 없는 칠흑 같은 검은 머리칼을 턱 언저리에서 일자로 잘랐다. 최신 유행과는 거리가 멀다. 구장 출입구 근처에서 기다리곤 하는 여성 팬들과는 상당히 달랐다.

미노루도 여자들의 패션에 대해 잘 아는 편은 아니다. 하지만 그가 봐도 그녀의 옷차림은 상당히 수수했다. 종아리를 절반 이상 덮고 있는 치마는 치맛자락이 넓게 펼쳐져 무거워 보이는 디자인이었다. 하이힐의 앞코는 뭉툭하고 굽 부분은 굵직하다.

하지만 발목만큼은 가녀리고 예쁘다.

"그렇게 나를 요리조리 훑어보는 걸 보니 괜찮은가 보네요."

그렇게 말하고는 뺨을 동그랗게 부풀리며 웃는다.

그는 어물어물 대꾸했다.

"어쨌든 덕분에 목숨은 건진 것 같은데……."

"목숨을 건진 게 아니에요."

그녀는 단호하게 고개를 내저었다.

"당신은 지금 중간계에 있어요."

"중간계?"

이걸 봐요, 하며 그녀는 발끝을 가리켰다. 미노루는 그녀의 가느다란 손가락이 가리키는 곳을 내려다보았다. 그가 땅바닥에 쓰러져 있다. 오른쪽으로 모로 누운 그의 얼굴은 긁혀 상처가 나 있고 머리는 잔뜩 헝클어졌다. 명치끝에는 칼이 꽂혀 있다.

이제까지 본 적 없는 창백한 얼굴이었다. 숨도 쉬지 않는 것 같았다.

기분이 멍해졌다. 여기에 서 있는 자신과 바닥에 쓰러져 있는 자신.

몇 번이나 눈을 깜빡여 봐도 쓰러져 있는 자신의 모습이 사라지지 않았다. 마치 거울을 뒤집어 놓은 듯한 광경이다. 그는 작게 고개를 저으며 조금씩 뒷걸음질쳤다.

"여기 있는 당신은 육체 쪽의 당신. 이쪽의 당신은 지금 죽어 가고 있습니다."

쓰러져 있는 그를 가리키며, 마치 일기예보에서 오늘 날씨는 화창하겠습니다, 라고 하는 것과 비슷한 말투로 그녀가 말했다.

"죽어 가고 있다고?"

중얼거리는 그를 보며 그녀는 고개를 끄덕였다. 그러고는 쓰러진 자신을 내려다보고 있는 그를 향해 빙그레 웃었다.

"그쪽의 당신은 영혼이에요. 나는 당신을 저세상으로 안내하는 사람. 처음 뵙겠습니다."

2

죽음이 두렵지는 않았다. 죽으면 귀찮은 일도 없어질 테니 도리어 그쪽이 더 낫지 않을까 생각한 적도 있다.

그렇긴 해도…….

"뭐가 어떻게 된 건지 잘 모르겠는데……."

"그렇죠? 처음엔 누구나 다 그래요."

그녀는 무뚝뚝하게 대답하며 그를 등진 채 걷기 시작했다. 홀로 남겨진 그는 망설이며 다시 한 번 바닥에 쓰러져 있는 자신을 내려다보았다. 조금 전과 똑같은 모습이다.

여자가 뒤돌아본다.

"뭐해요?"

"뭐하냐니."

"자, 확인해 보자고요, 어서."

그녀는 공원 밖에 세워져 있는 차를 가리켰다. 낮은 차체에 차창이 갈색 유리로 코팅된 대형차다. 공원의 가로등 불빛 때문에 보닛이 은색으로 빛나고 있었다.

미노루는 흠칫거리며 그쪽으로 걸어갔다. 정확히 말하자면 걸어간다기보다 공중에 둥둥 떠 가는 느낌이다. 신발 바닥에 지면이 닿는 감촉이 없었다.

"확인해 보라니, 뭘 어쩌라고?"

그는 다시 한 번 흘깃 뒤돌아보았다. 쓰러져 있는 사람을 내버려두고 떠난다는 건 참으로 뒤가 켕기는 일이다. 그게 비록 자신의 껍데기라 해도 말이다.

"여길 들여다봐요."

안내자라는 그녀가 차의 창문을 가리켰다. 그는 시키는 대로 들여다보았다.

가로등 불빛 덕분에 차 안이 훤히 들여다보였다. 인조 모피로 된 시트커버가 씌워져 있다. 별로 세련된 취향은 아니다.

"유리창에 안 비치죠? 당신도 나도."

그녀는 그렇게 말하며 그와 나란히 섰다.

정말 아무것도 비치지 않았다. 그래서 차 안이 잘 들여다보이는 것이다.

가슴이 철렁했다. 몇 달 사이 뺨이 야위어 더 홀쭉해 보이는 얼굴도, 아무리 빗어도 결국에는 옆으로 휘고 마는 앞머리도, 고등학교 1학년 때 노크하던 중 공을 잘못 받아 오른쪽으로 살짝 비틀어진 코도 보이지 않았다.

"말도 안 돼."

당황하면서도 억지로 웃었다.

"빛이 들어오는 방향 때문에 그렇게 보이는 거야."

"그렇게 생각하는 건 뭐, 그쪽 맘이에요."

미노루는 차에서 한발 물러나 가볍게 발을 굴러 보았다. 역시 지면에 닿지 않는다. 몇 번을 해 봐도 마찬가지다. 화가 날 정도다.

문득 생각이 나 오른팔을 들어 올려 보았다.

움직이지 않는다. 꿈쩍도 하지 않았다. 미노루는 그녀를 째려보았다.

"오른팔이 안 움직여."

"그래서요?"

"정말로 죽어서 영혼만 남았다면 신체적인 장애도 사라져야 하는 거 아닌가?"

그녀가 웃었다.

"그렇다면 몸이 잘못된 게 아니라는 얘기죠. 오른팔이 안 움직이는 건 정신적인 문제예요."

자신이 생각해도 얼굴에서 표정이 사라졌음을 느낄 수 있었다. 뻣뻣이 서 있는 미노루를 보고 그녀가 사과했다.

"미안, 그런 쪽은 나도 잘 몰라요."

그때 일을 마치고 집으로 향하는 듯한 중년의 회사원이 보였다. 이쪽으로 걸어온다. 여자는 마치 망아지가 갈기를 흔들듯 고개를 한 번 흔들어 두 뺨에 흐트러져 있는 머리칼을 떨치고는, 미노루의 등에 오른손을 대고 회사원 쪽으로 밀었다.

"자, 저 사람으로 한번 시험해 봐요."

"어…… 어떻게?"

"아무거나. 시간을 물어보거나 길을 물어보거나 '왁!' 하고 놀라게 해 보거나, 아무거나 좋아요."

그 말에 떠밀리듯 미노루는 한 발을 내딛었고, 회사원 앞을 가로막는 듯한 모습이 되었다―.

순간 갑자기 모든 것이 장난처럼 느껴졌다. 도대체 이게 뭐야. 영화도 아니고. 정교하게 꾸민 장난이라면 이 무슨 시간 낭비란 말인가.

"이봐. 이제 그만 좀 하시지."

팔을 휘두르면서 그녀 쪽으로 몸을 틀었을 때, 그 회사원이 다가왔다. 아니, 다가왔다기보다는—.

그의 몸을 뚫고 지나갔다.

뭐라 말할 수 없이 싫은 느낌이었다. 갑자기 쑥 꺼진 도로를 고속으로 달리는 듯한, 아니면 엘리베이터에 탄 채 사십층에서 급강하하는 듯한, 좀 더 가까운 예를 들자면 만루 상황에서 구원 투수로 등판해서 던진 초구가 저 멀리 외야 스탠드로 날아갔을 때 같은, 배 속이 붕 뜨는 느낌.

"자, 이제 알았죠?"

안내자라는 여자는 처음으로 가엾다는 듯 중얼거렸다.

밤은 아직 일러 도쿄의 거리는 이제 막 밤의 유흥에 눈뜬 젊은 여자아이처럼 들떠 있었다. 이른 봄, 조용해 보이는 주택가조차 창문 커튼 너머는 소리와 빛과 밝은 목소리로 채워져 있다. 공기는 맑지만 이제 더 이상 춥지 않다. 신호등과 네온사인, 교차하는 차들의 불빛이 아련히 번져 보인다.

이런 밤에는 술에 취해 있어도, 주위가 전혀 보이지 않을 정도로 사랑에 빠져 있어도, 일에 지쳐 집으로 터덜터덜 돌아가고 있어도, 공부하다가 잠깐 짬을 내어 창밖을 내다보고 있을 때조차, 살짝 귀를 기울이면 봄이라는 계절의 물결이 따뜻하게 밀려왔다 멀어지는 소리를 들을 수 있다. 조금만 눈을 똑바로 뜨고 들여다보면 이렇게 봄비는 거리마저도 모든 것을 씻어낸 듯 깨끗해지는 때가 있음을 알 수 있다.

그런 밤이었다.

3

"뭣 때문에 이런 '중간계'에 있어야 하지?"

미노루는 공원의 낮은 담장에 걸터앉아 있다. 몸을 구부려 무릎 위에 팔꿈치를 댄 채 왼손 주먹을 잘근잘근 깨물었다. 오른팔은 이 제까지 쭉 그래왔듯 옆구리 아래로 축 늘어뜨린 채였다.

"그렇게 빨리 죽고 싶어요?"

그녀가 물었다. 그녀도 미노루처럼 걸터앉았지만 키가 작은 탓에 두 발은 허공에서 놀고 있다.

"친한 사람들에게 작별을 고할 시간을 갖고 싶지 않아요?"

미노루는 잠시 아무 말도 하지 않았다.

"당신에겐 팬이라는 사람들이 있을 텐데요."

"있을 리가 없어. 이제는."

그런가요, 하고 중얼거리며 그녀는 또 뺨으로 흘러내린 머리칼 을 흔들어 떨어냈다.

"그야 뭐, 이름이 적힌 플래카드를 들고 오거나 새된 목소리로 이름을 힘껏 외치거나, 당신의 등 번호가 적힌 유니폼을 입고 오는 사람들은 더 이상 없을지도 몰라요. 하지만 모든 사람들이 당신을 잊었을 것 같지는 않은데요."

미노루는 주먹 깨무는 걸 멈추고 자칭 안내자라는 여자를 바라 보았다.

"그걸 당신이 어떻게 아는데? 그보다 도대체 왜 나를 저세상으로 안내하는 사람이 당신인지 이유를 모르겠네. 죽을 때는 가족이나 친척이 마중 오는 거 아닌가? 예를 들자면 오 년 전에 돌아가신 우리 아버지라든가."

그렇게 말하면서도 미노루는 마음 한구석에서 자신의 말을 부정하고 있었다. 아버지가 지금 자신의 꼬락서니를 보고 계시다면 절대로 마중 오실 리가 없다고.

가슴속에 그런 생각이 떠오르자 심사가 뒤틀렸다.

"그러고 보니 자기소개도 안 했잖아? 우리 안내자 씨는 어디서 뭐 하시던 분인가?"

그녀는 잠시 눈을 감았다. 지나가는 차들의 헤드라이트 불빛이 그녀의 얼굴을 뚜렷이 비추었다. 바람이 불어 도로 위에 떨어진 휴지 조각들을 날렸지만 미노루는 바람을 느끼지 못했고 그녀의 머리칼 역시 흩날리지 않았다.

또다시 밀려오는 비현실적인 감각에 미노루는 웃음이라도 나올 것 같았다.

설마, 이게 정말로 현실일까.

"나, 당신을 알아요."

그녀가 낮은 목소리로 말했다.

"사쿠마 미노루, F대학 출신, 투수, 우투우타, 등 번호 21."

그를 쳐다보며 빙긋 웃는다.

"에이스가 다는 등 번호잖아요. 당신네 팀 투수진이 빈약해서 입단 초기부터 팀의 기둥이었죠."

미노루는 이를 악물며 웃었다.

"이왕 하는 김에 언제 2군으로 떨어졌는지도 좀 가르쳐 주지그래? 너무 오래전 일이라 나도 잊어버렸거든."

"오늘로 딱 십 개월 되는군요."

그녀는 가볍게 대답했다.

"그런 식으로 삐딱해진 지도 십 개월. 손 깨무는 짓은 그만 좀 하지그래요? 어린애 같아."

미노루는 코로 한숨을 내쉬며 왼손을 내렸다.

"정말로 만나고 싶은 사람 없어요?"

미노루의 얼굴을 들여다보며 묻는다.

"잘 생각해 봐요. 이게 정말 마지막이라고요."

미노루가 그제야 생각난 듯 대답했다.

"있어."

"누군데요?"

"의사. 내 오른팔을 진찰했던 스기우라 선생님."

미노루는 담장에서 훌쩍 뛰어내렸다.

"죽기 전에 확인해 보고 싶은 게 있어."

그녀는 말없이 미노루를 바라보다가 땅 위로 폴짝 뛰어내렸다.

"자, 그럼 가 보자고요."

오른손으로 미노루의 왼손을 잡는다. 그녀의 손이 부드럽다는 생각을 하는 사이 두 사람은 어느새 '스기우라 스포츠 클리닉' 진찰실에 서 있었다.

진찰실과 그 뒤쪽은 두꺼운 커튼으로 나뉘어져 있는데다 불도 꺼져 있어 거의 암흑이었다. 진찰실 안의 공기에서 희미하게 파라 핀 냄새가 났다. 미노루도 자주 했던 파라핀욕을 누군가가 한 모양 이다.

이곳에 마지막으로 들른 지도 석 달 정도 지났다. 하지만 찜질용 침대나 목뼈 교정용 고무 벨트, 의자, 탈의용 바구니 등이 항상 어 지러이 널려 있던 진료실의 어수선한 풍경은 기억하고 있다.

"발밑 조심해" 하고 말했지만 이내 그럴 필요가 없다는 사실도 깨달았다.

그녀는 큭큭대며 웃었다. 듣는 이가 머쓱해지는 웃음소리였다.

"고마워요. 하지만 우리가 무슨 말을 해도 아무에게도 안 들리고 어디에 부딪혀 봤자 아무 소리도 안 나요."

미노루는 한숨을 쉬었다.

"빨리 익숙해지도록 노력할게."

그녀는 그의 말을 듣고 있지 않았다. 말 그대로 문을 뚫고 지나 갔다가 잠시 후 다시 돌아왔다.

"두 사람 있네요."

안쪽의 응접실이라면 미노루에게도 낯설지 않다. 투수 코치와 함께 한두 번 가 본 적이 있다.

그도 문을 뚫고 지나갔다. 직접 해 보니 별거 아니었다. 열려 있 는 창문으로 머리를 내미는 거랑 비슷하다.

응접실에 있던 두 사람은 스기우라 선생과 이곳에 자주 드나드는 스포츠 신문의 기자였다. 유리 탁자 위에는 물을 탄 위스키가 담긴 잔이 놓여 있었다.

미노루가 진료실로 돌아왔을 때 그녀는 치료용 침대 위에 다리를 뻗고 누워 머리맡 위로 늘어뜨려진 링을 신기하다는 듯이 쳐다보고 있었다.

"어때요?"

"진료 기록을 좀 보고 싶은데……."

"독일어로 쓰여 있을 텐데요?"

미노루는 얼굴을 찡그렸다.

"이쪽저쪽 순간 이동도 할 수 있을 정도면, 유령이 되는 순간 외국어도 좀 잘하게 해 주면 좋을 텐데."

"유령이 아니라 영혼이라고요."

그녀는 침대에서 스르륵 내려왔다.

"뭘 확인하고 싶은데요?"

미노루는 입을 삐죽 내밀었다 잠시 후 말했다.

"오른팔을 들 수 없게 된 원인이 뭐였는지."

그녀가 물끄러미 미노루를 보았다.

"정말 오른쪽 팔꿈치에 문제가 있는지,"

그러고는 손을 자신의 가슴에 댔다.

"아니면 여기가 잘못된 건지 말이죠?"

미노루가 끄덕이자 그녀는 또 고개를 흔들어 머리칼을 뒤로 넘겼다. 버릇인 모양이다.

"그거라면 저 두 사람이 당신에 대해 얘기하도록 만들어 보는 게 어때요? 스기우라 선생님이 뭔가 얘기해 줄지도 모르잖아요."

"어떻게?"

"당신 진료 기록이 어디 있는지 혹시 알아요?"

미노루는 구석에 놓여 있는 크림색 캐비닛을 가리켰다.

"전부 저 안에 들어 있어. 오십음도 순_{일본어 문자인 가나의 순서로}."

그녀는 캐비닛으로 둥실둥실 다가가서 누군가를 부르는 듯한 손짓을 했다. 그러자 서랍이 스르르 열리더니 진료 기록 카드들이 보이지 않는 바람에 의해 차례차례 젖혀졌다. 그중 하나가 쑥 빠져나와 바닥에 떨어졌다.

그녀가 딱 하고 손뼉을 치자 진료실의 전등이 깜빡깜빡하더니 켜졌다. 이삼 초 정도 기다렸다가 다시 손뼉을 치자 이번에는 불이 꺼졌다.

효과는 즉시 나타났다. 스기우라 선생이 나와서 합선이라도 됐나 의심하는 듯한 표정으로 위를 쳐다본다. 어라, 이런 곳에 진료 기록 카드가 떨어져 있네. 우리 간호사들은 너무 덤벙댄단 말이야. 흐음, 이건 사쿠마 선수 카드로군. 그것 참 묘한 일일세. 요즘 몇 달째 안 왔는데.

기자가 담배를 문 채 어슬렁거리며 다가온다.

"사쿠마는 어떻게 된 겁니까? 작년 시즌 오월이었나요?"

"유월 십일이라네. 오른팔을 들 수 없게 된 게."

스기우라 선생은 진료 기록 카드를 서랍에 집어넣고 세게 밀어 닫았다.

그때부터 화제는 미노루가 알고 싶어 하던 쪽으로 옮겨 갔다. 그와 안내자인 그녀는 각자 의사와 기자가 앉은 의자 곁에 서서 두 사람의 대화에 귀를 기울였다.

"그가 안고 있었던 문제는 심리적인 트러블이라고 생각하네."

스기우라 선생은 담배를 곱씹으며 괴로운 듯한 얼굴로 말했다.

"그걸 어떻게 그에게 납득시킬까 궁리하고 있었는데 더 이상 치료를 받으러 오질 않더군."

"심리적이라고 하면 결국 담력이 줄어들었다는 얘기죠?"

"아니야, 그게 그렇게 단순한 게 아니라고. 뭐랄까, 굉장히 뿌리 깊은 뭔가가 있어. 그 친구 자신도 그게 원인이라고 의식할 수 없을 정도로 깊은 곳에 있든지, 아니면 반대로……."

"반대로?"

"자신이 원인을 알고 있으면서도 그걸 인정하고 싶지 않아서, 인정하는 게 두려워 의식의 저 밑바닥에 아예 밀어 넣고 닫아 버렸든지, 둘 중 하나일 걸세."

"하지만 말입니다……."

기자는 담배 연기가 눈에 들어갔는지 해적처럼 한쪽 눈을 감은 채 코웃음을 쳤다.

"심리적 원인만으로 실제로 팔을 못 쓰게 되기도 할까요? 무슨 여자들 히스테리도 아니고."

스기우라 선생은 말이 없었다. 엄지손가락으로 미간 사이를 문지르면서 발끝을 내려다보고 있다. 더 이상 설명해도 소용없겠다는 표정이었다.

"현재로서는 뼈, 관절, 근육 모두 이상이 없어. 아직 검사중이긴 하지만 신문에는 희망적이라고 써 주게나. 그걸 보면 사쿠마 선수도 치료를 계속 받아야겠다는 생각을 할지도 모르니까 말일세."

"구단 프런트라고 해서 징징대기나 하면서 제대로 던지지도 않는 투수를 언제까지나 감싸 줄 만큼 관대하지는 않으니까요."

기자는 담배꽁초를 버리면서 말했다.

"그래도 팬들은 참 고맙다니까요. 여전히 사쿠마는 어떻게 됐냐고 저희한테까지 문의가 와요."

기자 옆에 있던 그녀가 그 말을 듣고 '그것 봐요'라는 표정으로 미노루를 쳐다봤다.

"투수라는 게 참 고된 포지션이라 동정하는 사람들이 많아요. 특히 여자 팬들 말입니다. 우리 편집부에도 투수가 마운드에 올라설 때의 뒷모습이 까무러칠 정도로 멋있다고 하는 여자애가 있어요. 남자의 고독을 그림으로 그려 놓은 듯한 모습이라나 뭐라나. 우리 같은 아저씨들의 뒷모습에서도 그런 감정을 느껴 주면 어디가 덧나나? 그렇게 생각 안 하십니까?"

"그러려면 자네나 나나 우선 다이어트부터 좀 해야 되지 않겠어?"

두 사람은 웃었다.

"거짓말쟁이."

그녀가 말했다.

미노루와 그녀는 스기우라 클리닉을 나와 하릴없이 걸었다. 정확히 말하자면 일반적으로 살아 있는 인간들이 하는 걷기라는 동작을 했다고 해야겠지만.

"처음부터 알고 있었군요. 아까 의사 선생님이 한 얘기들. 부상을 입거나 몸에 이상이 생겨 못 던지는 게 아니라는 사실을 본인도 다 알고 있었죠?"

그 말 그대로다. 알고 있었다.

오른팔이 안 올라가는 건 신체적인 문제가 있어서가 아니기 때문에 치료한다고 낫는 증상이 아니다. 방법은 단 하나, 타임머신을 만들어 십 개월 전 야간 경기 때로 되돌아가서 그 참혹한 사고가 일어나기 전에 그를 마운드에서 끌어내리든지, 그게 아니면 훨씬 더 과거로 되돌아가 모든 것의 근원이 되는 그 사건을 막는 방법밖에 없다.

다시 말해, 불가능했다.

"그냥 확인해 보고 싶었어. 스기우라 선생님이 어디까지 알고 있었는지. 내가 죽은 후에 말도 안 되는 추측을 하고서 이러쿵저러쿵 수군거리는 소리를 듣고 싶지는 않았거든. 하지만 걱정 안 해도 되겠어."

미노루는 우두커니 가로등을 쳐다보았다.

어린 시절, 돌을 던져 동네의 가로등을 깨는 놀이가 유행했던 적이 있었다. 미노루도 딱 한 번 시험 삼아 해 본 적이 있다. 물론 단순한 놀이라서 정말로 노리고 던진 것은 아니었다.

하지만 미노루가 던진 돌은 멋들어지게 명중하여 가로등을 산산조각냈다. 친구들은 처음엔 환호했지만 이내 모두 전속력으로 도망쳐 버렸다. 혼자 남은 미노루는 누군가의 손에 덜미가 잡히기 전까지 그 이유를 몰랐다.

이 어린 시절의 추억 덕분에 생각난 게 있었다.

"우리 팀 숙소에 들를 시간 정도는 있나?"

고개를 돌려 물어보자 그녀는 고개를 끄덕였다.

4

그가 쓰던 숙소의 방은 아담하고 가구도 거의 없었다.

"깔끔한 성격이군요?"

방에 들어서자마자 그녀가 말했다. 미노루는 씁쓸하게 웃었다.

"시즌이 개막한 지 얼마 되지도 않았는데, 자기 방을 깨끗하게 정리해 둘 수 있다는 건 결코 자랑할 만한 일이 못 돼."

입구 옆에서 그녀가 기다리고 있었다. 이젠 살아 있을 때 같은 예의는 차릴 필요 없을 텐데 함부로 들어서지 않는 그녀의 모습이 미노루에겐 왠지 좋게 보였다.

"치워 버리고 싶은 물건이라도 있나요?"

"딱 하나 있어."

미노루는 왼손으로 책상 서랍에서 편지 한 통을 꺼냈다.

"이거, 어떻게 하면 없애 버릴 수 있어? 내가 가져가면 되나?"

그렇게 하면 시체가 발견될 때 몸에 지니고 있게 되지 않을까 걱정이 들었다.

"당신이 가져가면 돼요." 그녀가 대답했다.

미노루는 편지를 웃옷 안주머니에 넣었다. 그녀는 바라보고만 있었다.

서로 눈이 마주치자 미노루는 시선을 피했다. 그런데도 그녀는 계속 쳐다보았다.

결국 졌다는 듯이 미노루가 말했다.

"그냥 편지야. 옛날에 저지른 나쁜 짓을 폭로하거나 그런 편지는 아니라고."

"그럴 테죠."

"나에게 야구를 가르쳐 주신 은사님의 편지야. 그…… 던지지 못하게 되고 얼마 후에 받은 편진데……."

"은사님이라면 고등학교 시절 야구부 감독님인가요?"

"아니, 그보다 더 옛날. 어린이 야구팀 감독을 하신 분인데, 세탁소 주인이셨지."

그가 바로 가로등을 깬 미노루의 뒷덜미를 낚아챈 사람이다. 그는 현행범으로 붙잡힌 미노루를 파출소로 끌고 가는 대신, 자신이 이끌던 어린이 야구팀으로 데려갔다.

팀 이름은 요코가와 세너터즈. 그곳에서 미노루는 처음으로 동네 야구가 아닌 정식 야구를 배웠고 이 년 후에는 에이스가 되었다. 하지만 리틀 리그와는 별로 인연이 없어 큰 대회에는 나가지 못했다. 감독 역시 애당초 그런 것에는 관심이 없었던 듯했다.

그런 만큼 미노루가 이 팀을 시작으로 중학교, 고등학교, 대학교를 모두 야구 명문 학교로 진학하며, 비록 3라운드긴 해도 마침내 드래프트에서 이름이 불렸을 때 감독은 누구보다도 놀라워하며 기뻐했다. 입단 발표일에는 자신의 세탁소에서 길 건너편 가게에 걸쳐 '축'이라고 쓴 플래카드를 걸어 주기도 했다.

"그럼 그 편지는 세너터즈의 감독님이 던질 수 없게 된 당신을 걱정하며 격려해 주기 위해 쓰신 편지군요. 그런 걸 정말로 없애 버려도 돼요?"

그녀가 물었지만 미노루는 대답하지 않았다.

편지 내용은 짧았다. 오려낸 스포츠 신문 한 조각이 동봉되어 있었다.

"너에게는, 힘이 부치는 일은 일단 도망가고 보자는 나쁜 버릇이 있어. 자기 자신을 똑바로 바라보지 않으면 아무것도 시작되지 않아"라고 쓰여 있었다. 신문 조각은 사진이다. '고독'이라는 제목이 붙은.

미노루가 마지막으로 등판했을 때의 사진이었다. 엄청나게 두들겨 맞고 마운드를 내려가고 있다. 식은땀과 눈물을 보이고 싶지 않아 고개를 숙이고 손을 들어 모자챙을 만지고 있다. 관객석의 일부도 찍혀 있어 야유 소리마저 들리는 듯했다.

그렇게 벤치로 돌아갔을 때부터 오른팔을 움직일 수 없게 되었다.

그때의 사진이다. 감독이 편지에 쓴 대로, 미노루는 그때의 못난 자신으로부터 도망치고 싶어 뉴스와 신문을 일절 보지 않았기에, 갑자기 날아온 이 사진을 보고 이중의 충격을 받았다.

끝내 답장도 쓰지 않았고 감독을 만나러 가지도 않았다. 그러니 이 편지를 계속 간직하고 있었다기보다는 버렸다고 여겨지는 편이 더 낫다. 사쿠마 미노루는 망가질 대로 망가져 싸움이나 하다가 죽고 말았다는 얘기를 듣는 쪽이 더 나았다.

이 편지만 없애 버리면 이제 더 이상 신경 쓸 게 없었다.

"앞으로 얼마나 더 이렇게 있어야 돼?"

"더 가고 싶은 곳이나 만나고 싶은 사람 없어요?"

"없어."

"가족이나 애인은?"

"거참 끈질기기는. 없다니까!"

애인이라 부를 만한 사람도 한때는 있었다. 아니, 있다고 착각했는지도 모른다. 집에 가지 않은 지도 몇 년 됐다. 가족들이랑 딱히 사이가 나빠서는 아니다. 단지 집에 가면 언제나 옛날 기억이 떠오르기 때문이다. 부모님이, 누나가, 형이 '이제 옛날 일이니까 다 잊어버려'라는 얼굴을 하고 있는 걸 봐야 한다. 그러다 보니 그쪽으로는 발걸음이 옮겨지지 않았다. 고등학교를 다닐 때도 방학이 끝난 후 합숙 생활로 돌아가게 되면 마음이 놓였다.

집에 있으면 한밤중에 잠에서 깨어, 가족들이 모두 잠들어 있는 조용한 어둠 속에 반듯이 누운 채 과거로부터의 목소리에 귀를 기울이게 된다. 그렇게 옛날 기억을 되짚어 가는 일은 오래된 장난감 상자를 여는 것과 비슷하다.

그 안에서는 추억이 어린 물건과 재미있는 장난감에 섞여 죽은 벌레나 머리카락처럼 만지고 싶지 않은 것들도 나오게 마련이다. 그런 것들이 미노루에게 달라붙어 괴롭히고 조금씩 상처를 주다가, 어디론가—영원히 붙들어 매 놓을 수 없는 어딘가로 도망쳐 버린다. 그러다 그가 방심한 틈을 노려 느닷없이 들이닥쳐 옛날 상처를 후벼 파 피투성이로 만들고 만다. 항상 그래왔다.

어쩔 수 없다, 그게 운명이다. 당연히 치러야 할 대가다. 미노루가 포기할 때까지.

왜냐하면 사쿠마 미노루는 살인자이기 때문이다.

"당신도 언제까지나 이렇게 공중에 붕 떠 있는 상태로 있고 싶진 않잖아?"

그가 한마디 내뱉자 그녀는 무심하게 중얼거렸다.

"내가 쭉 이곳에 머물러 있는 이유는 이승에서 나를 잊지 못하는 사람이 있기 때문이에요."

그러더니 고개를 돌려 이쪽을 보며 어린애처럼 웃었다.

"우리, 야구장 가요."

그녀는 조르듯 오른손으로 미노루의 어깨를 잡고 흔들었다.

"야구장 가요. 지금이면 아직 시합중일 테고, 당신이 가장 당신다운 모습으로 살았던 곳이잖아요."

"별로 가고 싶지 않아."

"맘에도 없는 말을."

"거짓말 아니야. 나하고는 이제 상관없어. 야구와는 연을 끊고 싸움박질하다 칼에 찔려 죽었다, 그걸로 된 거 아냐? 나한테는 그게 딱 어울려."

"하고 싶은 말은 그게 다예요?"

그녀는 미노루의 오른손을 잡아끌었다.

"봐요, 이제 막 6회 말이 시작된 모양이네."

두 사람은 홈 플레이트 뒷그물의 바로 뒤, 말을 걸면 타석에 선 타자의 귀에도 들릴 만한 곳에 서 있었다. 경기장을 빙 둘러싼 관중석은 거의 다 차 있었다. 누구에게 모습을 들킬 염려가 없는데도 미노루는 그 자리에 있는 게 불편했다. 시즌중의 현역 선수에게 뒷그물의 건너편은 지구 반대편이나 마찬가지로 머나먼 곳이다.

전광판의 큰 시계는 밤 아홉시 사십분을 가리키고 있었다. 진행이 더딘 시합이다. 그도 그럴 것이, 5회까지의 스코어가 7대 5. 난타전이었다.

미노루네 팀의 투수란에는 신인 선수의 이름이 올라와 있었다. 아직 실전에 투입될 만한 실력이 아니라는 소리를 듣던 투수다.

"지고 있네요."

그녀가 유감이라는 듯이 말했다.

하지만 나는 조금 있으면 승리나 패배 따위는 상관없는 곳으로 가 버린다. 조금만 있으면.

"자, 됐지? 이제 그만 나를 가야 할 곳으로 안내해 줘. 그 일을 하러 온 거 아냐?"

그녀는 못 들은 척 전광판을 보고 있었다.

"누군가 실책을 했어요."

"실책 따위 어떻게 돼도 상관없다니까."

"더그아웃 안을 보고 싶지 않아요? 저기 봐요. 감독이 언제나 앉는 자리에 앉아 있네. 도대체 왜 저런 끝자락에 앉는 걸 좋아할까요?"

미노루는 뒷그물에 붙어 1루 쪽 더그아웃을 바라보았다. 눈에 익은 얼굴들이 앉아 있다. 그라운드로 시선을 돌리자 그의 등 뒤를 지켜 주었던 동료들의 모습이 작게, 아주 작게 보였다.

아니면 내가 멀리 있는 건가?

전광판에는 붉은 램프가 하나. 누상에는 주자가 세 명. 이런이런, 난리가 났군. 타임이다. 내야수들이 마운드 위에 모인다. 1루수가 스트레칭을 하면서 투수에게 말을 건다. 투수는 글러브로 얼굴을 가린 채 대답하고 있다. 3루수는 어깨를 앞뒤로 돌리고 있고 유격수는 투수의 엉덩이를 가볍게 두들긴 후 수비 위치로 되돌아간다. 무슨 얘기를 하고 있는지 목소리가 들리는 듯하다. 미노루도 몇 번이나 겪었기 때문이다.

"이제 되지 않았어?"

그는 눈을 감았다.

"그만 가자고."

"나 야구 좋아해요."

그녀는 노래하듯 말했다.

"다음에 다시 태어나면 나도 야구를 할래요."

관객들의 웅성거림, 환성이 들려온다. 응원단의 트럼펫 소리가 울려 퍼진다. 판정을 알리는 심판의 목소리가 메아리친다.

"다시 태어나려면 어서 저세상으로 가야 하잖아. 가자고."

"마지막까지 보는 게 싫어서죠?"

그녀는 그라운드를 바라본 채 말했다.

"럭키 세븐이 오는 게 두려운 거야. 그것 때문에 더 이상 못 던지게 됐으니까 말이죠."

미노루는 굳어 있었다. 그녀는 천천히 미노루 쪽으로 돌아서서 속삭이듯 말했다.

"왜 그렇게 옛날 일에 계속 얽매여 있는 거예요?"

십 개월 전의 어느 날 밤.

7회 럭키 세븐을 앞두고 불꽃을 쏘아 올리며 관중 서비스를 하는 곳은 이 구장만이 아니다. 거의 모든 구장에서 하고 있고, 즐거워 하는 관중들도 많다.

하지만 폭발 사고가 일어난 건 그날 밤 이 구장이 처음이었다. 직원 한 명이 숨지고 두 명이 화상을 입었다. 그때 미노루는 마운드 위에 있었다. 7회 초 상대팀의 공격이 시작되기 전 야수들이 공을 돌리던 중이었다.

미노루의 컨디션은 최고였다. 6회를 마칠 때까지 완봉, 투구 수 팔십 개. 볼넷 제로에 피안타 둘, 탈삼진 여섯. 자신도 놀랄 만큼 완벽한 몸 상태에, 절대 맞을 것 같지 않았다.

그때 폭발 사고가 일어났다.

뭔가 이상이 있다는 건 이내 눈치 챘다. 보통 때보다 소리가 컸기 때문이다. 순간 귀가 멍할 정도였으니까. 쏘아 올린 불꽃의 양도 너무 많았다.

잠시 후 전광판 쪽의 관중석에서 소란이 일어났다. 시합이 일시 중단되었다. 미노루도 처음엔 포수와 캐치볼을 하면서 기다렸지만 잠시 후 선수 전원에게 더그아웃으로 들어오라는 지시가 내려졌다.

132

그때부터 무릎이 부들부들 떨리기 시작하는 게 느껴졌다.

"젊은 직원 하나가 죽은 모양이야."

"얼굴에 맞았다는군, 가엾게도."

너무나 똑같았다. 그때 그 순간과. 내가 사고를 일으켜 한 사람을 죽게 만든 그 순간과.

그때와 똑같은 일을 되풀이하면서 시간이 나를 책망하는 거야— 하는 생각이 들자 등줄기를 타고 식은땀이 흘렀다.

이십 분 후 시합이 재개되었지만 미노루는 결국 아웃 카운트를 하나도 잡지 못하고 강판되었다.

"도대체 어떻게 된 거야?"

누구의 질문에도 대답하지 않고 부들부들 떨면서 라커룸에 웅크린 채 틀어박혔다.

그것이 끝을 알리는 시작이었다.

마운드에 오르면 홈 플레이트가 너무나도 멀어 보였다. 초조해하면 할수록 컨트롤이 되지 않았다. 동작도 흐름을 잃어 초등학교 선수조차 하지 않을 보크를 저지르기도 했다. 물론, 던져도 던져도 두들겨 맞을 뿐이었다.

"자신의 스트라이크존을 잃어버린 거 아닌가?"

자신을 눈여겨 보던 평론가에게 그런 소리를 듣기도 했지만 그런 문제가 아니었다. 포수에게 새로운 공을 달라고 얘기하려는데 공이라는 단어가 떠오르지 않아 애를 먹기도 했으니까. 그런 때에는 감독의 목소리도 관중의 야유도 야수들의 격려도 전혀 들리지 않는다.

들리는 건 오직 무시무시한 폭발음. 비명. 그리고 너 같은 인간은 살 자격이 없다는, 앞으로 하고 싶은 일을 하면서 마음 편하게 살 수 있을 줄 아느냐는, 가슴에 박히는 듯한 비난의 목소리들.

잠도 못 자고, 움직이지도 못하고, 생각도 제대로 정리하지 못한 채 미노루는 자기 자신을 갉아먹기 시작했다. 체중이 주는가 싶더니, 놀랍게도 키까지 일 센티미터 줄어들었다. 이 세상에서 사라지고 싶다는 그의 바람에 육체가 반응했는지도 모른다.

결국 '고독'이라는 제목의 사진이 찍힌 날을 마지막으로 미노루는 선수 등록을 말소당했다. 오른팔이 더 이상 움직이지 않았기 때문이다. 불꽃놀이 폭발 사고로부터 이 주일 후의 일이었다.

그로부터 오늘까지, 그냥 멍하게 살아왔다. 스기우라 선생이 뭐라고 하든 귀 기울이지 않았고 멋대로 치료도 중단했다.

아무리 발버둥쳐도 소용없다. 이번에야말로 되돌아온 과거에 제대로 꿰뚫렸기 때문에. 다시 일어설 수 없어. 영원히. 그렇게 생각했다.

"이 모든 것의 원인이 된 사고가 일어난 게 당신이 열한 살 때였죠."

그녀의 목소리에 미노루는 퍼뜩 정신이 돌아왔다. 그녀는 눈도 깜빡이지 않고 쭉 그를 쳐다보고 있었다.

"여름밤, 공원에서 동네 친구와 불꽃놀이를 하고 있었어요. 어른들은 없었고 활달한 당신이 앞장서서 나섰죠."

미노루는 무의식중에 그녀 쪽으로 한 걸음 다가섰다. 도대체 그걸 어떻게 알고 있지?

"흔히 있는 일이에요. 불행한 일이긴 해도, 흔히 있는 일이죠. 불을 붙이자 로켓 폭죽이—땅에 꽂은 각도가 좋지 않았을 거예요—당신들도 놀랄 만큼 낮게, 생각지도 않았던 방향으로 날아가 버리는 바람에……."

그녀는 머리를 살짝 쓸어 올렸다.

"우연히 그곳을 지나가던 운 나쁜 사람의 얼굴에 맞아 버렸죠."

미노루는 그때로 되돌아가 있었다. 엄청난 소리와 불꽃, 비명 소리, 가슴이 울렁거릴 것 같은 타는 냄새와 구급차의 사이렌, 경찰차의 붉은 불빛.

"그리고 그녀는 죽었어요. 하지만 당신 탓이 아니에요."

"그 얘기를 당신이 어떻게 알고 있냐고!"

미노루의 목소리는 스탠드에서 터져 나온 함성에 이내 묻혀 버렸다. 하얀 공이 높은 포물선을 그리며 날아가고 있었다. 홈런을 알리는 팡파르가 울려 퍼지며 전광판이 환하게 번쩍인다.

모든 소란이 가라앉고 난 후 그녀가 조용히 대답했다.

"내가 바로 그때 죽은 여자예요."

5

설마 나를 잊진 않았죠? 잊지 않았으니 그렇게 쭉 괴로워했겠죠, 그렇죠? 그녀는 미소를 지었다.

미노루의 머릿속에서 오래되어 먼지를 뒤집어 쓴, 하지만 결코 어디에도 치워 둘 수 없었던 앨범이 펼쳐지기 시작했다. 그 사건이 일어나고, 낯선 이들이 계속 드나들었다. 변호사도 만났다. 경찰관도 있었다. 아버지가 신문 기자들을 쫓아냈다. 사건 후 미노루의 집에선 한동안 신문도 끊었다. 그래서 죽은 여자의 얼굴은 보지 못했다. 장례식에도 참석하지 못했으니까.

기억하고 있는 건 그저 그녀의 이름뿐이었다.

"시라이시 유리코지?"

미노루는 중얼거렸다.

안내자, 유리코는 고개를 끄덕였다. 눈망울이 젖어 있다.

"그때 나는 스무 살이었어요."

어느샌가 주위가 캄캄하게 어두워졌다. 머리 위에도 발아래도 아무것도 없다. 그곳은 더 이상 야구장의 스탠드가 아니었다. 소리도 없고 빛도 닿지 않고 바람도 불지 않는다. 여기가 바로 그 중간계라는 곳, 삶과 죽음 어느 쪽에도 속해 있지 않은 세계임을 미노루는 깨달았다.

"나는 죽어서 화장되어 육체가 사라졌어요. 그런데도 줄곧 이곳에 남아 있었죠. 왜인 줄 알아요?"

미노루는 용기를 내서 대답했다.

"한이 남아서겠지. 나를 미워해서……."

유리코는 고개를 가로저었다.

"아니요. 내가 여기 남아 있었던 이유는, 그 누구도 아닌 바로 당신이 날 잊지 않고 있었기 때문이에요."

놀란 눈을 한 미노루를 보고 그녀는 삐친 척 입술을 샐쭉거리며 웃었다.

"몰랐어요? 눈치 못 챘어요? 한 번도? 나는 줄곧 당신과 함께 있었는데. 사고가 일어난 날부터 줄곧. 처음엔 나도 당신이 미웠어요. 인생의 가장 빛나는 시기에 모든 걸 잃어버렸으니까. 하지만, 그건 당신 탓이 아니에요. 여러 가지 불운이 겹쳤을 뿐이에요."

그녀가 다가와 힘없이 축 쳐진 미노루의 팔을 만졌다.

"길이 막혀 구급차가 금방 오질 못했죠. 나를 받아 줄 병원을 찾지 못해 몇 군데를 전전해야 했고. 그러지 않았으면 나는 죽지 않았을지도 모르는데. 나도 운이 없었고 당신도 운이 없었어요. 그런데 이 중간의 세계에서, 당신이, 그 어린 당신이 불운을 혼자 짊어지고 괴로워하는 모습을 보고 있자니 세상에, 너무 가엾더라고요."

유리코는 눈물을 흘리며 웃고 있었다.

"그때부터 줄곧 당신과 함께 있었어요. 언제나, 언제나 당신을 지켜봤어요. 사고가 난 후 세너터즈 감독한테 무슨 일이 있어도 야구는 계속하라는 얘기를 들었죠? 그때 나도 함께 '그만두면 안 돼!' 하고 빌었거든요. 당신은 서서히, 적어도 겉보기로는 다시 일어섰지요. 하지만 마음속엔 여전히 상처가 남아, 사람들의 시선을 피하고 그라운드에 있을 때 외에는 거의 웃지 않았다는 것도 잘 알아요. 괴로웠어요. 하지만 모든 걸 잃어도 야구만 계속할 수 있다면 당신은 괜찮으리라 믿었어요."

즐거운 듯 얘기를 이어가는 목소리에는 조금의 그늘도 남아 있지 않았다.

"당신이 고등학교 1학년 때 지역 예선에서 때린 첫 안타를 지금도 기억해요. 대타였죠. 3학년 여름에는 1승만 더하면 고시엔일본 최고의 전국 고등학교 야구 대회에 갈 수 있었는데 당신이 끝내기 안타를 맞는 바람에 졌지요. 그땐 나도 같이 울었다고요. 줄곧 그랬어요. 언제 어디서든 당신과 함께 있었어요. 프로에 입단해서 첫 등판은 구원이었죠? 당신이 불펜으로 이어지는 어두운 통로를 스파이크 소리를 내며 걸어갈 때, 심장의 고동 소리가 들릴 만큼 가까운 곳에서 나도 같이 걸었어요. 그렇게 당신이 점점 내 나이를 넘어서 어른이 되어 가는 걸 지켜봤죠."

미노루의 팔을 잡고 있는 그녀의 오른손에 힘이 들어가 있다. 신기하게도 따뜻한 기운이 느껴졌다.

"그래서 십 개월 전에 폭발 사고가 일어났을 때 당신이 어떻게 되어 버리진 않을까 무서웠어요. 걱정한 대로 변해 가는 당신을 보고 내가 얼마나 괴로워했는지. 당신에게 말이라도 걸고 싶은 심정이었다고요. 당신이 산 채로 죽어 가는 걸 막고 싶었어요. 하지만 그때의 나는 당신에게 목소리를 전하는 것도 모습을 드러내는 것도 할 수 없었죠. 당신이 이렇게 생사의 중간 지점, 이 어둠 속으로 올 때까지 아무것도 할 수 없었거든요. 몇 번이나 밤중에 가위에 눌리는 당신의 머리맡에 서 있었는지. 멍한 눈으로 벤치에 처박혀 앉아 있는 당신을 보고 얼마나 애가 탔는지 몰라요."

말없이 서 있는 미노루를 그녀는 오른손으로 부드럽게 흔들었다.

"자, 이걸로 됐어요. 당신도 이제 되돌아가야 하니까."

"……되돌아가?"

"예, 맞아요. 이승으로 되돌아가는 거예요."

미노루는 고개를 내저었다.

"무리야. 이미 늦었어."

"아니, 그렇지 않아요. 아직 시간이 남아 있어요. 하지만 나에게는 결정권이 없어요. 자, 당신이 선택해요."

"뭘?"

"아까부터 내가 줄곧 당신을 오른손으로만 만졌다는 거 알고 있어요?"

유리코는 그렇게 말하며 하얀 두 손바닥을 펼쳐 보였다.

"내가 왼손으로 당신을 만지면 당신을 저세상으로 데리고 가야만 하기 때문이에요. 왼손으로 당신을 끌어당기면 나와 함께 저세상으로 가야 해요. 그러니까 선택해요. 되돌아가고 싶어요? 아니면 정말로 죽고 싶어요?"

침묵이 흘렀다. 쉽게 부서지는 귀중품이라도 떠받치고 있는 듯한 침묵.

그걸 끊은 건 미노루였다. 그는 몸을 움직여 유리코의 왼손을 붙잡으려 했다.

그녀는 기다렸다는 듯이 가볍게 몸을 피했다. 마치 숨바꼭질에 신이 난 어린아이처럼. 미노루가 그런 그녀를 붙잡으려 손을 뻗자 그녀가 환성을 내질렀다.

"봐요, 당신 오른손. 움직이잖아요!"

말 그대로였다. 미노루의 오른손이 움직이고 있었다.

"만세!"

유리코는 소리를 지르며 마술사가 모자에서 꺼낸 꽃다발을 내던지듯이 두 팔을 높이 쳐들었다.

미노루의 머리 위로 다시 밤하늘이 펼쳐졌다. 밤하늘 가득히 불꽃놀이가 터지고 있었다. 형형색색으로 터지면서 반짝인다. 밝게 꼬리를 끌며 허공에 올라가서는 커다란 원을 그리다 이내 사라진다. 몇 번이나, 몇 번이나.

정신이 들었을 때 미노루의 두 발은 그라운드 위를 딛고 서 있었다. 흙과 로진, 땀이 뒤섞인 냄새가 난다. 외야 쪽에서 불어오는 바람을 타고 응원 소리가, 메가폰을 쩌렁쩌렁 울리는 소리가 들려온다. 밤으로부터 뚝 잘려 나온, 조명 아래 빛나는 이 특별한 세계. 그가 살고 있던 세계.

— 이곳이 당신이 있어야 할 곳이에요.

더 이상 모습은 보이지 않고, 유리코의 목소리만 그의 귓가를 맴돌았다.

— 당신은 이곳으로 돌아와야만 해요.

미노루는 쓰러져 있었다.

아까 그 공원에 돌아와 있었다. 명치끝이 시렸다. 뺨이 쓰려 왔다.

꿈이라도 꾸었나?

— 자, 일어서요.

목소리가 들려왔다.

— 힘껏 일어서라고요. 아직 늦지 않았어요. 힘내요.

바닥에 널브러진 왼팔이 보였다. 오른팔은 몸에 깔려 있다. 움직일까? 움직일 수 있을까?

핑 도는 현기증을 참아가며 조금씩 힘을 주었다.

오른팔이 움직였다.

몸을 떠받칠 수 있다. 일어나는 건 정말 고통스런 작업이었지만 어찌어찌 해낼 수 있었다. 몸을 앞으로 숙인 채 비틀거리며 발걸음을 내디뎌 담장에 기대자 아까 미노루의 몸을 뚫고 지나갔던 회사원이 오고 있는 것이 보였다.

이번에는 그의 눈에 미노루가 보였다.

전치 일 개월의 진단이 나왔다.

"그렇게 깊은 상처는 아니었지만 조금만 늦게 발견했어도 큰일 날 뻔했어."

매스컴에선 또 난리가 났다. 불상사를 일으켰다는 이유로 구단에서 근신 처분도 받았다.

"하지만 시즌 후반에는 출장 가능하지 않을까 싶은데. 어찌된 일인지 팔은 나았으니까 말이야. 일종의 쇼크 요법인 셈인가?"

신기하게 여기는 코치에게도, 팀 동료들 누구에게도, 가족들에게도, 미노루는 웃기만 할 뿐 아무 얘기도 하지 않았다. 해 봤자 믿어 줄 사람도 없을 것 같아서 말이다.

게다가 이렇게 현실의 한복판으로 돌아오니, 미노루 역시 유리코와 정말로 만났는지 의심이 들기도 했다. 빈사 상태의 인간이 선명한 꿈을 꾼다는 얘기를 어디서 들은 적도 있고……

퇴원 후 숙소에 돌아오자마자 제일 먼저 한 일은 세너터즈 감독이 보냈던 편지가 남아 있는지 찾아보는 것이었다.

편지는 있었다. 그가 처음 넣어 뒀던 바로 그곳에.

같이 되돌아왔나? 아니면 이게 바로 그가 봤던 모든 것이 죽음의 문턱에서 본 환영이었다는 증거일까?

스포츠 신문 조각을 펼쳐 '고독'을 보았다.

문득, 앞부분의 관중석에서 유리코의 뒷모습이 눈에 띄었다.

— 나는 언제 어디서든 당신과 함께 있었다고요.

깜짝 놀라 바라보고 있을 때 사진 속의 그녀가 몸을 돌렸다.

— 안녕…….

그녀의 입술이 그렇게 말하고 있다.

— 하지만 기억해 둬요. 앞으로 십 년, 십오 년 후에 경기에 나가 있는 당신에게 새 공이나 방망이를 건네주는 귀여운 볼 보이가 있으면 그게 바로 나라는 걸. 다시 태어난 내가 그곳에 있을 테니까.

눈을 깜빡여 보았다. 유리코는 사라지고 없었다. 고독은 단지 입자가 거친 신문 사진 한 장일 뿐이었다. 두 뺨에 미풍이 불어오는 것을 느꼈다.

마치 유리코가 마지막 작별 인사로 그를 어루만지기라도 하듯.

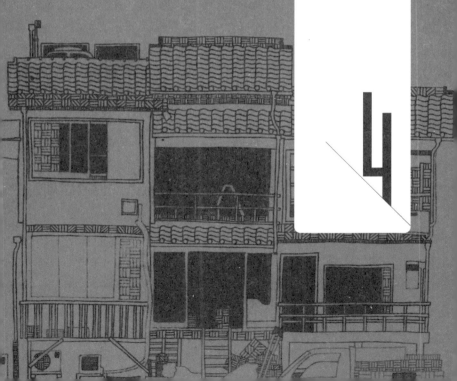

★

그 곳 에
있 **던**
남 자

ㄴ

1

평일 오후 무렵, 주오 본선도쿄의 전철 노선 중 하나을 달리는 특급 아즈사 20호의 특등실은 비어 있었다. 좌석 등받이에 덮힌 하얀 천이 오른쪽엔 두 줄, 왼쪽엔 한 줄로 가지런히 늘어서 있다. 객실 내 공기는 맑고 담배 냄새도 나지 않았다. 맨 뒷줄 2인용 좌석에 젊은 여자의 머리 두 개가 사이좋게 나란히 있을 뿐 그 외엔 텅 비어 있는 상태였다.

도바 슈지로는 웃옷 안주머니에서 표를 꺼내 좌석 번호를 확인하며 천천히 통로를 걸어갔다. 절반쯤 지났을 때 열차가 움직이기 시작했다. 가미스와 역에서 정차하는 시간은 짧다.

도바의 좌석은 맨 뒷줄에 앉은 여자 두 명의 바로 건너편 앞 좌석이었다. 1인용 좌석이다. 머리 위 선반에 가죽 보스턴백을 올려두고 앉으려 할 때, 뒷좌석에 앉은 두 여자가 동시에 이쪽을 쳐다보는 낌새를 느꼈다. 시선이 부딪혔다.

"안녕하세요?"

먼저 말을 건 사람은 차창 쪽에 앉은 여자였다. 단정하게 손질한 긴 머리를 어깨까지 늘어뜨리고 있다.

다른 한 사람은 인사를 건넨 친구의 옆얼굴을 흘끗 바라보더니, 보이지 않는 손이 간지럼을 태우기라도 한 듯한 표정을 지었다. 입을 손으로 가리고 어깨를 조금 움츠린다. 참신해 보이는 쇼트커트 헤어 스타일에 귓불에선 귀걸이가 반짝였다.

두 사람 다 아직 스물두셋 정도로 보였다. 도바는 가볍게 고개를 끄덕여 인사만 하고 자리에 앉았다. 등뼈가 소리를 내며 삐그덕거리는 느낌이었다. 긴장되는 거래처와의 회담, 피곤한 개인적 용무 등으로 꼬박 이틀간 혹사당한 몸이다. 신주쿠까지 두 시간 정도 자두자.

그런데 열차가 출발한 지 오 분 정도 지나자 두 여자가 말을 걸어왔다.

"저…… 있잖아요, 혼자이신가요?"

도바는 시트에서 머리를 들어 뒤돌아보았다. 목소리의 주인공은 이번에도 긴 머리 여자였다. 뒷줄에서 몸을 숙여 이쪽을 보고 있다. 쇼트커트 여자는 킥킥 웃으면서 짐짓 과장되게 몸을 좌석에 딱 붙이고 앉아, 친구의 목소리가 이쪽으로 잘 전해지도록 하듯 길을 열어 주고 있었다.

"예…… 그렇습니다만……."

하는 수 없이 도바는 대답했다. 긴 머리는 뭐가 그리 기쁜지 앞니를 드러내고 환하게 웃는 얼굴을 했다.

"열차 안이 텅 비었네요. 저희들, 마쓰모토부터 타고 왔는데 도쿄까지 이대로 단둘이면 어떡하나 걱정하고 있었거든요."

쇼트커트 쪽을 보면서 "그렇지?" 하고 동의를 구한다. 두 사람은 서로 고개를 끄덕거리며 또 까르르 웃었다.

아무래도 이 젊은 여자 둘에게 타깃으로 걸려든 느낌이 들었다.

싫지는 않았지만 그렇다고 두 팔 벌려 환영하고 싶은 기분도 아니었다. 이십 대 젊은 여자들이라면 도바의 부하 직원들 중에도 수없이 많다. 도바의 회사에선 여성들이 중요한 전력이기 때문에, 그녀들과 원활하게 커뮤니케이션해야 한다. 같이 술을 마셔야 할 때도 있고, 개인적인 고민거리를 들어 준 경험도 많다.

"그거야 뭐, 네가 여자들한테 인기가 있으니까 말이야."

도바의 대학 친구이자 회사의 공동 경영자인 부사장 노다가 농담 반 진담 반으로 하는 말이다.

"예를 들자면 나는 회식 자리의 분위기 메이커거든. 내가 없으면 여자들이 전부 심심해한단 말이야. 근데 회식이 끝나고 단둘이서 어디론가 사라지고 싶은 상대는 누구냐 하면 너라는 거야. 세상 참 불공평하다니까."

그런데 그건 노다가 미인 아내와 스무 살짜리 큰딸을 시작으로 딸 셋에 둘러싸인 가장인 반면, 도바는 아내가 일찍 세상을 떠난 홀아비인데다 자식도 없는 독신이기 때문이다. 그렇게 얘기하면 노다는 별안간 젠체하는 표정을 짓는다.

"맞아, 맞아. 여자들이란 그런 걸 보기보다 상당히 확실하게 계산한단 말이지. 하지만 말이야, 아무리 여자들에게 인기가 있다고 해도 우리 같은 아저씨들에겐 결국 경제력을 바라거든. 조심하는 편이 좋아, 사장님."

그 말대로다. 최대한 조심하자. 불현듯 가쓰라기 구미코의 얼굴이 떠올라 도바는 미소를 지었다. 짐을 챙겨 넣은 보스턴백을 건네주면서 "사장님, 여행 가서 이상한 여자들한테 한눈팔거나 하면 안 돼요. 얌전하게 지내세요"라는 말을 했다.

"여행인가요, 아니면 출장?"

긴 머리 여자가 물었다. 아직도 몸을 내밀고 있다.

"둘 다입니다."

도바가 대답했다. 첫날은 마쓰모토 시내에서 거래처와 미팅, 둘째 날은 동행했던 부하 직원을 먼저 돌려보내고 가미스와 시의 근교에 있는 작은 요양원에 들러 어머니를 만나고 왔다.

"여행은 어디로 가셨어요? 가족들도 안 데리고……."

긴 머리가 다시 물었다.

쇼트커트가 긴 머리의 옆구리를 손가락으로 쿡쿡 찌른다. '그만 좀 해'라는 의미인지, 아니면 '이야, 잘하는데'라고 놀리는 건지.

"마쓰모토입니다."

"저희랑 같네요. 저희들은 시내 호텔에서 묵었어요. 그쪽은 어디서 묵으셨어요?"

애써 지어내는 공손한 말투와는 안 어울리게 태도는 상당히 당돌하다. 도바는 약간 당혹스러웠다. 쇼트커트가 그걸 눈치 챈 모양이다.

"미호, 그만해. 실례잖아."

"그렇지만……."

긴 머리는 지지 않았다.

"실은요. 우리들, 마쓰모토 시내에서 한 번 만난 적이 있어요."

이 말에는 도바도 놀랐다.

"그래요? 어디에서요?"

그저께 밤 향토 요리점에서란다. 가게 이름을 물어보니, 거래처 사람과 식사를 한 곳이었다. 자리를 거기로 잡은 건 거래처 쪽이었지만 가이드북에 실릴 정도로 유명한 곳이라 관광객들도 많이 찾는다. 그렇게 보면 우연히 서로 그 자리에 있었다고 해도 별로 이상한 일은 아니다.

기묘한 건, 전혀 모르는 사이인데다 심지어 다른 사람과 식사를 하고 있었는데도 도바를 '봤다'는 것 하나만으로 '만났다'고 표현하는 그녀의 언어 감각이었다.

— 우리 회사의 여직원들이라면 최소한 '뵌 적이 있습니다만' 같은 표현을 쓰겠지…….

아니, 쓸 거라 믿고 싶다. 그 정도의 예의범절은 제대로 가르쳤으니까 말이다.

하지만 이 긴 머리 아가씨는 그런 것 따위는 별로 신경 쓰지 않는 모양이다.

"또 만나지 않을까 싶었는데 예감이 적중했어요. 게다가 우리들은 마쓰모토에서 탔고 그쪽은 가미스와에서 탔는데 이렇게 딱 셋만 여기에 있잖아요. 신기해라."

혼자서 들떠 난리다. 이 장면을 구미코나 다른 부하 여직원들이 본다면 틀림없이 나를 마구 놀려 대겠지. 도바는 속으로 쓴웃음을 지었다.

"죄송해요."

쇼트커트가 웃으면서 고개를 숙였다.

"실은 미호가, 가시와기 미호라고 하는데요, 얘가 중년 남성들에게 약하거든요. 그냥 푹 빠져 버려요."

"얘가 무슨 소릴 하는 거야? 안 그래."

미호라는 여자가 웃으면서 쇼트커트의 어깨를 때렸다.

"게다가 미호는요, 멋진 사람을 발견하면 그쪽이 자기를 봐 줄 때까지 계속 쳐다봐요. 그제 밤 그런 시선을 못 느끼셨나요?"

자기 일이 아니라 그런가? 쇼트커트 아가씨는 상당히 직설적이다. 도바는 왠지 싸구려 룸살롱에라도 와 있는 듯한 기분이 들었다.

"글쎄요……."

웃으면서 이번에는 도바가 화제를 돌리기 위한 질문을 던졌다.

"두 분 역시 여행을 다녀오시나요?"

"예"라고 쇼트커트가 대답했다.

두 사람 모두 헐렁한 스웨터에 바지를 입고 있었다. 머리 위 선반에는 커다란 루이비통 가방이 놓여 있다.

"두 분 다 직장인이신가?"

"예, 유급 휴가를 내서 갔다 오는 길이에요. 단풍 구경을 가기엔 좀 일렀지만 기분도 울적하고 해서요."

그랬군. 그 기분은 알 것 같다. 다만 거기다 대고 '참 우아하시구먼' 하고 한마디 해 주고 싶어지는 건 역시 도바가 아저씨이기 때문이리라.

"얘는 다카이 요시코라고 해요."

친구의 무릎을 탁 치며 미호가 말했다.

"저희들, 같은 부서에 근무하거든요. 총무부에서 인사 관계 업무를 하는데, 그쪽 업무라는 게 다 서류 일이잖아요. 매일 틀어박혀서, 정말 따분해요. 신나는 일이라곤 하나도 없다니까요."

"일이라는 게 원래 다 그렇잖아요."

"그런가요, 하지만 역시 남자랑 여자는 전혀 다르네요. 당신은 척 보기에도 꽝장히 활동적으로 일하시는 것 같아요."

어라, '당신'이라. 얼굴을 붉히는 기색도 없군.

열차는 오부치자와 역 근처에 와 있었다. 승강장 쪽으로 들어서자 기다리고 있는 승객들의 모습이 옆으로 스쳐 지나간다. 두 아가씨는 얌전히 입을 다물고 특등실 안으로 새로운 승객이 들어오는지 살펴보았다.

아무도 안 탔다. 특등실 안에는 세 명뿐이다. 기차가 다시 달리기 시작했다. 잠시 후 지금의 침묵이 뭐였냐는 듯이 태연한 말투로 미호가 말을 이었다.

"정말 멋지다는 생각이 들어 계속 쳐다봤어요. 당신을요."

머뭇거리는 기색도 없다. 도바는 웃으며 말했다.

"이거 영광인데요."

"우리 회사에는요, 멋진 남자라곤 단 한 사람도 없거든요."

"설마요, 눈에 띄지 않았을 뿐이겠죠."

"정말이라니까요. 정말 따분한 노땅들만 한가득."

"저도 노땅입니다."

"그건 나이로 정해지는 게 아니에요."

히죽거리고 있던 다카이 요시코가 고자질하는 듯한 말투로 입술을 오므리고 말했다.

"너, 예전에 만났던 형사 아저씨한테도 똑같은 얘기 하지 않았어? 그때도 좀 괜찮은 남자였으니까."

"형사?"

의외의 단어가 튀어나왔기 때문에 도바는 되물었다. 두 여자가 웃으면서 자지러졌다.

"우리가 무슨 나쁜 짓을 했다는 얘기가 아니고요."

미호가 황급히 손을 내저었다.

"그거야 물론 그렇겠죠."

도바는 맞장구를 쳐 주었다.

"회사에서 무슨 일이라도 있었나요?"

두 여자는 누가 얘기할지 의논이라도 하듯 입을 다물고 서로의 얼굴을 봤다. 잠시 후 미호가 자리를 고쳐 앉으며 말했다.

"별로 큰 사건은 아니었어요. 직원 중 한 사람이 노이로제에 걸려 자살했거든요. 하필이면 회사 빌딩 창문에서 뛰어내렸기 때문에 소란이 벌어졌죠. 하지만 경찰도 조금 조사해 보고선 알았다며 돌아갔어요. 별거 아니에요."

직원의 자살. 결코 '별로 큰 사건은 아니었어요'라고 말할 만한 일은 아니다. 도바는 어이가 없었다. 만일 내가 이 여자들의 상사였으면 말하는 품새를 눈물 쏙 빠지게 야단쳤을 거다.

"하지만 진짜 무서웠어요. 정말 기분 안 좋더라고요."

요시코가 단짝을 거들어 한마디 보탰다.

"우리들은 그게 엄청난 괴담이라고 생각하거든요."

그때 객실 문이 열리면서 차내 판매 카트가 들어왔다.

도바는 판매원을 불러 세운 후, 여자들에게 뭘 마시고 싶은지 물었다. 두 사람 모두 기뻐했지만, 당연히 받아야 하는 대접이라고 여기는 듯한 태도도 엿보였다.

미호도 요시코도 둘 다 커피가 좋다고 했다. 도바는 자기 것까지 세 개를 산 후 자세를 고쳐 앉았다.

이대로라면 어차피 종점인 신주쿠에 도착할 때까지 이 아가씨들의 수다 상대가 돼 줘야 할 것 같다. 그럴 바에는 차라리 이쪽에서 화제를 골라, 조금이라도 재미있는 얘기를 듣는 게 상책이다. 경영자인 도바에게 직원이 회사 빌딩에서 뛰어내려 자살했다는 사건은 흥미를 끄는 얘깃거리가 아닐 수 없었다.

"좀 더 들을 수 있을까요. 어떤 일이 있었지요?"

2

그녀들이 일하고 있는 회사는 도요 정밀기기 주식회사. 본사 빌딩은 히가시긴자에 있다고 한다. 회사 이름은 도바도 들은 적이 있다. 규모가 그리 크진 않지만 정밀기기 쪽에서는 전통이 있는 회사다.

"우리 회사의 본사 빌딩이 지은 지 사십 년 정도 됐는데요, 그게 사건의 발단이었어요."

얼굴을 찡그리며 미호가 설명을 시작했다.

"지난 달 초순에 일어난 일인데요, 지하 창고가 갑자기 물바다가 돼 버렸어요. 원인을 몰라 우왕좌왕했는데 조사해 보니까 벽 속에 있던 수도 배관이 부러졌다지 뭐예요. 심하죠? 건물이 진짜 낡았다니까."

지하 창고에는 대량의 옛날 서류와 파일, 전표철 등이 보관되어 있었다.

"전부 위층으로 끌어올려 말리는 작업을 했어요……. 진짜 지긋지긋하더라고요. 게다가 부장님이 그걸 전부 정리하라는 거예요. 기왕에 이렇게 된 거, 대충 철해져 있던 자료를 누가 보더라도 알기 쉽게 순서대로 잘 정리해서 분류하라는 거죠."

내가 그 부장이라도 아마 같은 명령을 내렸을 거라고 도바는 생각했다. 원래 도바의 회사에서는 일 년 이상 지난 서류와 전표는 전부 폐기 처분한다. 데이터로 만들어 컴퓨터에 저장해 놓으면 되기 때문이다.

"그 많은 서류를 펼쳐놓고 정리할 만한 공간이 우리 회사에는 없거든요. 회의실을 쓰면 회의를 못하고요. 그래서 부장님이 옆 건물에 있는 임대 회의실을 빌려서 거기서 작업을 하랬어요."

그 일을 맡은 사람이 결국 이 두 여자, 가시와기 미호와 다카이 요시코였다.

"총무부라는 게 말이죠."

요시코가 불만스런 표정으로 말했다.

"결국 뭐든지 다 하는 심부름 센터 같은 곳이라니까요."

지하 창고의 수리 공사는 한 달 정도 걸린다고 하니, 서류 정리
도 그렇게 서두를 필요가 없었다. 그래서 미호도 요시코도 그 일에
그다지 큰 불만은 없었단다.

"부장님이 빌린 임대 회의실이 옆 건물 삼층에 있었어요. 정말
바로 옆으로, 본사 건물이랑 이삼 미터 정도 거리에 있기 때문에
우리 회사 안을 볼 수 있어요. 운이 좋았던 게, 회의실 창문이 우리
회사 응접실 창문과 마주 보고 있는 거예요."

다시 말해, 외부 손님이 와서 누군가가 응접실에 들어오지 않는
한, 그녀들은 상사나 선배 눈치 볼 것 없이 느긋하게 일을 할 수 있
었다는 얘기다. 아무리 농땡이를 부려도 들킬 일이 없었다.

"처음 일주일은 완전 천국이었다니까요."

미호가 깔깔대며 웃었다.

"둘이서 하루 종일 수다를 떨거나 《세실》이나 《벨 메종》 같은 통
신 판매 카탈로그를 들여다봤죠. 케이크나 과자를 먹기도 하면서."

"서로 교대로 몰래 밖에 나갔다 온 적도 있었다, 그렇지?"

"맞아, 맞아. 백화점 세일할 때 말이야."

"아, 그때가 행복했어."

하지만 그다음 주부터 감시자가 파견되었다고 한다.

"소마라는 사람을 우리랑 같이 일하라고 보냈더라고요."

도바는 미호와 요시코의 상사가 좀 더 일찍 그런 조치를 취했어
야 한다고 생각했다. 그랬으면 그녀들도 이렇게까지 투덜대는 일

은 없었으리라.

"소마 씨는 일단 총무부 직원이기는 했는데 이 년 전에 정년퇴직을 했다가 올 봄에 촉탁 _{정년퇴직한 직원이 계약직 형태로 재취업하는 일}의 형태로 다시 복직한 사람이었어요. 육십이 넘은 완전 할아버지였지요. 대머리에 키도 작고 약간 덜떨어진데다,"

"가는귀도 먹었어."

"맞아, 맞아."

미호는 떠올리기만 해도 기분 나쁘다는 듯 몸을 부르르 떨었다.

"하여간 십 분이라도 방 안에 같이 있으면 이쪽도 폭삭 늙어 버리는 기분이 들 정도였다니까요."

"온몸에서 노인네 아우라가 막 뿜어져 나와."

요시코가 호들갑스럽게 몸을 떨었다.

"거기에 쏘이면 뭐든지 다 우중충해지지."

얘기를 들으며 도바는 생각했다.

앞으로 몇 년 후면 오십이 되는 그에게도 육십이라는 나이는 멀게 느껴진다. 환갑, 정년—까마득하게 멀고 현실감이 없는, 오직 남에게만 일어나는 일 같다. 적어도 머릿속으로 생각할 때는 정말 그랬다. 나와는 상관없는 일이라고.

하지만 가을로 접어들어 새벽녘의 차가운 공기 속에서, 잠에서 깨어 침대에서 일어나려고 하는데 문득 팔이 안 움직일 때는—나이를 먹고 있다는 현실이 눈앞에 펼쳐진다.

아직 '늙었다'는 표현을 쓰기엔 이르다. 그건 자신이 있다. 이십 대 부하 직원과 라켓볼 시합을 해도 지지 않는데다, 최근 몇 년간 엘리베이터를 탄 적이 없다. 십 몇 층짜리 건물 맨 꼭대기 층에 갈 때도 계단으로 뛰어 올라간다. 회사에 입사한 후 그런 그의 모습을 처음 봤을 때 가쓰라기 구미코는 기막혀하며 놀란 눈으로 쳐다보기만 했다. 하지만 언젠가부터 굽 낮은 구두를 신고 와서 같이 뛰어 올라가게 되었다. 가끔 어쩔 수 없이 굽 높은 구두를 신어야 할 때는 구두를 벗어 양손에 들고 새침한 표정을 지은 채 쫓아오기도 한다.

"사장과 비서가 거래처와 회의를 하러 갈 때마다 이렇게 경주를 하다니, 누가 보면 이상하게 여기겠는데요."

웃으면서 그렇게 말한 적도 있다.

"덕분에 전 헬스클럽에 안 다녀도 되겠어요."

이 경주에서 도바는 이제까지 한 번도 안 졌다. 여자라고 해도 구미코는 스물네 살. 이 정도면 훌륭하지 않은가?

하지만 그에게도 아침에 일어날 때 팔이 안 움직이는 일쯤은 일어난다. 무리해서 움직이려고 하면 고통으로 얼굴이 일그러질 정도로 아프기도 하거니와 그 후에도 오랫동안 팔이 저려 온다.

"오십견이시군요, 사장님."

구미코는 그렇게 말하기만 할 뿐 놀리지는 않았다. 도바는 오기로 그녀 앞에서는 아픈 얼굴을 보이지 않았는데 벌써 눈치 채고 있던 모양이다.

"오십견은 아니야. 사십견이지."

"흐음…… 사사오입을 해도 그건 좀 아닌데요."

하여간 그 일이 있은 후, 특히 계절이 바뀔 무렵이 되면 그녀는 가능한 한 도바가 팔을 올릴 일이 없도록 물건을 높은 곳에 두지 않는다.

젊은 부하에게 그런 일까지 신경 쓰도록 만든다는 것 자체가 나이를 먹고 있다는 증거다.

하지만—.

남자가 나이를 먹는다는 게 미호나 요시코가 이렇게 진저리를 치며 싫어할 만큼 역겨운 일인가? 나도 육십이 넘으면 구미코에게 저런 취급을 받으며 책상 위에서 떨어내는 휴지마냥 버림받지는 않을지.

"저……."

퍼뜩 정신을 차리자 미호가 사뭇 심각한 표정으로 이쪽을 보고 있다. 요시코도 굳게 입술을 다문 표정이었다.

"아아, 실례. 잠깐 뭘를 좀 생각하느라고."

서둘러 그렇게 말하자 두 아가씨의 얼굴에 웃음이 되돌아왔다. 도바는 생각했다. 이것도 조금 더 나이를 먹으면 '그 노인네가 말이야, 이젠 노망이 들어가지고선……' 하는 놀림거리가 되겠지.

"그래서요, 소마 씨가 온 후로 우리들의 행복한 나날은 그냥 사라져 버렸어요."

미호가 콧방울을 부풀리며 말했다.

"애써서 우리한테 맞춰 준다고 연예인들 가십거리 등을 화제로 삼아 얘기를 걸어오는데 전부 다 핀트가 안 맞는 거예요. 프로 야구 얘기도 그렇고."

요시코가 발끈하며 끼어들었다.

"맞아, 진짜 심했어요. 제가 세이부 라이온즈의 팬이라고 그랬더니 세상에, 니시테쓰 라이온즈세이부 라이온즈의 전신 얘기를 하잖아요. 내가 그걸 어떻게 알아. 나는 그냥 기요하라 선수가 좋아서 세이부 팬일 뿐인데."

도바도 단골집에서 그런 니시테쓰 팬인 노땅들을 만날 때가 있는지라 이때만큼은 마음속으로 요시코를 동정했다. 확실히 상관없긴 하지.

"소마 씨는 어디가 아픈지 매일 약을 먹는데요, 그러면서도 회사만큼은 쉬질 않더라고요."

미호가 말을 이었다.

"그래서 저도 요시코도 마음 놓고 있을 수가 없었어요. 자기도 수다 떨기를 좋아해서 우리한테 언제나 이것저것 말을 거는 주제에, 우리가 점심시간에 밖에 나갔다가 오 분이라도 늦으면 '지각이야!' 하면서 막 뭐라 그러질 않나. 그럴 때만큼은 융통성이라고는 조금도 없어."

"업무 시간에 카페라도 가는 건 절대 용납 못하는데다가."

"하여간 진짜 거치적거리는 노인네였어."

두 사람의 기세를 누그러뜨리기 위해서 도바가 끼어들었다.

"그래서, 그 소마라는 사람이 투신자살을 했단 얘기인가요?"

두 여자의 얼굴이 찬물이라도 끼얹은 듯 굳었다.

"네, 맞아요."

요시코가 끄덕였다. 두 사람 다 잠시 생각에 빠져 있다가 그 뒤를 이어서 미호가 말했다.

"하지만 그건 자살이 아니라고 생각해요. 소마 씨는 자기가 괴롭혀서 죽은 부하의 유령에게 당한 거라고요."

3

도바는 웃옷의 안주머니를 뒤지다 아무것도 들어 있지 않다는 걸 깨달았다. 금연중이라는 사실이 기억났다. 딱 한 달 됐다.

— 큰일 날 뻔했다.

구미코와 내기를 했다. 만약 십이월 삼십일일까지 완전히 담배를 끊으면, 내년 봄 초에 구미코가 도바의 일정에 맞춰 휴가를 내기로 했다.

다시 말해 둘이서 어디라도 갈 수 있다는 얘기다.

"굳이 이런 내기까지는 안 해도 되지만, 이 설정도 좋지 않아요? 알기 쉽잖아요. 사장님, 만일 제가 필요 없어지면 언제든 담배를 다시 피우셔도 돼요."

구미코는 수줍어하지도 않고 웃으며 말했다.

그날 이후 구미코는 내기 따위 완전히 잊은 듯한 표정으로 평소와 똑같이 일을 하고 있다. 가끔씩 내기가 떠올라 새삼 허둥대는 건 도바 쪽이었다.

미호는 눈치가 빨랐다.

"담배 찾으세요?"

핸드백을 뒤져 "캐스터마일드긴 한데요"라며 내민다.

"아…… 괜찮습니다. 의사가 담배를 끊으라고 해서요."

도바는 손을 들어 사양했다.

미호가 시큰둥해진 표정으로 담뱃갑을 집어넣다가 문득 생각났다는 듯이 한 개비 꺼내 라이터로 불을 붙였다. 가는 몸통에 꽤 정교한 칠보공예 무늬가 새겨진 라이터였다. 연기를 내뿜더니 "여기금연칸 아니지?"라며 요시코에게 묻는다.

흡연에 익숙한 폼이다. 소마라는 '노땅' 직원은 그녀들의 이런 모습을 본 적이 있을까 하는 생각이 들었다. 다릴 꼬고 얼굴을 차창쪽으로 약간 기울인 채 연기를 내뿜는다. 만일 이런 모습을 봤다면 그렇게 열심히 얘깃거리를 찾아 그녀들에게 말을 걸려고 일부러노력하지 않았을지도 모른다.

헛기침을 하고 도바는 얼굴을 들었다.

"부하 유령의 복수라니 좀 믿기 어려운 얘기네요."

요시코는 턱을 움츠린 채 고개를 끄덕이며, '하지만 말이죠……'라는 표정으로 미호를 곁눈질했다. 미호는 담배를 끄고 재떨이를 닫은 후 도바 쪽으로 돌아앉았다.

"하지만 그렇게 생각할 수밖에 없어요."

너무 진지했다. 도바는 그녀의 얼굴을 새삼스레 쳐다보았다.

잠시 후면 고후 역이다. 열차가 속도를 줄이기 시작했다. 두 여자는 입을 다물었다.

고후 역에서 승객 몇 명이 특등실에 올랐다. 모두들 샐러리맨 같다. 단체 승객은 없었다. 뒤쪽으로는 아무도 오지 않았다. 그들이각자 자리에 앉기를 기다렸다 미호가 일어섰다.

"요시코, 앞줄로 옮기자."

두 사람은 도바와 같은 줄의 2인용 좌석으로 옮겨 앉았다. 이번에는 요시코가 창문 쪽에, 미호가 통로 쪽, 도바와 가까운 쪽에 앉았다.

"아까도 말했지만, 소마 씨는 예전에 직원이었다가 촉탁으로 다시 들어온 사람이었어요."

팔걸이에 손을 얹고 몸을 가볍게 도바 쪽으로 약간 기울인 채 미호가 얘기를 시작했다.

"정년이 되기 전에는 자재부 주임이었대요. 그 나이에 겨우 주임이라는 건 평사원이나 마찬가지거든요. 별로 우수한 인재는 아니었죠."

"뭐, 저도 마찬가지입니다만."

도바가 농담 섞인 말투로 말하자, 미호가 고개를 움츠리며 흘겨보았다.

"당신이요? 설마요. 평사원이 출장 때 특등실에 탈 리가 없잖아요. 게다가 분위기 자체가 다른걸요."

"고맙습니다."

미호는 짧게 웃었다. 그러고는 두 번째 담배에 불을 붙였다.

"하지만 평사원이나 마찬가지인 주제에 소마 씨, 부하 괴롭히는 것만큼은 중역급이었어요. 돈 문제에 깐깐해서 잔소리가 엄청나다는 소문을 들었거든요. 그런 소마 씨에게 찍힌 사람이 이사카라는 직원이었어요."

이 년 전, 소마가 정년퇴직하기 조금 전의 일이었다고 한다.

"이사카 씨는 입사한 지 일 년도 안 된데다 중간 채용이라 연수도 제대로 못 받았어요. 그래서 전표 쓰는 법이나 출입하는 업자들과 연락하는 방법 등등, 일에서 파악이 늦은 부분이 좀 있었죠. 우리도 세세한 건 여전히 잘 모르거든요. 그런데 그런 걸 하나하나 따지고 드니······."

미호는 담배를 힘껏 눌러 껐다. 꽁초가 필터 부근에서 부러졌다.

"소마 씨는 이사카 씨를 그냥 괴롭힌 거예요. 출세도 못하고 정년퇴직하려니 성질이 났겠죠."

"나는 소마 씨가 그냥 화풀이로 이사카 씨를 괴롭힌 건 아니라고 생각해." 요시코가 끼어들었다.

"이사카 씨는 잘생긴데다 여자들한테 인기도 많았잖아. 그래서 소마 씨가 질투한 거야."

그러자 미호가 눈을 크게 뜨며 다시 한 번 도바를 훑어보고는 고개를 세게 끄덕이며 동의했다.

"맞아, 그랬어······. 당신을 처음 봤을 때 누군가를 닮았구나 싶었는데 이사카 씨랑 닮았네요. 키도 크고. 이사카 씨가 나이를 먹으면 아마 당신처럼 됐을지도 몰라요."

누군지도 모르는 사람, 게다가 이미 죽었다는 남자와 닮았다니 뭘 어쩌라는 얘긴지.

"그런데 그 이사카 씨가······."

도바가 재촉하자 미호가 다시 세게 고개를 끄덕이며 말했다.

"네, 죽었어요. 사고라고 발표되긴 했어도, 자살 혐의도 있었어요."

교통사고였다고 한다. 늦은 밤 혼자 살고 있는 아파트 부근에서 달려오는 대형 트럭 앞으로 뛰어든 모양이다.

"간선 도로라 사고가 많은 곳이긴 해요. 운전자 말로는 이사카 씨가 보도의 바깥쪽을 걸어가고 있다가 갑자기 비틀대며 넘어졌대요."

경찰의 조사 결과 이사카는 만취 상태였다고 한다. 가까운 선술집에서 집까지 혼자 걸어가고 있었던 모양이다.

운전자뿐만 아니라 지나가던 다른 통행인들도 사고 순간을 목격했다. 그들 모두 이사카가 스스로 차도 쪽으로 넘어졌다고 증언했다. 술집 주인이나 그곳에 있던 손님들 모두 혼자서 훌쩍 들어와 연신 술을 들이켜고 나간 이사카를 똑똑히 기억하고 있어, 처음부터 끝까지 그가 혼자였음은 확실했다.

타살의 가능성은 전혀 없었다. 그럼 자살 아니면 사고인데, 유서도 없고 아파트 방도 어질러져 있었기 때문에 사고사로 발표된 것이다.

"하지만 그건 살인이라고."

주먹으로 무릎 위를 내리치며 미호가 말했다.

"얌전한 이사카 씨가 그 정도로 취한 이유도 소마 주임이 괴롭혔기 때문이에요. 결국 살인이죠."

도바는 고개를 한 번 끄덕여 그녀의 의견에 동의하는 척했다. 그러지 않으면 얘기가 더 나아가지 않을 테니까.

"그래서요?"

현실이란 타산적이라, 소마가 정년퇴직하면서 사건은 차츰 잊혀

갔다. 미호 역시 이사카나 그를 괴롭혔던 소마 주임의 일은 까맣게 잊고 있었다. 지하 창고가 물바다가 된 사고 때문에 재취업한 그와 다시 마주치기 전까지는.

"매일 그런 사람과 같은 방에서 얼굴을 마주할 때마다, 너무 화가 나서 견딜 수가 없었어요."

"이사카 씨가 불쌍해서 그랬지."

창밖 풍경을 보느라 대화에서 빠져 있던 요시코가 이쪽으로 고개를 살짝 돌리며 끼어들었다. 그녀는 더 이상 이 얘기에 집중할 마음이 없는 듯했다.

"응, 맞아, 이사카 씨가 너무 불쌍했어."

미호가 힘을 주어 말했다.

"소마 그 노인네, 우리랑 같이 일한다니깐 좋아서 헤벌쭉해 가지고선…… 살인자 주제에."

도바는 아무 말도 하지 않았다. 미호의 분노가 헛돌기를 멈출 때까지 그저 말없이 통로 쪽을 바라보았다. 그러면서 생각했다.

가엾게도, 소마라는 남자는 어지간히도 별 볼 일 없는 외모였던 모양이다. 트집도 항상 거기서부터 잡고, 심지어 그 외모가 모든 일의 근원이 되어 있다.

정말로 그가 치졸한 방법으로 부하를 괴롭혔는지도 모른다. 하지만 실제로는 미호처럼 발랄한 아가씨들이 분기탱천해서 미워할 정도는 아니었을지도 모른다. 이사카도 사실은 크게 신경 쓰지 않았을 거라 생각한다.

예외는 어디에도 있기 마련이니 단정 짓는 건 위험하겠지만, 도바 자신의 경험에 비추어 봤을 때 요즘 젊은이들이 상사한테 괴롭힘을 좀 당했다고 해서 자살까지 하리라고는 생각지 않는다. 그럴 만큼 고지식하지 않기 때문이다.

훨씬 요령이 있다. 사고도 유연하다. 일할 곳이야 얼마든지 있고, 회사에 목숨을 걸겠다는 충성심 따위는 안중에도 없기 때문에 전직도 간단히 해 버린다. 상사랑 궁합이 안 맞으면 사표를 쓰면 그만이다.

이사카라는 청년도 마찬가지였을 것이다 그는 중도 채용으로 들어왔다고 미호가 말했다. 그렇다면 더더욱 그랬으리라. 전직에 대한 부담은 적었을 터. 게다가 도요 정밀기기라는 회사가, 무슨 일이 있어도 남아 있고 싶다고 바랄 정도로 젊은이들에게 매력적인 회사도 아니다. 요즘 젊은이들은 그런 면에 있어서도 너무나 솔직하기 때문에, 애인과 헤어지는 것보다 더 쉽게 직장을 바꿔 버린다.

이사카에게 일어난 일은 불행한 사고였다고 도바는 생각했다. 그의 존재를 탐탁지 않게 여기고 괴롭히거나 심술을 부리던 소마 주임 역시 청년의 죽음에 찜찜한 기분을 느끼긴 했으리라. 하지만 그것뿐이다. 그걸로 끝난 일이다. 그러니 소마도 같은 회사에 다시 촉탁으로 복직했고 젊은 여사원들과 사이좋게 지내보려고 노력도 한 것이다.

거기까지 생각이 미치자 불현듯 마음에 걸리는 점이 있었다. 소마는 왜 정년퇴직 후 금방 촉탁으로 고용되지 않았을까. 대부분 그렇게 하는데 말이다. 일 년 이상 공백이 있던 데는 뭔가 이유가 있지 않았을까.

그걸 물어보자 미호가 곧장 대답했다.

"이사카 씨 사건도 있고 해서 바로 오기에는 좀 괴로웠겠죠. 잊히기를 기다려 되돌아온 거라고요."

뭘 해도 그쪽으로 해석하고 싶은 모양이다.

"정년퇴직을 했을 때는 역시나 이사카 씨 사건이 큰 충격이었기 때문인지, 때때로 손을 떨기도 하고 그랬어요. 물건을 자주 떨어뜨리기도 하고요. 마음이 딴 데 가 있는 듯한 분위기였고, 넘어져서 문이나 책상에 부딪히기도 했으니까요. 무표정으로 멍하니 있기도 하고요. 하지만 촉탁으로 복귀했을 때는 완전히 예전 그대로 돌아와 있었지요."

도바는 그녀의 말을 머릿속에서 뇌까려보았다. 손이 떨리고 무표정해졌다. 자주 넘어졌다.

어쩌면 그건…….

"정년퇴직을 한 사람이 촉탁으로 복귀하는 일은 자주 있나요?"

미호는 고개를 끄덕이며 씁쓸한 얼굴을 했다.

"자주 있는 일이죠. 우리 회사는 월급도 적고 퇴직금도 얼마 안 되기 때문에, 정년과 동시에 유유자적한 생활을 할 수 있는 사람이 전혀 없어요. 모두들 가능한 한 오래 일하지 않으면 불안하다고 해요."

"그런데도 소마 씨는 촉탁 직원으로 일찍 복귀하지 않았네요?"

"지금 생각해 보니 그러네요. 일 년 정도 비어 있어요."

"회사의 윗사람들이 거기에 대해 아무 말도 안 하던가요? 소마 씨가 투신자살한 후에."

미호는 고개를 가로저었다.

"아니요, 전혀."

알 마음이 없으면 후지산이 분화했다는 사실을 모른 채 살아갈 수도 있어요—.

우리 회사에서 떠도는 소문에 대해 구미코와 실없는 얘기를 나누고 있을 때 그녀가 내뱉은 말이었다.

"소문도 하나의 정보거든요. 이쪽이 얻을 생각이 없으면 귀에 안 들어오고, 얻는다 해도 알고 싶은 형태로밖에 들어오지 않아요."

그렇게 생각해 보면 미호는 소마의 됨됨이나 직장에서의 위치 같은 것에 대해 자세히 모르는 게 당연하다.

어쨌든 그런 과거가 있는 소마와 미호, 요시코 세 명은 매일 같은 방에 틀어박혀 낡은 전표와 서류를 정리하는 일을 했던 것이다.

"가는귀를 먹은데다 눈도 노안이라, 도대체 왜 이런 노인네랑 매일 같이 있어야 하나 생각하면 스스로가 불쌍하고 비참해서 눈물이 났다니까요."

미호가 자신이 불쌍하다는 듯이 말했다.

그때—.

"보름쯤 지나서부터인데요……."

묘하게 신중한 말투로, 하얀 이마에 얕은 주름을 지으며 미호가 말했다.

"소마 씨에게 귀신이 보이기 시작했어요."

"귀신?"

"예, 처음엔 그다지 심하지 않았는데요."

건너편 건물의 응접실에 아무도 없는데 사람이 보인다는 말을 하기 시작했다.

"그것도 다른 사람이 아닌 이사카가 보인다고 그러는 거예요. 무슨 장난도 아니고, 죽은 사람이 어떻게 거기 있다는 얘긴지."

요시코도 미호도 소마가 그런 말을 할 때마다 절대 그럴 리 없다고 설득했다고 한다. 실제로 소마가 "이사카가 저기 있어"라며 응접실 쪽을 가리킬 때는 분명 거기에 아무도 없었다. 다른 사람을 잘못 본 게 아니었다.

"환각이군요."

도바가 중얼거리자 두 여자는 의아하다는 표정을 지어 보였다.

"소마 씨는 환각을 본 거예요."

"그럴까요? 나는 유령을 봤다고 생각하는데."

미호는 양팔을 끌어안았다.

"섬뜩해요."

"그래서 소마 씨가 투신자살을?"

요시코가 고개를 끄덕였다.

"네, 맞아요. 일주일 전 저녁."

"그렇게 최근 일이었어요?"

"그래서 우리들이 기분 전환 삼아 여행을 간 거예요. 소마 씨 장례식이 끝난 후 곧장요. 그 사람이 죽고 난 후론 아직 출근한 적이 없어요."

"정말 가고 싶지 않아."

미호가 어두운 표정으로 중얼거렸다.

도바는 두 사람의 얼굴을 번갈아 살펴보았다.

"두 분은 소마 씨가 투신할 때 그 장소에 있었나요?"

두 사람은 마치 목에 매인 끈을 잡아당기기라도 하듯 동시에 고개를 끄덕였다.

"그것 참…… 충격이 컸겠군요."

떠올리기만 해도 소름이 돋는다는 듯 미호가 두 팔을 문지르기 시작했다.

"소마 씨가 점점 이상해지더니……. 이건 나중에 들은 얘기인데요, 촉탁으로 재고용된 직후에 사내에서 골프 대회가 있었어요. 이즈에서 이박삼일 동안요. 소마 씨가 거기서 이틀 밤 전부 가위에 눌려 밤에 소리 지르고 날뛰고, 난리도 아니었대요. 같은 방을 쓰던 사람이, 자기도 정신이 이상해질 것 같았다고 그러더라고요. 그때부터 좀 이상한 조짐이 있었던 거죠."

도바는 긴장했다. 이상한 조짐이라고?

"투신할 때는 어떤 상태였나요?"

처음으로 미호와 요시코가 대답을 서로에게 미루듯 미적거렸다. 잠시 후, 요시코가 체념한 듯 입을 열었다.

"여느 때와 다름없이 일을 하다가 갑자기 응접실 쪽을 손으로 가리키며 '어, 또 이사카가 있어' 하고 말을 꺼냈어요."

그러고는 비틀대며 일어나서—.

"창을 열고 응접실을 계속 쳐다보는 거예요. 미호도 저도 무서워서 가까이 다가갈 수 없었어요. 그러는 사이 소마 씨가 갑자기 머리를 감싸안더니……."

소마는 "아…… 더 이상 못 참겠어" 하고 외마디 비명을 지르며 방을 뛰쳐나갔다. 그녀들이 아연해 있는 사이 소마가 그 응접실에 뛰어 들어오는 것이 보였다.

"금방이라도 울 것 같은 얼굴이었어요."

그는 발을 구르며 큰 소리로 외쳤다.

"없어, 없어. 내가 미친 거야!"

그러고선 겨우 이 미터 정도밖에 떨어지지 않은 맞은편 방에서 보고 있는 그녀들의 눈앞에서 응접실 창문을 열고 뛰어내렸다―.

"무서웠어요. 지금도 그 생각만 하면 떨려요. 장례식이 끝난 후에 슬쩍 들은 얘기인데요. 회사의 여직원들은 물론이고 남자들도 기분 나쁘다며 될 수 있으면 그 응접실에 안 들어가려고 했대요. 그런데 부장님이 그 얘기를 듣고선 화가 나서, 손님이 오면 아무리 작은 용건이어도 일부러 응접실로 모시게 한다는 거예요. 진짜 너무하지 않아요?"

도바는 등받이에 몸을 기대고 팔짱을 꼈다. 미호가 손수건을 꺼내 눈꼬리의 눈물을 훔치는 모습이 보였지만 내버려두었다.

"여자들의 눈물샘이란 수도꼭지와 같거든요."

구미코의 얘기가 아니더라도, 그 정도는 알고 있다.

― 그것보다도…….

훨씬 더 비극적인 일이 일어났는지도 모른다. 그 가능성을 생각하자 가슴이 막혀 왔다.

'없어, 없어'라는 말은 이사카의 모습 따위 응접실 안에 없었다는 뜻일 테지.

"다카이 씨."

도바가 부르자 요시코는 흠칫 놀랐고, 미호는 재미없다는 듯한 표정을 지었다.

"예, 왜 그러세요?"

생각 탓인지 우쭐한 듯 느껴지는 말투로 대답하며 요시코가 이 쪽을 향했다.

"소마 씨는 어디 건강이라도 안 좋은지 약을 먹었다고 했죠?"

"예, 맞아요."

두 여자가 동시에 대답하고는 서로의 얼굴을 보았다.

"언제부터 약을 먹기 시작했는지 혹시 아시나요?"

요시코는 고개를 갸우뚱했다.

"그건 잘 모르겠어요. 촉탁 직원이 되어 회사에 돌아왔을 때 이 미 먹고 있지 않았나 싶은데요."

"잊지 않고 매일 먹던가요?"

"예, 그랬어요."

요시코는 몇 번이나 고개를 끄덕였다.

"점심시간에 반드시 끓였다 식힌 물과 함께 마셨어요. 제가 점심 먹으러 가기 전에 언제나 차랑 물을 챙겨 줘야 했거든요."

"나도 그랬어."

미호가 끼어들었다.

"한 번뿐이었잖아."

"무슨 소리야? 아니야."

"갑자기 웬 착한 척?"

도바는 두 사람의 다툼 따위는 안중에 들어오지 않았다. 차창 밖을 바라보며, 어떻게 해야 할지 고민했다.

신주쿠 역에서 내린 후 남쪽 개찰구를 빠져나올 때까지 두 여자와 함께 걸었다. 아니, 좀 더 정확히 말하자면 두 여자가 따라왔다고 해야겠지만. 마치 서로 견제하듯 거리를 두고 말없이 걸었다.

하지만 그것도 역 남쪽 출입구 앞 도로에 회사 왜건을 세워 놓고 활짝 열린 선루프로 상반신을 내밀고 있는 가쓰라기 구미코를 발견할 때까지였다. 도바를 보자 구미코는 두 팔을 크게 흔들었다.

"보스, 잘 다녀오셨어요!"

그걸 보고 도바도 뜨악했지만, 뒤따라오던 두 여자는 훨씬 더 기분을 잡친 모양이다. 갑자기 사이좋게 둘이 붙어 수군대기 시작하더니, "자, 저희들은 여기서 그만 실례할게요" 하고 내뱉듯이 말하고는 혼잡한 인파 속으로 사라져 버렸다.

"일행이 있었군요. 얌전히 안 계셨나 봐요."

포니테일로 묶은 머리를 한 번 흔들고는 구미코가 따지듯 물었다. 신기하게도 그녀는 헤어스타일에 따라 성격이 바뀐다. 얌전한 시뇽 스타일머리를 둥글게 묶은 스타일일 때는 더할 나위 없는 숙녀인데, 머리를 양 갈래로 땋거나 포니테일로 묶고 나면 말투까지도 십 대 소녀처럼 변해 버린다.

"저쪽이 일방적으로 따라다녔을 뿐이라고."

"그걸 믿으라는 말씀이세요?"

"그 얘기는 됐고, 이렇게 마중까지 나와 줬으니 어디 가서 맛있는 거라도 먹을까?"

구미코는 손뼉을 치며 기뻐했다.

"사실 그걸 기대했어요."

선루프를 닫고 운전석에 다시 앉는다. 구미코는 트레이닝 복에 청바지, 운동화 차림이었다. 화려한 분홍색 트레이닝 복의 가슴 부분에는 둥근 글꼴로 '반짝반짝 레이디'라 쓰여 있었다.

"현장에 있다 온 거야?"

조수석에서 안전벨트를 매면서 도바가 물었다. 구미코가 혀를 날름 내밀었다.

"다섯시 지나서 나갔어요. 사장실을 비우진 않았답니다. 현장에 선 인력이 부족하다며 곤란해하고 있었고, 저도 심심하던 차였거 든요. 부사장님도 허락해 주셨어요."

"그렇게 현장에 나가고 싶으면 부서를 옮겨 줄까? 비서야 새로 채용할 테니까."

"짓궂기는……."

입을 삐죽 내밀며 차를 몰기 시작한다.

도바와 노다가 공동 경영하고 있는 회사는 빌딩의 유지 보수와 청소를 전문적으로 맡아서 하는 곳이다. 일상적인 청소부터 냉방 시설 배관의 청소, 대규모 소독까지 다 한다. 고객 중에는 각지의 반도체 제조 공장도 있는데, 청소는 물론 청정실 관리까지 하고 있 다. 다행히도 사업이 너무 잘되어 주문을 다 받지 못할 정도로 번 창하고 있다.

'반짝반짝 레이디'란 도바가 아이디어를 내고 노다가 이름을 붙인, 이십 대부터 사십 대 초반의 여자들만으로 구성된 일종의 퍼포먼스 청소 팀이다. 백화점이나 극장, 이벤트장 등 '외관'을 중시하는 고객들이 운영하는 곳에 제복을 입고 나가 청소를 한다. 이른바 '청소부 아줌마'의 이미지를 백팔십도 뒤집어 청소 자체를 하나의 볼거리로 만든 것이다.

"어머님은 안녕하시고요?"

구미코가 예의 바른 말투로 돌아와 물었다.

"응…… 여전하시지. 약 덕분인지 좋아 보이시더군."

"다행이네요."

그녀는 고개를 약간 앞으로 숙인 채 웃었다.

노다는 '구미코의 웃는 얼굴은 노땅 킬러'라고 말하곤 한다.

"좋은 말로 할 때 구미코를 나한테 넘겨. 넌 걔를 감당 못해. 푹 빠졌다간 일찍 죽는다니까."

"뭘 그렇게 실실 웃으세요?"

그녀가 팔꿈치로 쿡 지르자 도바는 진지한 얼굴로 돌아왔다.

"의견을 좀 듣고 싶은 일이 있는데."

"어머, 뭔데요?"

"진지하게 들어 줬으면 좋겠어. 어떤 여자들한테 진상을 알려 줘야 할지, 아니면 내버려두는 편이 좋을지 고민이 돼서 말이야."

핸들을 쥔 구미코는 뾰로통한 척하면서 말했다.

"사장님이 우리 여직원들 외의 여자들 때문에 고민하시는 건 원하지 않으니 의논 상대가 되어 드리도록 하죠. 무슨 일인지 얘기해 보세요."

차가 밀리는 고슈 가도에서 도바는 그녀에게 이제까지의 일을
얘기했다.

4

다음 날 도요 정밀기기의 총무 부장과 만날 약속을 잡고, 도바는
구미코와 함께 히가시긴자로 향했다.

"그렇게 윗사람을 만날 필요는 없지 않나요?"

구미코는 미간을 약간 찌푸리며 말했다.

"다카이 씨와 가시와기 씨를 만나서 차라도 한잔 사고 설명해 주
면 끝날 텐데요. 상사를 만나서 얘기하면 괜히 일만 커진다고요."

"총무 부장과 만나서 귀신 얘기를 하겠다고는 안 했는데."

도바는 태연한 표정으로 말했다

"그러면······."

"그녀들이 퇴근할 때까지 총무 부장을 만나서 판촉 활동이라도
하며 시간 보내려고 그래. 얘기가 잘되면 일석이조잖아."

"약았다니까."

안내 데스크 여직원의 안내를 받아, 두 사람은 곧장 안으로 들어
갔다. 건물은 육 층이었지만 안내를 받아 들어간 방은 삼층 응접실
이었다.

"이곳이 그 문제의 응접실인 모양이군."

작은 소리로 말하자 구미코는 사뭇 진지한 표정으로 고개를 끄

덕였다.

안으로 발을 들이자 정면의 창문 너머로 옆 빌딩의 창문이 보였다. 같은 높이다. 안내를 맡은 직원이 물러가길 기다렸다가 도바는 창문 쪽으로 다가갔다.

"이거 놀라운데."

옆 빌딩의 창문 안쪽에서는 작은 책상을 사이에 두고 여자 두 명이 앉아 있었다. 고개를 숙이고 전표 같은 걸 철하고 있다. 거기에 중년 남자도 두 사람 보인다. 소마가 자살한 후 여자들 둘만 그쪽에 남겨 두기는 신경이 쓰여 배려해 주었는지도 모른다. 하지만 도바는 얼굴을 찡그렸다.

— 어차피 임대한 회의실, 다른 방으로 바꿔 줘도 될 텐데…….

"그 여자들, 아직도 그 작업을 하는 중이야."

고개를 돌려 어깨 너머로 구미코를 불렀다.

"저 두 사람이야. 다카이 요시코와 가시와기 미호."

눈에 안 띄게 손을 들어 구미코에게 한 사람 한 사람 가리켜 주려고 했을 때, 창문 너머에서 가시와기 미호가 얼굴을 들어 이쪽을 봤다.

그 순간 그녀가 비명을 질렀다.

이 미터쯤 떨어진 이쪽 창문 안쪽에서도 들릴 정도로 엄청난 비명 소리였다. 미호는 비명을 지르며 뒷걸음치다가 황급히 방을 뛰쳐나갔다. 한 박자 늦게 요시코도 똑같이 비명을 지르며 미호를 뒤따랐다.

"상황을 좀 보고 올게요."

구미코가 짤막하게 말한 후 응접실을 나갔다. 도바.혼자 남겨졌다.

그 외에는 아무도 없다. 있을 리가 없다.

유령 같은 건 더더욱.

뭔가 착각을 했다고 생각했다. 그래, 이사카가 도바를 닮았다고 하지 않았던가.

— 거기까진 생각 못했네.

그렇다고 해도 그녀들이 이렇게까지 신경질적인 반응을 보일 줄은 몰랐다…….

결국 구급차가 오는 소동까지 벌어지고 말았다.

도요 정밀기기의 직원들은 여직원들의 히스테리 발작과 내방객 사이에 관계가 있을 거라고는 생각도 못한 듯, 도바와 구미코에게 거듭 사과하면서 다음에 약속을 다시 잡자며 상담을 거절했다.

"별수 없지요. 보아하니 여기서는 일을 맡길 것 같지도 않고."

약간 어깨를 늘어뜨린 채 구미코가 말했다.

"창문이나 전시실 등을 우리에게 맡겨 주면 훨씬 더 깨끗하게 해 줄 수 있는데, 이 회사는 그런데다 돈을 쓰지는 않을 듯싶네요."

그 말대로 모든 점에서 직원 시설이나 설비에 대한 관심이 부족한 회사다.

"병원에 좀 가 보자."

도바는 앞장서서 밖으로 나갔다.

"이 근처 병원으로 실려 간 모양이야. 될 수 있는 한 빨리 두 사람에게 설명해 주는 편이 좋겠어."

자살한 소마는 이사카의 유령을 본 게 아니다. 유령의 괴롭힘에 못 견뎌 '더 이상 못 참아'라고 외친 것도 아니다.

그건 단순한 환각일 뿐이다. 그리고 틀림없이 소마 본인도 그것을 알고 있었으리라. 도바는 그렇게 생각한다.

왜냐하면—.

이 년 전, 정년퇴직하기 직전의 소마는 '무표정에, 손을 떨고 있었다'고 했다. 하지만 일 년 정도 공백을 두고 촉탁으로 다시 복직했을 때는 많이 호전된 상태였다. 다만 약을 먹고 있었다.

그건 가미스와 요양원에 있는 도바의 모친과 똑같은 증세다.

도바의 모친은 파킨슨병을 앓고 있다. 뇌 안에서 운동을 담당하는 부분에서 도파민이라는 신경 전달 물질을 만드는 세포가 파괴되면서 일어나는 병이다. 떨림, 목소리의 변화, 운동 장애, 감정을 잃은 듯한 얼굴 등, 모든 것이 맞아 떨어진다.

파킨슨병의 이런 장애를 극복하는 데 잘 듣는 약이 하나 있다. 엘 도퍼라고 불리는, 도파민의 원료가 되는 물질이다. 도파민이 고갈되면서 일어나는 증상은 도파민을 주입하면 간단히 호전시킬 수가 있다. 하지만 뇌에 직접 도파민을 주입하기는 불가능하기 때문에 말하자면 재료가 되는 엘 도퍼를 투여하는 것이다.

이 치료법은 기적에 가깝게 잘 듣는다. 혼자서 단추도 못 채우던 도바의 모친은 엘 도퍼 투여를 시작하고 얼마 후에는 요양원 휴게실에 있는 피아노를 칠 수 있을 정도가 되었다. 처음 봤을 때는 숨이 멎을 정도로 놀랐다.

정년퇴직 후부터 복직까지 일 년 정도의 공백 기간 동안 소마도 이런 치료를 받았을 것이다. 퇴직 후 바로 회사로 돌아오지 못했던 것은 불안했기 때문이리라. 괜찮다는 확신이 들 때까지 참고 있었을지도 모른다. 그리고 겨우 다시 일을 시작했다. 그런데—.

— 안됐군.

엘 도퍼의 기적에는 한 가지 결점이 있다. 심한 부작용이다. 환각, 수면 장애, 집요하고도 생생하게 반복되는 악몽.

소마가 이즈의 골프 대회에 갔을 때 같은 방 사람들을 괴롭혔던 소동은 약의 부작용 때문이었다—도바는 금방 알아챘다.

그의 모친도 같은 부작용 때문에 일시적으로 엘 도퍼 복용을 중단해야 했던 적이 있었다. 마법은 풀리고 모친은 병원으로 되돌아갔다. 대부분의 시간을 꼼짝 않고 누워서 보내며, 머리를 빗거나 클립을 하나 줍는 일조차 제대로 하지 못했다. 하지만 그 상태로 참고 견뎌야 했다. 일단 엘 도퍼의 약 기운이 완전히 빠지길 기다렸다가 다시 처음부터 복용량을 조절하며 투여하기 시작하면 악몽이나 환각 문제를 해결할 수 있기 때문이다.

— 하지만 약을 끊는 건 죽고 싶을 정도로 고통스런 일이었어.

모친이 눈물을 지으며 그렇게 말한 적이 있었다.

— 나야 네 덕분에 생활을 걱정하지 않아도 되지만, 약 덕분에 일을 할 수 있게 되어 하루하루 근근히 살아가는 사람들에게 약을 끊으라고 하는 건 죽으라는 얘기나 마찬가지야.

정년퇴직을 해도 하루라도 더 오래 일을 하고 싶다—그런 처지에 있던 소마에게 있어서 약을 끊는 일은 말 그대로 경제적, 사회

적으로 생사가 달린 문제였다. 게다가 도요 정밀기기는 인사치레로라도 사원에 대한 배려가 넘치는 기업이라고는 말하기 힘든 곳이다. 병이 있다는 사실은 필사적으로 감추었을 테지.

약을 끊을 것인가, 환각을 선택할 것인가.

그는 약을 끊지도 못하고, 환각을 견디지도 못하고 결국 발작적으로 죽음을 택했다.

병원은 금방 찾았다. 두 사람은 로비에 들어섰다. 외래 환자 대기실은 무척 붐볐다. 지친 엄마가 울며 소리 지르는 아이를 안고 있다. 복통인지 몸을 웅크리고 벤치에 누워 있는 남자도 보인다. 구미코가 불안한 듯 도바의 곁에 다가와서 팔을 잡았다.

"사장님, 그런데 소마 씨는 왜 이사카 씨의 환각을 봤을까요?"

안내판을 살펴보면서 도바가 말했다.

"엘 도퍼가 일으키는 환각에 대해서는 자세하게 알려져 있지 않아. 아니, 환각 자체가 아직 미지의 분야니까. 환자가 언제나 마음에 담아 두고 있는 일이 밖으로 드러날 수도 있고 환자가 두려워하는 게 나타나기도 하지. 우리 어머니는 일찍 돌아가신 아버지의 유령이 나타나 옆에 앉아 있는 환각을 보셨다더군. 그래서인지 별로 무섭지는 않았다시던데."

"그럼 소마 씨는 이사카 씨의 일을……."

"역시 마음에 걸렸던 모양이지."

응접실로 뛰어들어 '없어, 없어. 내가 미친 거야'라고 외치며 투신한 소마가 불쌍해서 견딜 수 없었다.

미호와 요시코가 실려 온 진료실은 이층 맨 앞쪽에 있었다. 때마침 나오는 젊은 의사를 붙잡고 물어보니, 그가 담당 의사라고 한다.

"두 사람 다 흥분 상태라 진정제를 투여해서 재웠습니다."

살짝 망설였지만 도바는 의사에게 자세한 사정을 털어놓았다. 그러는 김에 그의 의견도 물어보았다.

젊은 의사는 흰 가운 주머니에 두 손을 찔러 넣은 채 가만히 발밑을 바라보고 있다가 도바의 설명이 끝나자 얼굴을 들고 고개를 끄덕였다.

"저도 소마 씨라는 분이 파킨슨병 환자가 아닐까 하는 생각이 드네요. 자살 이유도 아마 말씀하신 대로일 테고요."

도바는 마음이 놓였다.

"그렇습니까. 그럼 그 얘기를 도요 정밀기기 직원들에게 좀 해 주시지 않겠습니까? 제 쪽에서 얘기를 할 생각입니다만, 역시 의사 선생님께서 해 주시는 말이 더 신뢰가 가지 않겠습니까. 두 사람이 히스테리를 일으킨 것도 문제의 응접실에서 이사카라는 남자의 유령이 나온다고 굳게 믿고 있기 때문이거든요."

그러자 젊은 의사가 쓴웃음을 지었다.

"글쎄요…… 그게 아닌 모양입니다."

구미코가 도바를 올려다보며 다시 곁에 달라붙었다.

"무슨 말씀이신지요?" 도바가 물었다.

의사는 한숨을 쉬며 낮은 목소리로 말했다.

"전 유령의 존재는 안 믿습니다만, 두 여자분이 여기로 실려 왔을 때 '유령이, 유령이'라고 외쳤던 건 사실입니다."

"그러니까 그게 이사카 씨의 유령이라는 얘기죠? 아닙니다, 사실 두 사람이 본 건 제 모습이었어요. 저를 보고 착각한 거지요."

"아니요, 그게 아닙니다."

의사가 고개를 가로저으며 말했다.

"두 사람은," 도바를 손가락으로 가리킨다.

"당신 옆에 유령이 있었다고 했거든요. 게다가 이사카라는 청년이 아니라 소마라는 사람의 유령이라고요."

세 사람은 누가 보면 이상하게 여길 정도로 오랜 시간 동안 말없이 복도에 서 있었다.

이윽고 구미코가 도바의 팔을 힘주어 잡으면서 속삭였다.

"두 사람도 소마 씨에게 잘해 주지 않았던 일을 후회하고 있었네요. 마음에 걸렸던 거예요."

"그래서 환각을 봤다는 건가?"

네, 하고 구미코가 끄덕였다.

"그렇다고 해 두죠"라고 말한 후 의사는 자리를 떴다.

복도에 남겨진 도바와 구미코는 잠시 동안 그렇게 서 있었다. 널찍한 창문에 두 사람의 모습이 희미하게 비치고 있었다.

"비치고 있는 건 우리 둘뿐이죠, 사장님?"

"응."

"전 당분간 현장에는 안 나갈래요. 사장실에 얌전히 있을게요. 모르는 빌딩에는 발 들이지 않을 거예요."

몇 번이나 눈을 깜박거리면서 도바는 한 손으로 얼굴을 쓸어내렸다.

"그렇게 해. 나도 이제부터 열차 안에서 만난 여자들의 얘기에는 쓸데없이 끼어들지 않을 테니까."

그러고는 로비를 향해 몸을 돌리면서 생각했다. 담배 한 대 피웠으면……

지금이라면 구미코도 내기를 잠시 접어 줄지도 모른다.

★

속　　　삭

이　　　다

5

"어때. 정말 말도 안 되는 얘기인데, 신기하다면 또 신기하지 않니? 지폐가 말을 하다니!"

크림소다에서 체리를 끄집어내며 마사코가 말했다.

여느 때와 다름없이 목소리가 크다. 점심시간이라 붐비는 가게 안에서도 튄다. 마침 옆 칸막이 자리에 앉으려던 중년 남자가 놀란 눈빛으로 우리 쪽을 힐끗 쳐다보았다.

나는 창피해서 고개를 움츠렸다. 그 남자는 골프 연습장에라도 다녀오는 길인지 길쭉하고 무거워 보이는 비닐 가방을 들고 있었다. 마사코의 목소리에 엉겁결에 가방을 떨어뜨리고는 그 소리에 또 한 번 깜짝 놀란다.

마사코는 전혀 개의치 않은 얼굴로, 목소리를 낮추지도 않고서 뻔뻔스럽게 계속 떠들었다.

"역시 중년기의 우울증일까?"

말하면서 빨대를 휘두른 탓에 내 뺨에 소다가 한 방울 튀었다. 나는 손등으로 닦았다.

"그게 비장의 얘깃거리야?"

"그래."

마사코는 고개를 끄덕이며 메롱 하고 혀를 내밀었다.

"이것 봐, 묶였어."

혀로 체리 줄기를 묶는 건 딱히 일부러 내보일 만한 재주가 아니라고 누누이 얘기했건만. "살찌는데, 살찌는데"라고 호들갑을 떨면서도 카페에서 언제나 크림소다를 시키는 이유는 이 기술을 보여주고 싶어서가 아닐까 하는 생각이 들 정도다.

"하지만 환청이라니, 참 우울한 얘기네."

나는 한숨을 쉬면서 창밖을 내다보았다.

고작 유리창 하나 건너편으로는 일 따위를 하고 있다는 게 바보처럼 느껴질 만큼 화창한 날씨다. 길을 걸어가는 사람들의 표정도 왠지 모르게 안절부절못하는 듯 보인다.

이렇게 말하고 있는 나 역시 거리를 걷고 있는 사람들과 마찬가지 처지에 있는 샐러리맨. 외식 업체나 호텔, 대형 전문점용 주방 설비를 설계하는 회사에 다닌 지 올해로 오 년째다. 뭐야, 결국 부엌 회사 아냐, 라고 쉽게 말하는 친구들도 있지만 천만의 말씀. 이 주방 설비 설계는 최신 휴먼 테크놀로지를 사용하는 등 상당히 심오하다.

마사코와는 오랜 친구 사이로, 어찌어찌하다 보니 알고 지낸 지 벌써 이십 년째가 된다. 어릴 적부터 마사코의 성격을 잘 알고 있던 나는 그녀가 은행에 취직했다는 얘기를 듣고 처음엔 농담인 줄 알았다.

저 마사코가 은행에? 다음 순간 머릿속에 떠오른 건 신문의 헤드라인이었다.

'시내 은행에서 금융 사고. 여직원이 전산망에서 일억 팔천만 엔 횡령, 남자 공범도 체포.'

물론 이런 얘기는 마사코에게 절대로 하지 않는다. 그녀가 알았다간 그런 불온한 상상을 한 벌로 뭐 하나 사 내놓으라고 당장 윽박지를 게 뻔하니 말이다.

그렇지 않아도 나는 항상 마사코에게 끌려 다니는 신세다. 그녀의 말에 따르면 소꿉친구인 나는 어릴 적부터 언제나 믿음직한 대타 요원이었다나. 다시 말해, 그녀에게 애인이 없을 때, 그녀의 계산서를 해결해 주고 집까지 안전하게 바래다 주는 역할 같은 거.

물론 이 울분을 풀 길이 없어 답답하다는 불만이야 있다—엄청나게 많다! 하지만 마사코의 부모님과도 오줌싸개 시절부터 잘 알고 지내는 터라 이러쿵저러쿵하기도 참 뭣한, 불리한 상황이다.

뭐, 이런 마사코에게도 좋은 점은 있다. 정보 수집력이 대단하다고나 할까, 상당히 성능 좋은 안테나를 지니고 있다. 원래부터 노는 걸 정말 좋아하는 성격이라 화제가 되고 있는 영화나 이벤트, 별난 가게, 요즘 인기가 있는 스포츠 등, 유행에 빠삭하고 뭐든지 한 번씩은 꼭 건드려 본다.

그러다 보니 인맥도 넓다. "결국 얼굴이 두껍다는 얘기 아냐?"라고 말하는 사람도 있겠지만 일단 여기서는 그래도 친구의 편을 들어 '붙임성이 좋다'고 해 두자. 지나가다 불쑥 들어간 술집에서도 나올 때는 이미 몇 년쯤 된 단골손님 같은 얼굴을 하고 있으니 말이다.

내가 오늘 마사코에게 점심을 사겠다고 불러낸 것도 사실은 그 때문이다. 그녀의 '최근 있었던 재미있는 일들'을 모아 둔 풍부한 목록 가운데 하나를 좀 얻어 볼까 해서.

사내보의 원고 마감 시간이 다가오고 있었다. 사원 전원이 돌아가며 한 번씩은 써야만 하는 칼럼이 있는데, 내용은 자유. 오히려 업무랑 관계없는 얘기일수록 환영받는다.

이제 와서 나 혼자 '못 썼습니다. 죄송합니다'라고 넘어갈 수는 없는 노릇이다. 의뢰를 받고 나서 마감일인 오늘까지 이 주일이라는 시간이 있었단 말이다.

오늘 아침 눈을 떴을 때부터 이제 정말 쓰지 않으면 안 되는데, 써야 할 텐데, 하고 걱정만 할 뿐 아무 생각도 떠오르지 않는다. 초조해할수록 일이 안 되는 법이다.

마사코에게 전화를 했을 때는 지푸라기라도 잡고 싶은 심정이었다. 그랬더니 "비장의 얘깃거리가 있어"라질 않는가. 그래서 일부러 그녀가 근무하는 은행 지점 근처까지 왔단 말이다.

"좀 더 일찍 시작했으면 좋았을 텐데."

마사코는 속 편한 소리를 했다.

"그쯤은 나도 알아." 나는 대답했다.

"이제까지 일이 너무 바빠 사내보 원고 따위는 신경도 못 썼단 말이다."

"세상 사람들은 그런 걸 핑계라고 부르지."

그녀는 새침한 표정을 지었다.

"일단 내가 고이 모셔 뒀다는 얘기는 바로 이거야. 좀처럼 들을 수 없는 얘기라고."

나는 의자에 기대어 천장을 올려다보았다.

"그렇지만 그 얘기는 안 돼. 재밌다고 해 주는 사람은 아무도 없을걸."

"왜?"

"생각해 봐. 그 다카나시 차장이라는 사람은 결국 병원에 입원했잖아."

나는 한숨을 내쉬었다.

"내가 말하는 '재미있는 얘기'란, 좀 더 밝은 얘기를 말하는 거야. 사내보에 싣는다고 했잖아."

"바보 같은 소리 하지 마. 그럴수록 자기 일처럼 확 와닿는 얘기가 좋다니까."

마사코가 몸을 내밀며 한층 더 목소리를 높여 말했다.

"아까 말했던 중간 관리직에게 속삭이는 지폐의 유혹. 이거야말로 현대를 살아가는 샐러리맨의 애환이 담긴 얘기잖아. 이걸로 결정이야."

나는 단호히 머리를 내저었다.

"돈이 말을 건다니 그냥 환청일 뿐이잖아. 스트레스로 어디가 돌아 버렸단 말인데, 그렇잖아도 신물이 올라오는 우리들한테 그런 이야기가 먹혀 들어가겠냐?"

마사코가 흥 하고 토라졌다.

"뭐니? 찬밥 더운밥 가릴 처지도 아니면서."

그때 옆에서 인기척이 느껴지며 목소리가 들려왔다.

"실례합니다만⋯⋯."

위를 올려다보자, 아까 그 중년 남자가 구부정한 자세로 서 있었다. 나와 마사코의 얼굴을 번갈아 보며, 뭔가 바라는 듯한 표정을 하고 있다.

"예, 무슨 일이세요?"

나보다 먼저 마사코가 점잖은 체하며 대답했다. 남자는 가볍게 인사를 한 후 말을 이었다.

"예의가 아닌 줄은 잘 압니다만, 아까 두 분이 나누시던 얘기를 본의 아니게 듣게 되었는데요, 거기에 대해서 좀 여쭤보고 싶어서 요⋯⋯."

"뭐라고요?"

나는 약간 화가 났다. 카페에서 남의 얘기를 엿듣다니, 매너가 아니잖아.

남자는 크고 억세 보이는 손으로 황급히 이마를 쓸어 올렸다. 오십 대 후반쯤 되었을까, 머리는 거의 백발이고, 이마에는 선명한 주름살이 몇 개인가 있다. 혈색도 좋지 않고 목소리도 별로 기운이 없어 병을 앓고 있는 사람처럼 보였다.

"실례를 저질러, 정말로 죄송하기 이를 데가 없습니다만, 그⋯⋯ 뭐냐, 아까 환청인가 뭔가 하는 얘기를 하셨잖습니까? 실은 제 친구 중에 똑같은 일로 고민하는 녀석이 있어서 말입니다. 그만 저도 모르게 열심히 듣고 말았습니다."

"세상에…… 안되셨네요."

마사코는 그 말을 곧이곧대로 믿은 모양이다.

"일단 거기 좀 앉으시겠어요?"

마치 엘리베이터 걸 같은 손짓으로 마사코는 내 옆 의자에 앉기를 권하며, 불만을 표하는 나의 시선은 쓱싹 무시해 버렸다.

남자는 또다시 머리 숙여 인사한 후 자리에 앉았다.

"전 이마데가와라고 합니다. 이 근처에서 장사를 하고 있지요. 수상한 사람은 아니니까 염려 놓으십시오"라고 정중하게 말했다.

"보기 드문 이름이네요. 처음 뵙겠습니다."

마사코는 생긋 웃었다.

아무리 낯가림이 없다지만 그것도 때와 장소를 가려야 하는 법이다. 타인에 대한 경계심이라고는 조금도 없는 이 성격, 위험해도 너무 위험하다.

나는 굳은 표정으로, 이마데가와라는 남자를 찬찬히 살펴보았다. 확실히 근처에서 커피를 마시러 왔다는 느낌으로, 폴로셔츠에 카디건, 샌들 차림이다.

"무슨 장사를 하고 계시는데요?"

단도직입적으로 물어봤다. 이마데가와 씨는 다소 애매하게 대답했다.

"뭐, 대단한 건 아니고요, 정말 소소한, 그냥 취미용품을 파는 가게입니다."

피곤한 듯 얼굴을 문지르며 나직하게 변명이라도 하는 듯한 말투로 얘기를 이어간다.

"저도 옛날에는 샐러리맨이었습니다. 오 년 전 불경기로 회사가 인원 감축을 했는데요. 정년이 가까운 직원 가운데 희망 퇴직을 하는 사람들에게는 퇴직금을 20퍼센트 더 준다지 뭡니까, 원래부터 제 가게를 열고 싶다는 생각을 했기 때문에 덥석 받아들였죠."

"이야, 부럽네요."

진짜로 그렇게 생각한 건 아니었지만, 예의상 그렇게 말해 주었다. 이마데가와 씨는 사뭇 진지한 표정으로 나를 바라보았다.

"무슨 말씀을요. 실패였습니다"라며 진중하게 고개를 젓는다.

"이 부근도 땅값이 올라서 힘드시죠?"

마사코가 아는 척하며 말했다. 이마데가와 씨는 크게 고개를 끄덕였다.

"네, 정말 힘듭니다. 가게 임대료가 점점 더 올라서 고생하고 있어요. 그뿐만 아니라 생활비에 애들 학비도 대야 하고요. 모든 게 돈, 돈, 돈. 돈이 웬수라는 말이 정말이더군요."

내뱉는 듯한 말투였다.

"친구분이 환청에 시달린다고 하셨는데, 그게 언제부터였나요?"

화제를 바꿀 생각이었겠지만, 하지 않아도 좋을 질문을 마사코가 결국 해 버리고 말았다.

이마데가와 씨는 자신만의 생각에 빠져들었는지 대답하지 않았다. 별난 사람이네, 라는 표정으로 마사코가 나를 쳐다봤다. '거봐, 괜히 엮여 들어가지 않는 편이 나았다니까.' 나는 눈으로 말했다.

"돈이 말을 한다. 아가씨, 아까 분명히 그렇게 말씀하셨죠?"

갑자기 이마데가와 씨가 입을 열었다. 마사코는 깜짝 놀라 눈을 깜빡거렸다.

"예…… 그랬는데요."

"그게 큰 목소리가 아니죠? 아마도, 아마도 그놈들은 속삭였을 것 같은데요?"

"그놈들이라고요?"

나는 되물었다. 대답을 채 듣기도 전에 문득 깨달았다.

이건 이마데가와 씨의 '친구' 얘기가 아니다. 환청에 시달리는 건 이 사람인 것이다.

"신기하네요. 어떻게 아셨어요? 맞아요. 다카나시 차장님 말로는 무척 친근한 속삭임이었대요. 대부분 여자 목소리로 들리는데, 상냥하고 분위기 있는 목소리였다나요."

마사코는 선선히 대답했다. 이마데가와 씨는 무릎 위에 얹은 두 손에 힘을 준 채 그녀 쪽으로 몸을 내밀었다.

"그 얘기를 좀 더 자세하게 들려주실 수 있습니까? 그분이 병원에 입원했다는 게 정말입니까?"

마사코는 힐끗 나를 쳐다봤다. 뭐, 상관없지 않나? 우리랑 직접 관계가 있는 일도 아니고, 가르쳐 주자, 라는 눈빛이다. 이렇게 되면 말려도 소용없다.

내 반응이 영 냉담했던 얘깃거리라 더 얘기하고 싶어 입이 근질거렸겠지. 내게 했던 것과 똑같은 얘기를 그녀는 반복해서 하기 시작했다.

다카나시 차장은 창구 담당인 마사코의 직속 상관으로 올해 쉰 다섯이다. 출세는 더뎠지만 성실하고 온화한 성품으로 여직원들 사이에선 인기가 좋았다고 한다. 그런 사람이 하필이면 은행 안의 현금을 훔쳐 도망치려 했던 일이 발단이었다.

훔친다고는 해도 그 방법이 참으로 별났다. 다카나시 차장은 책상에서 일어나 창구로 다가가서는, 창구 안쪽에 쌓여 있던 만 엔짜리 백 장 묶음 다섯 다발, 다시 말해 오백만 엔을 마치 전표 다발이라도 들고 가듯 아무렇게나 집어 들고는 출구 쪽으로 걸어갔다고 한다.

오후 세시가 지났기 때문에_{일본의 은행은 보통 오후 세시까지 영업한다} 은행 안에는 손님이 없었다. 출입구와 창문에는 셔터가 내려져 있었고 텅 빈 은행 안을 형광등이 환하게 비추고 있었다. 그 아래에서 약 스무 명 정도의 은행 직원들이 묵묵히 일하고 있다. 전화가 울리고, 계수기가 좌라락 소란스럽게 움직인다. 모두들 바빠서 처음엔 다카나시 차장의 행동을 눈여겨본 사람이 아무도 없었다고 한다.

"차장님이 돈다발을 만지는 건 당연한 일이거든. 누구도 이상하게 생각 안 해."

하지만 그가 창구를 빠져나와 출입구 쪽으로 걸어가자 경비원은 수상쩍게 생각하고는 그를 막아섰다. 무슨 일이십니까, 하고 물어도 상대가 걸음을 멈추지 않자 손으로 어깨를 잡았다.

그제서야 다카나시 차장은 꿈에서 깨어났다. 정말로 그런 얼굴이었다고 한다. 깜짝 놀란 표정으로 그때까지 아무렇게나 손에 쥐고 있던 돈다발을 떨어뜨렸다. 그러고는 이렇게 말했다.

"내가…… 뭘 하고 있었던 건가요?"

백만 엔짜리 지폐 묶음 다섯 다발은 아무 생각 없이 한 손으로 집어 들었을 때 딱 알맞게 잡힐 만한 두께다. 그의 행동이 얼마나 무계획적이고 충동적이었는지를 알 수 있는 부분이었다. 몽유병 같다고 할까.

상관이 다카나시 차장을 불렀다. 누가 봐도 제정신이 아님은 분명했다. 하지만 사정 얘기를 듣자 직원들은 더 놀랐다고 한다.

"석 달쯤 전부터 돈이 자기에게 속삭이는 소리가 들리기 시작했대요. 차장님— 하고요. 창구라든가 ATM기라든가, 어쨌든 현금이 잔뜩 왔다 갔다 하잖아요. 그 녀석들이 말을 걸어왔다는 거예요."

"계기가 뭐였는지는 얘기하지 않던가요?"

"어느 날 갑자기 그랬대요."

"뭐라고 속삭였다던가요?"

이마데가와 씨는 꼼짝도 않고 귀를 기울이고 있었다. 너무나도 심각한 그 모습에 등골이 조금 오싹해졌다. 이 느낌—서늘한 이 냉기는, 맞다. 그것과 비슷하다. 여름에 비어 가든에 가면 흔히 보이는 장식용 얼음 조각 옆에 앉아 있는 듯한 느낌.

"무슨 말이었는고 하면…… 유혹을 했대요. 우리를 써 주세요. 재밌다고요. 아무리 열심히 일해도 여기 있는 우리의 절반도 못 벌잖아요. 그런데 왜 손을 뻗어 우리를 들고 나가지 않는 거예요? 자, 우리를 훔쳐요. 밖으로 나가요. 더 좋은 곳으로 가자고요. 가요, 가자고요."

아까 이 부분을 들을 때는 내키지 않는 얘기이기도 해서 그냥 심드렁했기 때문에 아무 느낌도 들지 않았다. 그런데 지금 마사코의 응석 부리는 듯한 목소리로 다시 들으니, 매일매일 직장에서 자기를 둘러싸고 있는 돈다발 더미가 속삭였을 때 다카나시 차장의 기분이 어땠을지 조금은 이해할 수 있을 것 같았다.

머릿속에서 그 목소리는 정말 기분 좋게 들리지 않았을까? 부정해도 부정해도 들려오는 속삭임이 마음속에 점점 스며들어서는—.

"참 꺼림칙한 얘기죠?"

나는 이마데가와 씨를 쳐다보았다.

"현금을 다루는 일이 직업인 사람이 현금에게 써 주세요, 써 주세요, 하고 유혹당하다니."

이마데가와 씨는 아무 말 없이 천천히 고개를 끄덕였다. 그 모습이 너무 심각해서 기분 나쁠 정도였다.

"은행이 아니고 술집이었어 봐, 큰일 나는 거지. 주인도 아르바이트생도 눈 깜짝할 사이에 알코올 중독자가 되지 않겠어?"

농담으로 한 얘기인데 웃은 건 마사코뿐이었다.

"부추겨요."

이마데가와 씨가 중얼거렸다.

"놈들이 부추기는 거예요. 역시 그랬군요."

나는 갑자기 이마데가와 씨에게, 그럼 당신 귀엔 어떤 속삭임이 들려오나요, 하고 물어보고 싶어졌다. 당신이 말하는 '놈들'은 당신에게 비싼 임대료를 떼먹으라고 부추기기라도 하느냐고 묻고선, 이 모든 걸 실없는 얘기로 치부하고 싶었다.

하지만 이마데가와 씨는 심각했다.

"그럼 그 사람은 돈다발의 속삭임에 따라 그런 행동을 했다는 얘기네요."

확인이라도 하려는 듯 마사코의 눈을 보며 묻는다.

"예, 맞아요. 처음에는, 해서는 안 되는 짓인데다, 자신이 어떻게 된 게 아닌가 싶어서 그냥 참았대요. 하지만 그날은 마치 술에 취한 것처럼, 꿈을 꾸고 있는 듯한 기분이 되어서는 자기도 모르게 손이 가고 말았다나요."

"아가씨는 참 자세히도 알고 계시는군요."

"아침 조회 때 지점장님이 직접 얘기해 주셨어요. 모두들 보고 있는 앞에서 일어난 일인데다, 괜히 숨기려고 하면 오히려 불안해질까 봐 그러셨다나요. 아, 하지만 다른 데 가서 얘기하지는 말아 주세요."

이제 와서 뭔 말이냐 싶었지만 마사코는 입을 삐죽 내밀었다. 이마데가와 씨는 왠지 건성으로 듣는 듯한 표정으로 멍하니 허공을 바라보고 있다.

"괜찮으세요?"

내가 말을 걸었다.

"어떤……."

그는 뭔가 말을 하려다 멈추더니 나를 보았다.

"죄송합니다, 괜찮습니다. 아가씨, 한 가지만 더 가르쳐 주시면 고맙겠는데요. 그분은 어떻게 되었나요? 그 사건이 일어난 후, '속삭임'에 조종되어 움직이고 난 후, 어떤 기분이었는지는 말 안 하던가요?"

"마음이 편해졌대요."

이마데가와 씨는 탁 하고 한 손으로 무릎을 내리쳤다.

"마음이 편해졌단 말이지!"

"예, 지금까지 속삭임을 무시하는 일이 무척 힘들었는데, 들리는 대로 움직이고 난 후엔 완전히 마음이 가벼워지는 게, 그런 행복을 느낀 건 참 오랜만이었대요……. 하지만 다시 말씀드리겠는데, 차장님은 지금 병원에 있다고요."

"정신과겠군요."

"예, 남들에게 안 들리는 음악을 혼자 듣고 있는 듯한 얼굴로 조용히 웃으며 앉아 있대요. 부인이랑 자식들만 안됐지."

마지막 말은 나더러 들으라고 한 말이었다. 점점 더 비현실적이 되어 가는 분위기를 수습하기 위해 내가 말했다.

"말하자면 스트레스야. 차장이 돈이 궁해서 그렇게 되지는 않았을 거 아냐."

"물론이지."

"그러니까, 문제는 그의 마음속에 있었던 거라고. 정년은 다가오지, 건강도 걱정되지. 차장이라는 자리는 샌드위치 신세야. 위아래 사이에 끼어 마음 편한 날이라고는 없어. 내 인생은 이렇게 끝나 버리는 걸까? 좀 더 나은 삶이 있지는 않았을까? 이런 의문과 후회가 생기지. 다시 말해, 아이덴티티의 위기라고 할 수 있어. 그게 '돈다발의 속삭임'이라는 망상이 되어 밖으로 드러난 거야."

마사코는 두껍게 아이라인을 그린 눈을 휘둥그레 떴다.

"대단하네. 어디서 그런 걸 배웠어?"

"요즘 샐러리맨들에게 멘탈 헬스는 기본적으로 관심을 가져야 할 주제라고. OL_{Office Lady, 직장 생활을 하는 여성, 특히 이십 대에서 삼십 대 여성을 지칭한다}은 맘 편해 좋겠다."

그때, 나도 마사코도 잊고 있던 이마데가와 씨는 왔을 때와 마찬가지로 느닷없이 자리에서 일어서더니 밝은 목소리로 말했다.

"마음이 편해졌다. 그거죠?"

이제까지와는 다르게 처음으로 즐거운 듯 웃어 보인다.

"마음이 편해질 수 있다. 역시나 그랬군요. 감사합니다."

우리들은 어리둥절해진 채, 이마데가와 씨가 비닐 가방을 둘러매고 계산대 쪽으로 걸어가는 모습을 찜찜한 기분으로 바라보기만 했다.

"이상한 사람이네."

마사코가 처음으로 목소리를 낮추면서 웃었다.

"저 사람은 돈이 궁한 탓에 돈의 속삭임이 들려오는 거야. 틀림없어."

나는 놀랐다. "알고 있었어?"

그녀는 의기양양하게 턱을 쳐들었다.

"당연하지. 환청 때문에 고생한다는 건 저 사람 본인이라고. 자기 주변 일 상담이라면서 '내 친구가⋯⋯'로 시작하는 얘기들은 다 거짓말이거든."

그렇게 얘기하고는 잠시 차분해진다.

"하지만 안됐네."

마사코와 둘이 있는 것치고는 드물게 바람이 쓸고 지나가는 듯한 침묵이 이어졌다. 계산을 마친 이마데가와 씨는 우리 쪽을 뒤돌아보지도 않고 문을 열더니 밖으로 나갔다.

잠시 후 내가 말했다.

"뭔가 무서워지네. 까딱하다간 나도—라는 기분이 들어."

"그건 싫다."

마사코는 미간을 찌푸렸다.

"하지만 그렇잖아? 나는 오셀로 게임보드 게임의 한 종류로, 두 사람이 검은색과 흰색
의 돌을 번갈아 놓는 게임. 게임이 끝났을 때 돌이 더 많은 쪽이 승자가 된다이 생각나더라고."

"오셀로? 흑백의 돌로 땅따먹기 하는 게임 말이야?"

"응. 그 게임, 언뜻 봐서는 흰 돌이 우세해 보여도 어느 한구석에
검은 돌을 두면 한순간에 다 뒤집혀 버리는 경우가 있잖아? 사람이
이상해지는 것도 그것과 비슷하지 않을까? 제정신인 것과 미치는
것도 아주 작은 일로 뒤집히는 거지."

"너무 그렇게 거창하게 말하지 말아 줘."

마사코가 웃었다.

"좀 더 편하게 생각하는 게 낫지 않을까? 뭐, 술집 주인이 그런
노이로제에 걸리면 정말 큰일이라는 생각이 들긴 하지만."

"알코올 중독이 되니까?"

"응, 횡령보다 더 심각하다고."

"그리고 또, 그래, 칼이나 총을 파는 곳도 그럴 테고."

순간 나의 눈은 창밖의 광경에 못 박혀 버리고 말았다.

이상하다는 듯 마사코도 창밖을 바라보았다. 그 눈 역시 곧 휘둥
그레졌다.

마치 사람이 달라진 듯, 이마데가와 씨가 활달한 걸음걸이로 거

리를 걸어가고 있었다. 그 모습엔 기쁨이 넘쳐흘렀다. 하지만 문제는 그게 아니었다.

잰걸음으로 뛰어가면서, 이마데가와 씨는 비닐 가방의 지퍼를 열었다. 그 안에서 나온 물건을 실제로 보는 것은 생전 처음이었다. 아마 마사코도 마찬가지이리라. 하지만 그럼에도 무엇인지 바로 알아볼 수 있었다.

엽총이다.

"저거, 도대체 뭐야?"

마사코가 그를 손가락으로 가리켰다. 나는 황급히 그 손을 눌러 내렸다. 이 목소리가 들려 남자가 되돌아오기라도 하면 어쩌려고.

이마데가와 씨는 뛰기 시작했다. 그 얼굴은 기대에 차 있었다. 옴쭉달싹도 못한 채 그 모습을 보고 있던 나는 그가 무슨 장사를 하는지, 무슨 속삭임을 들었는지, '그놈들'이 어떻게 하라고 부추겼는지 깨달았다. 그 순간 마사코가 근무하는 은행 쪽에서 예리한 총성이 한 발 울려 퍼졌다.

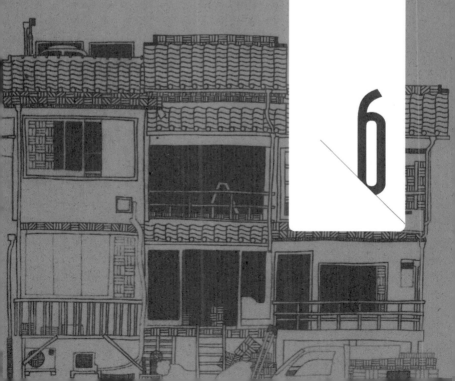

★

언 제 나
둘 이 서

6

1

그녀는 한밤중 두시 십사분에 나타났다.

왜 그 시간이 아니면 안 되었는지 아이하라 마코토는 나중에 알게 된다—아니, 좀 더 정확하게 말하자면 알게 되는 처지가 되고 만다고 해야겠지만. 어쨌든 그 시간에 그는 아직 이불 속에 파묻혀 평화로운 잠에 빠져 있었다.

"일어나요." 그녀가 말했다.

"일어나라니까."

마코토는 뒤척이며 한층 더 이불 속으로 파고들었다. 그녀는 끈질기게 말을 걸어왔다.

"일어나요. 이봐요, 시간이 없다니까요."

시간이 없다고? 잠에서 덜 깬 머릿속에도 그 한마디만큼은 효과적이었다. 마코토는 허우적대며 일어나, 근시라 안경 없이는 아무것도 안 보이는 눈을 깜빡이며 캄캄한 방 안에서 소리쳤다.

"뭐라고요? 어머니, 벌써 시간이 그렇게 됐어요?"

"어머니는 무슨."

바로 옆에서 젊은 여자의 목소리가 대답했다. 마코토의 어머니였다면 결혼 전이었다 해도 결코 이런 나긋나긋한 목소리를 내지는 못했을 테지.

"잘 봐요." 목소리가 말을 잇는다. "나는 여기 있다고요."

마코토의 눈앞에 봄 안개 낀 보름달마냥 희뿌연 얼굴이 있었다. 또렷한 눈매와 코, 아무리 봐도 이십 대 초반의 여자 얼굴이다.

"편안한 밤. 아니, 좋은 아침입니다 쪽이 더 어울리려나?"

그녀는 가지런하고 하얀 이를 드러내 보였다.

"당신, 누구야?"

아직 잠이 덜 깬 멍한 얼굴로 마코토는 대답했다.

"거기서 뭐 하는데?"

상대방이 대답하기도 전에 마코토는 여자가 누군지 짐작이 갔다. 쳇, 또야?

"이봐, 방 잘못 들어왔어."

그는 쌀쌀맞게 말했다.

"형이 있는 곳은 옆방이야. 도시유키 형을 찾아왔다면 말이야. 만일 마사유키 형을 찾아온 거라면 맞은편 방으로 가 봐. 그리고 나갈 때 계단의 위에서 세 번째 단 조심해. 한복판을 밟으면 끼익 소리가 나니까. 자, 안내는 여기까지. 안녕히 주무시라고."

마코토가 이불로 기어 들어가자 나긋한 목소리는 불만스러운 듯 말했다.

"참 어쩔 수가 없다니까. 여기가 자기 집이 아니라는 사실을 잊어버린 모양이네."

작은 한숨. 그러고선 성마른, 하지만 살짝 장난스러운 목소리로 말을 계속한다.

"좋아요. 시간이 없으니 일단 실례 좀 할게요."

그 순간 이불 안에서 마코토의 몸이 부들부들 떨렸다. 추워서 그러는 게 아니다. 몸속 깊은 곳부터 진동하기 시작했다고 말해야 정확하리라.

뭐야, 이거? 똑바로 누운 채 눈을 깜빡거려 보았다. 마치 스위치라도 누른 듯 이상할 정도로 잠기운이 완전히 날아가 있었다.

"어때요? 이제 잠이 좀 깼어요?"

아까 그 목소리가 또 들려온다. 그 순간 마코토는 두 손으로 자신의 입을 틀어막았다.

이런, 말도 안 되는 일이.

"놀라지 말아요. 손도 좀 치워 주지 않을래요? 말을 못 하겠잖아요."

어여쁜 목소리, 신이라도 난 듯한 젊은 여자의 목소리는 다름이 아니라 손으로 틀어막고 있는 마코토 자신의 입에서 흘러나오고 있었다.

나쁜 꿈이라도 꾸고 있는 거야. 뺨을 꼬집어 보았다.

아팠다.

뺨을 때려 보았다.

찰싹 소리가 났다. 마코토는 눈을 휘둥그레 떴다.

"그런 짓 좀 하지 말아요."

입이 저절로 움직이면서 또 여자 목소리가 흘러나온다. 마코토가 필사적으로 틀어막았지만 손바닥 아래에서 입술이—그러려고 하지 않는데도—멋대로 움직이는 게 느껴졌다.

"부탁이니까 그렇게 겁먹지 말아요. 아무것도 무서워할 필요 없다니까."

"다…… 다…… 다…… 당신……, 누…… 누구야?"

이불과 담요를 끌어안고 웅크린 채 목소리의 주인을 찾아 방 안을 둘러보면서, 마코토는 간신히 목소리를 냈다. 그게 자신의 목소리라는 점에 눈이 핑 돌 정도로 안도했다.

하지만 그것도 한순간. 또다시 입술이 제멋대로 움직였다. 흘러나오는 목소리에는 아까 그 나긋한 톤에 약간이지만 삐친 말투가 섞여 있다. 덤으로 말해 두자면, 마코토의 입술 역시 그런 목소리를 제대로 낼 수 있도록 귀엽게 뾰로통하니 나왔다.

"남자가 무슨 겁이 그렇게 많아요? 너무 허둥대니까, 같이 있는 내 쪽이 다 창피해지네요."

마코토는 기겁했다. 심장이 두세 번 크게 뛰었다.

"지금 뭐라고 했어?"

저도 모르게 높게 올라간 자신의 목소리로, 화분과 옷장과 화장대, 벽에 걸린 달력 등을 향해 이를 덜덜 떨며 되물었다.

"나, 나랑 같이 있다니, 그, 그, 그게……."

"무서워하지 말라니까요. 이렇게 용기가 없어서야."

"그렇지만, 이게…… 도대체."

"설명해 줄게요. 그러니까 잠시 입 다물고 있어요. 둘이서 동시에 말하려고 하면 혀 깨물리거든요. 당신 혀니까 나하고는 상관없지만요."

마코토는 자신이 미쳤나 고민했다. 한밤중 두시가 넘은 시각에, 혼자 있는 방에서 남자 목소리로 말했다가 여자 목소리로 말했다가 하고 있으니 말이다.

"구급차를 좀 불러 줄래?"

그는 기어 들어가는 목소리로 부탁했다.

"아니면 택시를 타고 가는 편이 나으려나. 구급차를 불렀다간 구속복을 입게 될지도 모르겠어."

"바보군요. 당신은 미치지 않았어요. 그저 내가 빙의한 것뿐이에요."

"빙의했다고?"

"응, 나 유령이에요."

더 말할 것도 없이 마코토는 그대로 베갯머리 위로 고꾸라졌다.

아이하라 마코토는 아는 부부의 부탁을 받고 그들이 이 주간 해외 여행을 간 사이에 집을 봐 주고 있었다. 단순히 돈 때문만은 아니었다.

그동안은 자신의 집을 떠나 있을 수 있다. 그게 얼마나 행복한 일인지 모른다.

마코토의 집은 부모님과 다섯 형제의 대가족으로, 그는 막내다. 위로는 가즈유키, 노리유키, 도시유키, 마사유키라는 형들이 쭉 늘어서 있다. 마코토 혼자 돌림자가 없는 이름을 가지게 된 이유는, 흔히 있는 얘기지만, 다섯째는 꼭 딸을 낳게 해 달라고 바라고 바라던 부모님이 딸이라 믿어 의심치 않고는 여자 이름밖에 생각해 놓지 않았기 때문이다.

그 이름이 '마코토ㅈ조'. 실제로 부모님은 나름대로 세련된 이름을 지었다고 자신하고 있었다.

그래, 좋아. 거기까지는 이해가 된다 이거야. 마코토는 관대한 모습을 보였다. 그런데 도저히 용서가 안 되는 건, 남자애가 태어났는데도 '에이, 귀찮아'라는 이유로 그 이름을 그냥 붙여 버렸다는 점이다 일반적으로 남자 이름에 마코토를 쓸 때는 誠이나 眞 같은 한자를 쓴다. 조이라는 한자는 주로 여자 이름에 쓰는 한자.

마코토, 그냥 들으면 평범한 남자 이름으로 들린다. 문제는 이름을 한자로 썼을 때다. 예전에 어떤 동아리 설명회에 갔을 때 접수대에서 여성용으로 빨간 줄이 들어가 있는 이름표를 건네받은 적이 있다. 내민 상대방 쪽이나 받은 마코토 쪽이나 참 겸연쩍은 상황이었다.

마코토를 여자로 착각했던 사람들은 대부분 마코토의 면전에서 미안한 표정을 지었던 만큼이나 그가 자리를 뜨고 난 후에 웃음보를 터뜨리곤 했다.

이름은 사물의 본질을 좌우한다. 호랑이가 '호랑이'라는 이름으로 불리기 전에는 밀림을 지배하며 어둠 속을 질주하는 악마 같은 맹수였다. 거기에 일단 이름이 붙어 분류가 되면, 어이없게도 총에 이마를 꿰뚫리는 단순한 육식 동물로 영락하고 마는 거다.

마코토라는 이름은 같은 돌림자를 쓰는 형들과의 사이를 구분짓는, 엄연한 벽이었다. 그가 열세 살 때, 삼촌 중 한 사람이 마코토는 형들 다 태어나고 나서 생긴 덤 같은 존재라고 얘기한 걸 듣고 가출한 적이 있다. 하지만 이제 와서 다시 생각해 보면 그 말도 어느 정도는 사실이 아닐까 싶다.

그런 상황에서, 화초에 물을 주고 우편물을 정리해 두기만 하면 되는 집 보기 아르바이트는 생각지도 못했던 휴식의 기회였다. 그랬는데…….

"저기, 내 이름은 히메노 기미에라고 해요. 오 년 전까지 이 방에서 살고 있었어요."

마코토의 쇼크 상태가 진정되자, "그냥 누워서 편히 들어요"라며 그녀가 설명을 시작했다.

"오 년 전 유월, 지금 이 집 주인 부부가 세탁물을 말리는 곳으로 쓰고 있는 창문에서 뛰어내려 자살했어요."

여기는 건물 오층이다. 마코토는 목이 말랐다.

"그런데 왜 아직 여기 있는 거야?"

"알기 쉽게 일반적으로 쓰는 말을 빌리자면, 구천을 떠돌고 있기 때문이죠. 나, 지박령이 되고 말았거든요."

어둠을 향해 마코토가 낄낄대며 웃었다. 웃음이 가라앉자 자칭 히메노 기미에라는 유령의 걱정스러운 듯한 목소리가 마코토의 입에서 흘러나왔다.

"괜찮아요? 당신, 담력이 약하죠?"

"위장도 약해." 마코토는 중얼거렸다.

"토할 것 같아."

"술을 좀 마시면 어때요? 정신이 들 텐데."

그녀가 권하는 대로 마코토는 냉장고 안에서 캔 맥주를 꺼내 단숨에 비웠다.

"내 얘기는 브랜디 같은 걸 마시라는 얘기였는데……. 로맨틱함 따위는 전혀 모르는 남자로군요. 〈바람과 함께 사라지다〉라는 영화 본 적 없어요?"

"아까 하던 얘기나 계속 해."

마코토는 짐짓 세게 말했다. 그러고는 부들부들 떨면서 화장대 쪽으로 다가가 턱을 꽉 끌어당긴 채 거울을 들여다보며 한 마디 한 마디 또박또박 입술을 움직여 말했다.

"유령이 나한테 무슨 볼일이 있는데?"

그때 마코토는 거울에 비친 자신의 얼굴이 잔뜩 긴장의 빛을 띠고 있던 표정에서 갑자기 부드러운 표정으로 바뀌는 걸 목격했다. 눈매가 진지하게 호소하는 듯 변했다. 입술이 부드럽게 움직이며 기미에의 목소리가 나오기 시작했다.

"나, 당신의 몸을 좀 빌리고 싶어요."

마코토가 다시 웃음을 터뜨렸기 때문에 기미에는 잠시 말문을 닫았다.

"참 잘 웃는 사람이군요."

"형들 여자친구들이 오늘 하룻밤만 당신 몸을 빌릴게요 같은 말을 하는 걸 들었을 땐 항상 부럽다고 생각했는데."

깜짝 놀란 기미에의 목소리가 튀어나왔다.

"요즘 젊은 여자들은 그런 말을 아무렇지도 않게 한단 말이에요? 내가 살아 있었을 때라면 생각도 못할 일인데."

"무슨 노친네 같은 말을 하고 있네. 당신, 죽었을 때는 몇 살이었는데?"

"스물두 살. 참 아까운 나이죠?"

"자살은 왜 한 건데?"

"사랑에 실패했기 때문에요."

목소리가 착 가라앉는다.

"나는 정말 진심이었거든요."

"그래서 죽고 난 후에도 기억이 남아 이승을 못 떠나고 있다는 얘기야?"

"아니, 그건 아니에요."

마코토의 머리가 도리질을 친다. 마코토는 머리를 바로잡고 고개를 갸웃하면서 "그럼 왜?" 하고 물었다. 기미에가 튀어나와 대답했다.

"나, 일을 하고 싶어요. 살아 있을 때 한 번도 남을 위해 일을 해 본 적이 없거든요. 자살해서 육체가 없어지고 나니까 무엇보다 그게 가장 후회가 되더라고요. 뭔가 직업을 가지고서 일을 해 보고 싶어요. 그래서 당신 몸을 빌리고 싶은 거예요. 당신, 아르바이트 해 본 적 있죠?"

"그야 물론 있긴 한데……."

3학년 때 대학을 중퇴—유급하는 바람에 모든 게 귀찮아져 그만

됐다—한 이후 마코토는 줄곧 프리터프리(Free)와 아르바이터(Arbeiter)의 합성어로, 일정한 직업 없이 아르바이트로 생계를 이어가는 청장년층로 生活해 왔다.

"부탁이에요. 당신이 이 집에서 지내는 동안만이라도 좋으니까 내가 가고 싶은 곳에 취직해서 일을 좀 해 주지 않을래요? 당신밖에 부탁할 사람이 없어요."

잠시 침묵하고 있다가 마코토는 천천히 입을 열었다.

"당신, 뭔가 착각하고 있는 거 아냐?"

"왜요?"

"나는 남자야."

손끝으로 화장대의 거울을 가리키며 톡톡 두들겼다.

"알고 있어요."

"그러니까 다시 말해, 내가 하고 있는 아르바이트는 전부 남자들이 하는 일이라고. 들러붙을 상대를 잘못 골랐어. 어디 딴 데 가서 여자를 찾아봐."

"그게 그렇게는 안 된다고요."

기미에의 목소리가 왠지 풀이 죽어 있었다.

"아까도 말했잖아요. 나는 지박령이라고. 여기를 벗어날 수 없거든요. 당신이 여길 떠나 버리면 당신에게도 더 이상 붙어 있지 못해요."

"그렇다면 말이야."

그녀와는 반대로 마코토는 기운을 되찾았다.

"내가 집 보기 아르바이트를 끝내고 나가기를 기다렸다가 이 집의 안주인이 돌아오면 그쪽에 빙의하면 되겠네. 여자인데다 미인

216

이야."

마코토의 손이 주먹을 쥐고는 퉁 하고 무릎을 내리쳤다. 물론 기미에가 한 짓이다.

"알고 있어요. 그런데 원통하게도 그게 안 돼서 이러고 있는 거라고요."

"왜?"

"그 여자 직업이 통역사잖아요. 그런데 나는 외국어는 완전 젬병이거든요. 그 사람에게 들러붙으면 엄청 민폐를 끼치게 된다고요. 내가 바깥으로 나오는 순간 그녀는 아무 일도 할 수 없게 될 테니까요."

그러더니 잠시 후에 속내를 드러낸다.

"게다가 곧 마흔 살이 되는 아줌마잖아요."

그녀 말이 사실이긴 했지만 마코토는 약간 기분이 상했다. 안에 있는 그녀에게 전해지도록 과장되게 얼굴을 찡그려 보였다.

"그래, 나라면 폐를 끼칠 거리도 없네. 장점이라고는 젊다는 거 하나뿐이고 말이지."

"그렇게 배배 꼬아 듣지 좀 말아요. 자, 부탁할게요."

"그렇게는 못하겠는데."

마코토는 흥 하고 콧방귀를 뀌었다.

"그렇게 일이 하고 싶으면 내가 하는 아르바이트를 하면 되잖아. 당신, 일이 하고 싶다며? 노동자는 일을 가려서는 안 되는 법이야."

마코토는 이걸로 그녀에게 한 방 먹였다고 생각했다. 하지만 잠시 후 기미에가 뾰로통해서는 말했다.

"좋아요, 그렇게 뻣뻣하게 나온다면 나도 생각이 있다고요. 이대로 당신에게 쭉 들러붙어서 계속 튀어나와 내 목소리로 말을 할 거예요. 주위 사람들이 깜짝 놀라겠죠?"

마코토는 입을 떡 벌렸다. 말도 못하고 있자 기미에가 상냥한 목소리로 말했다.

"알겠죠? 선택의 여지가 없다고요."

"……정말 너무하네. 이건 비겁하다고."

그건 그렇고 정말 희한한 유령이다. 일부러 저세상에서 돌아와서는 하필이면 '일을 하고 싶다'니.

"왜 그렇게 일을 하고 싶은데? 저승에서 취직하려면 이승에서 경력이라도 쌓아 놔야 하는 거야?"

그녀는 깔깔대며 웃었다. 듣기 좋은 목소리다. 웃는다기보다는 영혼이라는 기타로 아르페지오를 연주하는 듯한 소리였다.

"아까 얘기했던 대로예요. 나, 살아 있을 때 제대로 일을 해 본 경험이 전혀 없거든요. 그게 너무 후회가 돼서 저승에서 돌아왔다니까요."

"정말 이상한 사람이네."

"그런 말 하지 말고, 부탁이니까 제발 내 말 좀 들어줘요. 이상한 일은 안 시킬 테니까, 네? 나, 패스트푸드점 점원을 해 보고 싶어요. 유니폼이 정말 예뻐. 컴패니언 걸대형 이벤트 등에서 회사 부스나 제품 앞에 서서 제품을 광고하고 손님을 끄는 여성 도우미도 좋겠다. 하우스 마네킹의복이나 패션 잡화 매장에서 판매하는 옷이나 제품을 착용하고 손님에게 안내하는 모델 겸 점원도 재밌겠고요."

마코토는 다시 한 번 할 말을 잃어버렸다.

"당신, 내가 남자라는 사실을 자꾸 잊어버리는 모양인데……."

"알고 있다니까요. 그나마 당신이 여자 같은 이름을 가지고 있으니까 최소한 가명은 쓰지 않아도 되겠어요. 다행이야."

불길한 예감이 스쳐 지나갔다.

"최소한?"

"응."

기미에는 즐거운 듯이 말했다.

"그다음엔 여장만 하면 완벽해요. 틀림없이 잘 어울릴 거예요. 걱정하지 마요. 다리털이라면 내가 깨끗하게 밀어 줄 테니까. 알았죠, 마코 양."

2

"콘택트렌즈를 껴요."

다음 날 아침, 기미에가 제일 먼저 한 말은 이것이었다.

"나, 이렇게 두꺼운 안경 따위 절대로 쓰고 싶지 않으니까요."

"곁방살이하는 주제에 불평 좀 하지 마. 자꾸 그렇게 떼쓰기만 하면 쫓아내 버릴 거야."

마코토가 반격을 가했다.

"할 수 있으면 해 보라고요."

기미에는 튀어나와서 마코토에게 메롱 하는 표정을 짓게 만들었다. 마침 면도를 하고 있던 참이라 하마터면 얼굴을 벨 뻔했다.

"그거 봐요." 그녀는 걱정스러운 듯 말했다.

"다치는 건 마코니까 조심하라고요."

"부탁이니 제발 그 마코라고 부르는 것만은 그만둬 줄래?"

마코토는 애원하는 시늉을 했다. 현재 주도권을 누가 쥐고 있는지는—육체는 마코토 것이지만서도—누가 봐도 분명해졌기 때문이다.

"왜요? 귀엽잖아요. 자, 일을 찾기 전에 화장품하고 옷을 사러 가요."

나가는 길에 관리실 앞을 지나다가 마코토는 애써 발걸음을 멈췄다. 기미에는 빨리 쇼핑하러 가고 싶어 안달이 났는지, "왜 그래요?" 하고 볼멘소리를 하러 밖으로 나왔다.

"당신 신원을 좀 확인하고 싶어."

"아직도 못 믿는 거예요? 나, 이렇게 마코 양한테 빙의해 있잖아요."

"그런 건 아니지만 당신이 너구리나 여우가 둔갑한 게 아니라는 증거도 없잖아. 관리인하고 얘기할 때 절대 밖으로 나오면 안 돼."

육십 대로 보이는 관리인은 얘기를 나누는 동안 몇 번이나 보청기를 조정하지 않으면 얘기를 못 알아들을 정도로 가는귀를 먹은 노인네였지만, 히메노 기미에라는 이름을 듣자마자 양미간을 찌푸렸다.

"아…… 기억나. 지금 자네가 와 있는 집에서 살았지."

"투신자살했다고 들었습니다만."

"그것 때문에 참 애를 먹었어. 청소도 큰일이었던데다 소문까지 돌아서, 한동안 그 집에 살겠다고 들어오는 사람이 없었거든."

실망한 듯한 기분 반, 안심한 듯한 기분 반이 되어 마코토의 어깨가 처졌다.

"역시 진짜 있었군요. 어떤 여자였나요?"

"미인이었는데……."

관리인은 코끝을 찡그리며 말했다.

"딱 첩살이할 얼굴이었어. 남자 좋아하게 생긴 관상에 새침 맞아서는."

"첩살이요?"

무슨 말인지 바로 알아듣지 못하고 멈칫하는 사이, 기미에가 튀어 나왔다.

"참 구닥다리네. 나는 애인이었다고요. 첩살이라니, 무슨 옛날 기생도 아니고 말이야."

관리인은 묘한 얼굴을 했다.

"엉? 뭐라고?"

"아무것도 아닙니다. 혼잣말이에요."

마코토는 손으로 입을 틀어막고는, 자신의 심장 쪽에 대고—왠지 기미에가 거기에 있을 것 같아서—작은 소리로 나무랐다.

"얌전히 있으라고 했잖아?"

"자네, 아까부터 자꾸 뭐라는 거야?"

관리인이 경계하듯 몸을 내밀었다. "얌전히 있으라니, 대체 무슨 소리야?"

마코토는 황급히 웃는 얼굴을 지어 보였다.

"무슨 말씀을, 저는 아무 말도 안 했어요. 보청기가 좀 이상한 거 아닌가요?"

"어쨌든, 나쁜 여자였어."

자리를 뜨는 마코토의 뒤통수에 대고 관리인이 소리를 질렀다.

"우리 아들까지 꼬시려 들었다니까. 못된 년이었지!"

마코토는 필사적으로 뛰어 앞뜰을 가로질러 문을 빠져나갔다. 기미에가 갑자기 화악 올라와서는 마코토의 몸에 브레이크를 걸면서 큰 소리로 따졌다.

"순 거짓말이야! 되돌아가요. 한마디 해 줘야겠어. 반대라고요. 관리인의 바보 같은 아들이 나한테 수작을 걸어왔단 말예요!"

"알았어, 알았으니까 좀 들어가 있어!"

머리를 감싸 안은 채 뛰면서 마코토가 소리 질렀다. 마침 옆을 지나가던 주부 두 사람이 손가락을 머리 쪽에 대고 빙글빙글 돌리면서 두 사람, 아니 마코토를 쳐다보며 중얼거렸다.

"봄이 오긴 왔나 보네요……."

봄 정장 한 벌, 블라우스와 스커트도 서로 맞춰서 한 벌, 귀여운 리본이 붙은 펌프스, 유명 브랜드의 핸드백, 식물성 오일을 사용한 자연주의 고급 화장품 세트―기미에가 시키는 대로 마코토는 열심히 쇼핑했다.

"여자친구에게 줄 선물이에요."

"여자친구분은 정말 행복하시겠어요."

어느 가게에서든 점원들은 다 친절하게 웃으며 마코토를 배웅해 주었다. 돈은 다 마코토의 신용 카드로 계산했다.

"제발 사정 좀 봐 가면서 사. 이래서는 청구서가 날아와도 못 갚는단 말야."

넋두리라도 하고 싶어졌다.

"걱정 말아요. 결제일까지 사십 일 남아 있죠? 그때까지 내가 어떻게 해 볼 테니까요."

"무슨 일을 할 생각인지는 몰라도, 이 돈을 다 갚을 정도의 월급은 못 벌어. 첩살이하면서 돈 걱정 없이 편하게 살다 보니 세상 물정을 모르시는 모양인데."

"그런 말은 하지 말아요. 내가 그 남자의 애인으로 살았던 거랑, 마코에게 돈 문제로 폐를 끼치지 않겠다는 거하고는 전혀 별개의 문제잖아요."

쇼핑도 일단락 짓고 '두 사람'은 커피숍에서 쉬고 있었다. 마코토는 신중하게 고려해서 가게 안의 손님들을 등지고 앉을 수 있는 창가 자리를 골랐다. 여기라면 다른 사람들의 귀를 신경 쓰지 않고도 창가에 비치는 자신의 얼굴을 보면서 얘기할 수 있기 때문이다.

어젯밤부터 지금까지 오면서 마코토는 이십 년간 눈에 익은 자신의 얼굴인데도 기미에가 밖으로 드러날 때는 표정을 짓는 방식이 미묘하게 다르다는 점을 발견했다. 고개를 젓는 각도나 눈썹의 움직임, 말을 할 때의 입술 모양. 목소리뿐만 아니라 이 모든 것을 종합해서 눈으로 보고 있는 편이 기미에와 대화하기 편하다는 사실도 알게 되었다.

"그래서, 어떻게 할 생각이야? 당신이 관에 들어갈 때는 삼도천을 건널 노잣돈밖에 가지고 있지 않았을 텐데, 그걸로 지옥 주식이라도 사서 떼돈을 번 거야?"

기미에는 대답하지 않았다. 조용히 커피 잔에 손을 뻗는다. 그녀는 커피를 무척 좋아하는지 웨이트리스가 오자마자 마코토보다 앞서 "오늘의 커피" 하고 주문해 버렸다. 덕분에 웨이트리스는 깜짝 놀랐고, 마코토는 "우와, 쓰다", "윽, 텁텁해"를 연발하며 블랙 커피를 마시는 신세가 되었다.

"신용 카드 한도는 얼마 남았어요?"

컵을 내려놓고 기미에가 물었다. 마코토가 계산해서 보여 주자—기미에는 이 정도의 뺄셈도 못한다!—그녀는 커피를 다 마신 후 계산서를 집어 들었다.

"좋아, 이 정도면 아직 괜찮아. 계산대로 되어 가고 있어요. 마코, 여길 나가면 우선 스카프를 한 장 사 줘요. 싸구려라도 좋으니까. 그런 다음 돌아가서 옷을 갈아입자고요."

"아직 안 끝났어?"

"물론, 피부 관리 받으러 가야죠."

그때부터 몇 분간, 이 커피숍의 손님들은 살짝 재미있는 광경을 목격할 수 있었다.

학생처럼 보이는 젊은 남자가 창가의 카운터 석에서 일어서려다가 뭔가에 끌어당겨지듯 자리에 앉는 동작을 계속 반복했기 때문이다. 작은 목소리로 계속 중얼거리기까지 한다.

이윽고 자리에서 일어선 그가 꼬깃꼬깃해진 계산서와 동전을 꺼내 들고 걸어가면서, 거의 울상이 되어 "웬 피부 관리……"라고 탄

식하는 걸 계산대 점원들은 들었다. 어디선가 가까운 곳에서 모습은 안 보이는 여자 목소리가 "힘내라고요. 그렇게 나쁜 거 아니니까. 기분 좋아진다니까요"라고 격려하듯 말했다.

한 시간 후 '아프로디테 클럽'에 발을 들여놓았을 때, 마코토는 새로 산 블라우스와 스커트를 입고 스타킹을 신고 머리에 스카프를 두르고 있었다.

"여기는 나에게 맡겨 둬요."

기미에가 그렇게 얘기하지 않아도 실은 말할 기력조차 없었다.

"페이스 케어 집중 코스를 받으려고요. 가발에 대해서도 상담하고 싶어요."

분홍색 유니폼을 입은 접수 데스크의 아가씨에게 기미에는 또랑또랑하게 말했다.

"예, 알겠습니다. 괜찮으시다면 가발은 어떤 상담을 하고 싶으신지 가르쳐 주시겠어요? 내용에 따라 상담원도 달라지기 때문에요."

마코토—기미에는 스카프를 벗었다. 드러나는 건 당연히 파마 기운이라고는 조금도 없는, 마코토의 버석버석한 짧은 머리.

"이것 좀 봐요. 미용사가 머리를 망쳐 놨어요. 염색이랑 스트레이트 파마를 부탁했는데 약을 잘못 썼나 봐. 이렇게 짧게 자르지 않으면 안 될 정도로 모발이 완전히 손상되어 버렸다니까."

접수 데스크의 아가씨가 방긋 웃었다.

"알겠습니다. 안심하고 맡겨 주십시오. 모발이 제 상태로 돌아올 때까지 아무도 눈치 못 채게 해 드리겠습니다."

그날부터 나흘간, 기미에는 마코토를 여성, 그것도 매력적인 여성으로 만드는 데 모든 시간을 쏟아부었다.

쉬운 일이 아니었다. 처음에 마코토는 도망치고 다리를 버디디며 화장대에 앉기를 거부했고, 기미에가 손거울과 립 브러시라도 집어 들라 치면 온몸으로 저항하며 도구들을 내던졌다.

마침내 기미에는 화를 내며 발을 굴렀다.

"마코, 자꾸 이럴 거예요? 협조하겠다고 했으면서, 거짓말쟁이."

"죽어도 화장 따위 안 해."

마코토도 완강하게 버텼다.

"여기까지 왔는데 화장쯤은 별것 아니잖아요. 그런 식으로 따지면 가발 고르는 게 더 창피하다, 뭐."

기미에는 불만에 찬 목소리로 말했다.

"요전에 백화점에서 봤는데 요즘은 남자들도 다 메이크업 정도는 한단 말이에요."

"그거랑 이건 달라."

"다르지 않아요. 어차피 같은 걸 쓴다고요."

잠시 동안 그녀의 존재가 느껴지지 않았다. 마코토는 화장대에 비치는 자신의 모습에 주저주저하면서 조심스럽게 말을 걸었다.

"거기…… 있는 거야?"

"있어요."

기미에는 뭔가 생각에 잠긴 듯한 목소리로 대답했다. 아무래도 조용히 마코토를 지켜보고 있는 모양이다. 그는 안절부절못하기 시작했다.

"알았어, 알았다고."

그러자 기미에가 밖으로 나와 신이 난 듯 말했다.

"왜 그런지 알겠다. 마코 양, 무서워서 그러죠?"

그녀는 후훗 하고 웃었다. 다시 말해 마코토의 얼굴이 후훗 하고 웃었다는 얘기다.

"안심해요. 내가 화장에는 자신 있거든요. 마코 눈을 아이브로우 브러시로 찌르거나 하진 않을 테니까."

정곡을 찔렀다. 마코토는 필사적으로 설명했다.

"물론 당신이야 잘하겠지. 하지만 지금부터 하려는 건 일종의 원격 조종 같은 거라고. 한평생 화장이라곤 해 본 적 없는 내 손을 써서 하는 거잖아."

"괜찮아요." 기미에는 잘라 말했다.

"안심하고 맡겨만 줘요."

마코토의 어깨가 축 늘어졌다. 그럼 이제 여장의 최종 단계에 이르는 셈인가. 어쩌면 남자 얼굴에 여자 옷을 입고 있는 것보다는 그쪽이 나을지도 모른다.

"정말로 오랫동안 붙어 있을 생각은 아니지?"

거울을 보며 몇 번이나 다짐을 받았다. "틀림없이 내 몸은 돌려줄 거지?"

"반드시 약속은 지켜요."

기미에는 고개를 끄덕이고 일을 시작했다.

정말 훌륭한 솜씨였다. 처음엔 긴장하고 있던 마코토도 생전 처음 보는 자기 손의 나긋나긋한 손놀림과, 미세한 아이라인을 긋고 입술 모양을 고치며 파우더를 바르고 섀도우를 넣어 콧날을 오뚝하게 보이도록 만드는 그녀의 솜씨를 감탄하며 구경하게 되었다. 기미에는 이런저런 실험을 해 보며 클렌징 크림으로 화장을 지우고 또 다른 얼굴을 만들어 내곤 했다.

"여자들은 이렇게나 자유자재로 얼굴을 만들 수 있구나……."

마코토가 한숨 섞인 소리로 중얼거리자 기미에가 밖으로 나와 빙긋 웃었다.

"마코는 애인 없어요?"

"유감스럽게도."

이제 와서 기미에에게 감출 것도 없다.

"슬픈 얘기지만 여자들한테 별로 인기가 없어. 어, 잠깐, 그걸로 뭘 하려는 거야?"

기미에는 마코토의 손으로 빨래집게의 사촌쯤 되는 물건을 집어 들고 있었다.

"속눈썹에 컬을 넣을 거예요."

그녀는 아무렇지도 않게 대답했다.

"마코의 속눈썹은 길고 예쁘긴 한데, 위로 좀 들어 주지 않으면 그늘이 생겨서 쓸쓸해 보이는 얼굴이 된다고요. 잠깐, 움직이지 말아요."

뒤로 물러나다 갑자기 끌어당겨졌기 때문에 마코토는 왼손에 들고 있던 거울에 세게 머리를 부딪혔다. 거보라고요, 하고 기미에가 웃으며 다시 원격 조종으로 돌아가 속눈썹 손질을 시작했다. 빨래집게가 다가오자 마코토는 스플래터 영화의 여주인공이라도 된 양 몸부림을 쳤다.

"정말 시끄럽네. 입 좀 다물어요. 하지만 눈은 크게 뜰수록 좋아요. 동그랗게 떠 봐요."

속눈썹을 집으면서 기미에는 아까 하던 얘기를 계속했다.

"마코가 왜 인기가 없을까? 주위 여자들이 남자 보는 눈이 없나 봐요."

그녀가 작업을 끝낼 때까지 숨죽이고 있던 마코토는 겨우 대답했다.

"그런 게 아니야. 내가 매력이 없는 거라고."

"안 그래요. 그렇게 생각하면 안 돼요. 자신을 가져야지. 나는 마코가 멋진 남자라고 생각하는데."

마코토는 쓸쓸하게 웃었다.

"그거야 지금 당신이 이렇게 내 몸에 빌붙어 있으니까 그렇지."

"으응, 아니에요. 여자들이 마코에게 눈길을 주지 않는 이유는 마코가 소극적이라서 그런 거예요."

기미에가 립스틱을 다 바를 때까지 마코토는 잠자코 있었다.

"나는 형들처럼 잘생기지도 않았고 스포츠맨도 아니고, 여자들을 꼬시는 멋진 말도 할 줄 몰라."

"여자들은 그런 걸 바라지 않는다고요. 남자들은 이상한 데 집착한다니까."

"네 애인은?" 마코토는 황급히 화제를 바꿨다.

"너를 여기에 살게 했던 그 남자는 어땠는데?"

말해 놓고선 순간 후회했다. 기미에는 그 남자에게 버림받아 자살했던 것이다.

"미안, 미안해. 대답하지 않아도 돼."

기미에는 한동안 생각에 잠겨 있더니, 뜻밖에도 미소를 보였다.

"마코는 마음이 따뜻하네요. 그 사람과는 너무 달라."

"다시 말해, 그 사람은 냉정한 남자였다는 얘기야?"

"그랬죠…… 내가 아직 '새 여자'였을 때는 다정하게 대해 주었지만요."

"싫증났다는 거네."

"돈을 산더미처럼 가지고 있으면 사람이 그렇게 되나 봐요. 여자를 차례차례 갈아타고."

"어디서 처음 만났어?"

"롯폰기의 디스코텍에서. 그 사람, 지금도 거기 드나들어요."

"그러고선 곧장 그 남자의 정부가 된 거야? 여자 후리는 데는 선수인 놈이네."

"맞아요. 그 사람, 잘생긴데다 돈도 많아서, 나한테는 마침 딱 나타나 준 백마 탄 왕자님이었죠. 그때 나는 일단은 대학생이었는데 학교는 거의 가지 않고 언제나 놀러 다녔어요. 그 돈을 대 줄 남자, 사치스러운 생활을 즐기게 해 줄 남자를 찾아다니면서요."

사치인가. 이 집도 지금 살고 있는 부부가 맞벌이를 하는 덕분에 집세를 낼 수 있다. 한 달 집세가 웬만한 샐러리맨 월급과 거의 맞먹기 때문이다.

"그렇지만 겨우 그 정도의 애정이었다면 그 인간이랑 헤어졌다고 해서 자살까지 할 필요는 없었던 거 아니야?"

"지금 생각해 보면 그렇죠……."

기미에는 다시 속눈썹 손질을 시작했다.

"그렇지만 그때 나는 그에게 버림받았다는 사실 하나만으로 내 모든 것을 부정당한 기분이었어요. 나 따위는 아무 가치도 없는 여자라는 생각이 들었죠."

"그렇게까지 괴로운 일인가?"

기미에는 쓸쓸하게 눈을 감았다.

"바보 같죠? 나는 나 자신이 무슨 공주님이라도 되는 줄 알았어요. 젊고 미인인데다 매력적이고, 남자의 마음을 빼앗는 데는 타고났다고 생각하고 있었거든요. 여자에겐 이게 가장 중요하고 다른 건 다 필요 없어. 다른 걸 몸에 익히려는 여자는 여자로서의 매력이 모자라서 그러는 거고, 나는 그런 노력을 할 필요가 없어. 일을 하거나 공부를 하는 여자는 남자를 사로잡아 사치스런 대접을 받을 만한 매력이 없는, 말하자면 결함이 있는 여자야, 이딴 식으로 생각했으니까요."

극단적인 의견임은 분명하다. 마코토는 살아 있을 때의 기미에를 몰라서 다행이라고 생각했다. 만일 그때 만났더라면 콧방귀 한 방에 어디론가 날려 갔으리라.

조금 망설이다 마코토가 물었다.

"그 인간이 당신 다음에 들어앉힌 여자는 당신보다 훨씬 미인이었겠지?"

기미에는 크게 웃었다.

"역시 마코는 여자의 마음을 잘 모른다니까요. 전혀 그렇지 않았어요. 나보다 훨씬 못생긴 여자였죠. 그래서 더 참을 수가 없었어요. 단지 새 여자라는 이유 하나로 저런 여자에게 밀려나야 하나 생각하면 말이에요. 자, 다 됐다. 어때요?"

거울 속에는 정말로 딴 사람 같은, 아름다운 아이하라 마코토가 있었다.

4

그다음 날, 마코토는 기미에가 이끄는 대로 어느 회사를 방문했다.

전면이 유리로 된 큰 빌딩에, 로비는 일류 호텔에도 뒤지지 않을 정도로 호화롭게 꾸며져 있다. 베르사이유 궁전처럼 거울이 많았는데, 이쪽저쪽 비쳐 보이는 마코토의 모습은,

"영락없는 여자네."

"그것도 정말 멋진 미녀라고요."

라고 할 만한 것이었다.

거울 속의 마코토는 제대로 무릎을 붙이고 앉아 때때로 머리를 쓸어 넘기고 있었다.

"아무리 그래도 스타킹은 착용감이 영 안 좋아. 여자들은 잘도 이런 걸 참고 신네. 거들도 괴로워. 숨이 막혀."

화장실에 가는 것도 큰일이었다. 대부분의 남자들이 다 그렇듯, 마코토 역시 지금까지는 봄바람에 흩날리는 긴 플레어 스커트를 동경해 왔지만, 이번 일을 계기로 생각이 바뀔 것 같았다.

제대로 잡히지도 않는, 손안에서 미끈거리며 빠져나가는 천을 깔끔하게 걷어 올리고 그 안에 버티고 있는 튼튼한 거들을 풀고 뱀장어처럼 까다로운 스타킹을 잘 처리한 후 일을 보기에는, 백화점이나 커피숍 화장실은 절망적일 정도로 비좁았다. 직접 경험해 보니, 발목까지 내려오는 우아한 롱 스커트란 어찌 보면 무척이나 비위생적인 물건이지 않은가.

"마코가 아직 익숙하지 않아서 그래요."

기미에가 구박했지만 마코토로서는 이런 점이 마음에 걸려서, 여자용 화장실에 들어간다는, 좀처럼 겪기 힘든 체험을 하고 있는데도 주위를 둘러볼 여유조차 생기지 않았다.

또 하나, 여자들은 참 자주도 거울을 본다고 생각했다. 화장실에서는 물론이거니와 지금 이렇게 앉아 있는데도 걸어가면서, 얘기를 하면서, 인사를 주고받으면서 힐끗힐끗 거울을 쳐다보는 여자들이 눈에 띈다. 이렇게 여자로 꾸미고 나니 이상할 정도로 그런 모습들이 눈에 더 잘 들어온다.

한마디 덧붙이자면, 정신을 차려 보니 어느새 마코토 자신도 그러고 있다.

"자, 그럼 가 볼까요? 담당 직원이 설명해 주러 왔어요."

기미에의 목소리에 마코토는 자신으로 되돌아왔다. 어젯밤 그녀는 마코토를 움직여 이력서를 쓰게 했다. 아무래도 이곳에는 사원

채용 시험을 보러 온 듯싶다. 마코토는 별안간 불안해졌다.

"당신 말이야, 채용 시험을 치는 건 좋아. 그건 괜찮은데, 혹시 정말로 정사원이 되겠다는 생각을 하고 있는 건 아니겠지? 정사원이 되어 일할 테니까 몸을 계속 빌려 달라거나 그러진 않겠지?"

"회사 전무의 비서 채용 면접을 볼 거예요."

기미에가 선뜻 말했다.

"비서?"

마코토 본인의 목소리가 그만 높게 올라갔다. 지나가던 남자가 눈을 휘둥그레 뜨고 멈춰 서서 그를 돌아보았다.

"그런 게 어디 있어? 말도 안 돼. 내 몸을 돌려줘. 약속과 다르잖아!"

"허둥대지 좀 말아요."

기미에가 낮은 목소리로 말했다.

"면접을 본다고 말했을 뿐이에요. 누가 합격해서 일하겠다고 했어요?"

"하지만 일을 하고 싶다고 그랬잖아."

"미안해요. 사실은 거짓말했어요. 일할 생각은 처음부터 없었어요. 그렇게라도 말하지 않으면 마코는 아무리 내가 협박한다고 해도 이렇게 열심히 도와주지 않았을 테니까요."

마코토는 잠시 아연했다가, 곧 뒤로 돌아 이곳을 빠져나가려고 노력했다. 하지만 기미에의 저항은 완강했다. 의지대로 몸을 움직이기는커녕 그녀가 나오지 못하도록 억누르는 것조차 마음대로 되지 않았다.

마코토는 화가 났다.

"그렇겠지."

그는 최대한 빈정대는 말투로 내뱉었다.

"당신은 공주님이잖아. 죽어서도 손톱만큼도 철이 들지 않았어. 공주님은 '들의 백합꽃, 수고도 하지 아니하고 길쌈도 하지 않는_{누가 복음 12장 27절}' 존재라 이거지. 어차피 당신은 무슨 말인지도 모르겠지만 말이야."

"나중에 찾아볼게요."

기미에는 슬픈 듯 중얼거렸다.

담당 직원에게 이력서를 건넨 후 삼십 분 정도 기다리자 이름이 불렸다.

"마쓰키 전무님께서 직접 개인 면접을 보실 겁니다. 저쪽 문으로 들어가 주십시오."

마코토가 긴장할 일도 아닌데 노크를 할 때는 손이 떨렸다. 이제부터 기미에가 뭘 하려는지 짐작할 수 없기 때문인지도 모른다.

"들어와요."

중저음의 목소리가 안에서 들려왔다. 마코토는—지금은 기미에다—얌전히 방 안으로 들어갔다.

당구라도 칠 수 있을 법한 넓은 테이블 건너편에 팔걸이가 달린 의자에 느긋하게 앉아, 사십 대 후반의 남자가 미소를 짓고 있었다. 뒤편의 커다란 유리창으로는 빌딩 숲이 한눈에 내려다보인다.

"오래 기다리게 해서 죄송합니다. 아이하라 마코토 씨 맞지요?"

테이블 건너편의 의자에 앉기를 권하면서 남자는 점잖은 어투로
말을 꺼냈다.

"마코토라…… 정말 좋은 이름이군요."

"그런 얘기 자주 듣습니다."

기미에가 미소를 지었다. 마코토는 생각했다. '훙!'이라고.

"이렇게 먼 걸음 해 주셔서 감사합니다. 면접이라고 해도 그렇게
딱딱한 자리는 아니니까 편하게 계십시오. 커피라도 한 잔 하시겠
습니까?"

"네, 부탁드리겠습니다."

기미에도 의젓하게 말했다.

면접 시험에서 커피라. 안에서 마코토는 생각했다. 참으로 우아
하시구먼.

"어머, 맛있어라. 직접 블렌딩하시나요?"

기미에는 새끼손가락을 세운 채 커피 잔을 잡으며 머리를 기울
여 어깨에 사르르 흘러내린 머리칼을 떨쳤다. 이 가발, 무척 비싼
만큼 그 값을 한다.

이봐, 이봐—마코토는 불안해졌다. 아무리 일을 해 본 경험이 없
다고 해도 그렇지, 이건 너무 상식 밖이잖아. 지금은 면접 시험중
이지, 룸살롱 안이 아니라고.

"예, 제가 커피만큼은 좀 따지는 편이라서요."

마쓰키인지 뭔지 하는 전무도 빙긋 웃으며 대답했다. 얄미울 정
도로 보기 좋게 그을린 얼굴에 두 눈이 빛난다. 시선이 지나간 자
리에 흔적이 남지 않을까 싶을 정도로, 마코토의 전신을 구석구석

꼼꼼하게 훑어 내리고 있다.

— 나 여자를 꽤 밝히는 놈이야, 라는 간판을 달고 돌아다니는 작자구먼.

마코토는 밖으로 튀어나와 앞에 앉은 남자를 꺼꾸러뜨리고 싶어졌다.

"업무에 대해서 말인데요…….."

기미에가 입을 열었다.

"타이핑이라든가 영어 회화라든가, 특별히 필요한 조건은 있나요?"

"그런 일은 다른 사원들에게 시키면 됩니다."

마쓰키 어쩌고가 빙글거리며 말했다.

"당신에게 일을 시키는 건 너무 실례라는 기분이 드는군요."

"어머나."

기미에가 곤란한 듯한 목소리로 말했다.

"안타깝네요. 불합격이란 얘기로 받아들이면 되나요?"

"아니요, 그런 뜻이 아닙니다."

마쓰키 어쩌고는 일부러 손을 흔들어 부정했다.

"일 말고 다른 얘기를 하자는 거지요."

"하지만 비서를 구하고 계신다고 들었는데요."

마쓰키 어쩌고는 테이블을 돌아 마코토 쪽으로 다가왔다.

"마코토 씨, 〈레베카〉라는 영화를 본 적이 있으십니까?"

"없는데요, 왜 그러세요?"

"그 영화에 이런 대사가 나옵니다. 남자 주인공이 젊은 여주인공에게 자신이 사는 성으로 같이 가자고 하자, 여주인공이 이렇게 대답합니다. '비서라도 찾고 계신가요?' 그러자 남자 주인공이 이렇게 말하죠. '결혼하자고 말하는 거요.'"

기미에는 마코토의 하얀 목덜미, 정확히 말하자면 옷깃으로 목울대를 가리고 난 나머지 부분이 효과적으로 드러나 보이도록 계산하면서 턱을 쳐들고 웃음을 터뜨렸다.

"너무 진부한 대사네요."

"그런가요?"

"그럼요, 게다가 이 상황에는 맞아 떨어지지도 않고요. 전무님께서는 벌써 결혼하셨죠?"

"법률상의 아내가 반드시 마음속의 아내라고 할 수는 없죠."

마쓰키 어쩌고는 그 손으로 마코토의 손을 잡았다.

그 순간 역겨움을 견디지 못한 마코토가 밖으로 튀어나오려 했다. 하지만 기미에의 의지가 이제까지 본 적이 없을 정도로 강하게 그를 막아섰다. 이제 그만해! 라고 소리 없이 외치면서 마코토는 그녀를 뿌리치려 했다.

그 순간 갑자기 그녀가 사라졌다. 마코토는 기세 좋게 밖으로 튀어나와, 다시 마음대로 움직일 수 있게 된 자신의 얼굴을 잔뜩 찌푸리며 험상궂은 표정을 지었다.

"이 색마 같은 자식아, 어지간히 좀 해!"

"그렇게 흥분하지 말아요. 이제 끝났으니까."

마쓰키 어쩌고라는 남자가 기미에의 목소리로 조용히 대답했다.

"이제까지 고마웠어요. 덕분에 내 소원이 이루어졌어요."

어리둥절해하는 마코토를 의자에 앉히고, 지금은 마쓰키의 몸 안에 들어간 기미에의 영혼이 설명하기 시작했다.

"이 마쓰키라는 남자가 내 애인이었어요."

"이놈이?"

마코토가 손가락으로 가리키며 물었다. 기미에가 마쓰키의 고개를 끄덕거렸다.

"나, 이 남자에게 돌아가고 싶었어요……. 바보 같죠? 하지만 이 남자 없이는 못 살아요. 죽어서도 눈을 감을 수 없었어요. 그래서 이승을 떠돌고 있었던 거예요."

창가로 다가가 마쓰키 어쩌고는 두 팔로 몸을 감싸 안고 있었다. 기미에가 마코토의 안에 있을 때도 자주 하던 몸짓이었다. 마코토는 애인이 다른 남자의 팔에 매달려 있는 장면을 보는 듯한 기분이 들었다.

"자살한 것도 이 남자더러 보라고 한 행동이었죠. 그래서 더욱, 육체가 사라져도 영혼은 제대로 쉴 수가 없었어요."

"그럼 당신은 처음부터 이 남자에게 옮겨 붙기 위해서……."

"맞아요. 그러기 위해서 기회가 오길 계속 기다렸죠. 이 남자, 지금 마코가 봤던 대로의 인간이에요. 마음에 드는 여자가 나타난데다—내가 마코의 얼굴을 이 남자가 좋아하는 타입으로 만들었거든요—금방이라도 넘어올 것 같은 분위기를 풍기니까, 아무 주저 없이 다가오는 그런 남자예요. 그래서 면접시험 같은 걸로 단둘이 있을 기회만 잡으면 쉽게 옮겨 갈 수 있을 거라 생각했지요. 하지만 문제가 하나 있었어요.”

　창을 등지고 마코토를 향해 돌아서며 기미에가 말했다.

　“예전에도 말했잖아요. 영혼만 남았어도 내가 죽은 장소, 맨션의 그 방을 떠나지 못한다고. 그래서 이 남자에게 접근하기 위해서는 일단 그 방에 있는 누군가의 몸을 빌려 밖으로 나간 다음, 어디라도 좋으니까 이 남자의 몸에 닿아야 했어요.”

　겨우 머릿속을 정리하고 나서, 마코토는 물었다.

　“하지만 그러면 그냥 내 모습 그대로, 어떻게든 이 남자를 만질 방법을 생각해서 그렇게 했으면 되는 거 아니야?”

　“유감스럽게도 그것만으로는 안 돼요.”

　기미에는 마쓰키를 움직여 고개를 가로젓게 했다.

　“이어달리기의 바통 터치 같은 게 아니니까, 그냥 만지기만 해서는 소용없어요. 이 남자의 마음이 이쪽으로 열리지 않으면 몸이 닿아도 옮겨 갈 수가 없거든요. 그래서 마코에게 들러붙어 멋대로 굴며 이런 수고를 한 거예요. 그 방에 살고 있는 아줌마의 몸을 빌릴 수 없었던 이유도 나이가 삼십 대 후반이었기 때문이에요. 이 남자, 아무리 자기 취향의 여자라도 젊은 여자가 아니면 관심을 안 보이거든요.”

　“유령이란, 자유자재에 신출귀몰인 줄 알았어.”

　마코토는 중얼거렸다.

　“그렇지도 않아요. 인간에게 모습을 보이는 것도 하루에 한 번, 새벽 두시 십사분부터 일 분간뿐이에요. 옛날부터 유령이 가장 자주 보이는 ‘시간의 틈’이라고 무서워했던 시간이죠.”

"좋은 거 하나 배웠네."

다른 할 말이 없어 마코토는 그렇게 말했다.

"정말로 고마웠어요."

마쓰키의 몸을 빌려 기미에는 허리를 깊숙이 숙여 인사했다.

"마코를 잊지 않을게요."

"이걸로 작별이네."

갑자기 쓸쓸한 기분이 북받쳤다.

"맞아요. 마코는 이제 자유예요. 하지만 이거 하나는 잊지 말아요. 마코는 이제까지의 마코와는 달라요. 아주 짧은 시간이었지만 나에게 연인이 되어 주었어요."

"내가?"

"네, 마음이 열리지 않으면 들어갈 수 없는 건 마코의 경우도 마찬가지였어요. 그런데 그렇게 쉽게 들어갈 수 있었던 이유는, 내가 마코가 마음속에 품고 있던 이상형에 가까웠기 때문이 아닐까 싶어요. 만일 그렇다면 내게 있어 그보다 큰 행복은 없어요. 하지만 그만큼 너무 슬프네요. 나에게는 마코에게 키스할 수 있는 내 입술조차 남아 있지 않다는 게."

마음속에서 눈물이 흘러내리는 듯한 기분이 들었다.

잘 가요.

마코토를 배웅할 때 기미에는 힘주어 말했다.

"앞으로의 일은 걱정하지 말아요. 나와 이 남자는 천생연분이에요. 여자의 겉모습밖에 못 보는 남자와 겉모습 외에는 아무 가치도 없는 여자, 둘이 합쳐서 겨우 제대로 된 한 사람이 된 거죠."

"당신은 그런 여자가 아니야."

마코토의 말은 닫히는 문에 가로막혀서 허공으로 흩어지고 말았다.

그로부터 며칠 후, 기미에를 위해 쇼핑했던 물건 값을 치르고도 남을 만큼 많은 돈이 도착했다. 그리고 사진이 한 장. 뒷면엔 남자 글씨로 이렇게 쓰여 있었다.

'내가 살아 있을 때 찍은 사진이에요. 다정한 마코에게.'

히메노 기미에는 아름다웠다. 하얀 피부와 맑은 눈. 길게 늘어뜨린 머리는 거울처럼 반짝였다.

이런 미인이, 짧은 시간이긴 했어도, 내 안에 있었다. 그렇게 생각하자 슬플 정도로 마음이 아련해져 왔다.

이런 미인이 '나의 연인이 되어 주어 고마워요'라고 속삭여 주었다. 머리칼을 만지고, 손을 잡고, 두 눈을 바라보며 웃어 주었다. 그때 마코토를 만졌던 손은 마코토 자신의 것이었지만 기미에의 손이기도 했다.

공주님, 부디 행복하게 지내. 마코토는 사진에 살짝 입을 맞추었다.

★

오　　　　직

한

사 람 만 이

7

1

고개를 들자 빗방울이 뺨 위로 떨어진다.

거무튀튀한 잿빛 빌딩의 벽을 따라 위를 올려다보며 창문의 수를 센다. 일, 이, 삼…… 오층의 왼쪽에서 세 번째. 저 창문이 지금 가려고 하는 방이다.

시선을 내리자 발끝에 고여 있는 물웅덩이에 그녀가 입고 있는 레인코트와, 그것과 짝을 이루고 있는 새빨간 우산이 흐릿하게 비친 모습이 보인다. 그녀가 우산대를 오른손에서 왼손으로 고쳐 잡자 물 위에 비친 영상도 따라 움직였다. 홀리기라도 한 듯 그 광경을 바라보고 있는데, 갑자기 자동차의 타이어가 그녀의 빨간 그림자를 흐트러뜨리며 지나간다.

그녀는 한 번 더 빌딩 쪽으로 시선을 돌렸다. 불과 며칠 전 저 방의 문 앞까지 갔다가 용기를 잃고 발걸음을 돌렸던 일이 기억났다. 그날 하늘은 무척 맑아, 지상 위의 모든 것들, 길가에 웅크리고 있던 고양이의 등에서부터 버려진 빌딩 옥상에 널브러진 낡은 양동이의 밑바닥에 이르기까지, 공평하게 햇살이 비치리라 확신할 수 있는 아름다운 날이었다.

그래서 더더욱 할 수 없었다.

인적 드문 초라한 공용 빌딩, 덜컹대는 엘리베이터에서 내려, 비샌 흔적이 가득한 벽에 둘러싸여 방 번호를 확인하며, 켕길 것도 없는데 괜히 발소리를 죽인 채, 어깨에 멘 핸드백 끈을 마치 생명줄이라도 되는 듯 꽉 쥐고 걸어가는 자신이 어찌할 수 없을 정도로 한심하고 가늠도 못할 정도로 불행하다고 느껴져 견딜 수가 없었기 때문이다.

하지만 오늘은 때맞춰 비가 온다. 지상의 모든 것들 위로, 온 세상이 다 함께 태양의 죽음을 애도하는 듯 음습한 비가 계속 내리고 있다.

그녀를 실은 엘리베이터는 오늘도 애처롭게 삐걱대는 소리를 낸다. 오층에 도착하여 '5'라고 쓰인 램프가 꺼진 후 숨을 한 번 들이켜고 내쉬었는데도, 엘리베이터 문은 아직 열리려고 하지 않는다. 마치 '그만두고 싶으면 지금이 기회야. 정말 이대로 가도 괜찮겠어?'라며 확인이라도 하는 듯했다. 건물 전체가 두 팔을 들어 그녀를 막아서려는 것 같다.

오늘 이곳에서 물러서 버리면, 두 번 다시 이 빌딩에 오는 일은 없겠지……. 자신을 움직이고 있는 빈약한 모터는 이렇게 강한 긴장감을 몇 번씩 버텨내지 못한다. 이번이 마지막, 라스트 찬스다. 여기서 나아가지 못하면 가슴속에 막혀 있는 의문을 풀 수 있는 길은 사라지고 만다.

들어가자. 자신에게 그렇게 말을 건다.

학교를 졸업하고 당연한 듯이 취직해서, 정해진 시간에 출근하고 정해진 시간에 퇴근한다. 그런 하루하루다. 이렇다 할 변화도 없다. 하지만 그녀는 이런 생활을 평범한 삶이라고 자신 있게 말할 수 있을 만한 안정감은 느끼지 못하고 있었다. 언제나 불안하고 뭔가 불만스럽다. 마치 받아야 할 거스름돈을 돌려받지 못하고 있는 것처럼.

오늘 이렇게 이곳까지 온 이유도, 지금 자신에게 일어나고 있는 일을 자력으로 해결하는 것이, 자기 힘으로 출구를 찾는 것이, 이제까지의 생활에서 쌓여 왔던 그 '거스름돈'을 정산하는 길로 이어질 거라고 생각했기 때문이다. 여기서 해내면 자신을 둘러싸고 있는 막연한 불안감을 해소할 수 있을 것 같았다.

그러려면 용기를 내야지. 떨리는 손을 꼭 부여잡고, 주먹을 천천히 들어 올려 503호실의 문을 노크했다.

대답이 없다.

그 순간, 소리 없는 시간이 영원처럼 길게 느껴졌다. 너무나 조용해서 자신의 숨소리와 레인코트에서 떨어지는 물방울 소리마저 들릴 것 같았다.

대답 좀 해, 라고 생각했다. 아니, 대답하지 마, 라고도 생각했다. 서로 상반되는 두 생각은 마치 나란히 달리는 두 대의 자동차 같았다. 일 초는 오른쪽 차가, 그다음 일 초는 왼쪽 차가, 범퍼 한 뼘 차이 헤드라이트 한 끝 차이로 앞서거니 뒤서거니 하면서 그녀의 관심을 끌려고 한다.

두 번째로 문을 두드릴 기력을 끌어모으기 위해 그녀는 눈을 감았다. 그때 문 안쪽에서 남자의 목소리가 들려왔다.

"네, 들어오세요."

그 순간 '대답하지 마' 쪽의 자동차가 도로를 벗어나 부서졌다. 산산조각이 나서 허공에 흩어졌다. '대답해'를 바라고 있던 자동차가 경주 상대가 사라진 도로 위, 거칠 것 없는 도로 위를 유유히 달리기 시작하는 게 느껴진다.

그녀는 문을 열었다.

눈앞에 펼쳐진 것은 예상보다 훨씬 넓은 공간이었다. 복도보다 방 안의 천장이 훨씬 높다. 의외로 제대로 지어진 빌딩인지도 모른다. 역사 깊은 고급 빌딩인지도 모르고. 그런 생각을 했다.

"천장에 뭐라도 있습니까?"

목소리가 들려오자 그녀는 퍼뜩 정신을 차렸다. 문을 열자마자 천장을 올려다봤다는 걸 들킨 탓에 귓불이 뜨거워졌다.

텅 빈 실내의 한복판에 조잡해 보이는 응접세트가 갖춰져 있다. 테이블 위에는 유리 재떨이가 하나가 뎅그러니 놓여 있을 뿐이다. 소파에는 쿠션도 없다. 건너편에는 조금 전 그녀가 올려다보던 창문을 등지고 간소한 사무용 책상과 의자가 있었다. 커튼은 활짝 열려 있고, 떨어지는 빗방울이 어떤 청소부보다도 더 끈질기고 정성스럽게 창문을 쓸어내리고 있다.

사무용 책상 옆에 남자가 한 사람 서 있다. 한 손으로 두꺼운 파일을 받쳐 들고 다른 한 손으로는 책상을 짚었다. 자세로 보건데

자료를 찾고 있던 듯했다. 그는 안경을 쓰고 있었다. 그 모습을 보는 건 처음이다.

"누구신지?"

질문을 받아도 금방 대답할 수 없었다. 은데 안경만 계속 바라보았다. 갑자기 전혀 낯선 사람과 마주 선 듯했다. 아니, 사람을 잘못본 듯한 기분이 들었다. 아니, 아니다. 그와 만난 것은 오늘이 처음이고 원래 알던 사람도 아니다. 그런데 왜 안경 따위를 쓰고 있을까. 그게 어쨌기에 이렇게 신경이 쓰일까.

"여긴 503호입니다."

그렇게 말하며 남자는 고개를 움직여 문 앞에 서 있는 그녀의 뒤쪽을 살펴보는 듯한 눈짓을 했다. 일행이 있다고 생각하나?

"아가씨, 혹시 층을 잘못 찾아오신 거 아닙니까? 점성술의 라마시타 씨 방이라면 한 층 위로 더 가셔야 하는데."

그러고는 손을 들어 안경을 벗었다. 바로 그때, 사람을 잘못 봤다는 기분이 사라졌다.

"저, 혼자 왔어요."

이 상황에서 제일 먼저 설명할 내용도 아닌데, 무의식중에 제일먼저 튀어나온 말이었다.

남자가 눈썹을 추켜올렸다. 안경을 들고 있는 왼손을 가볍게 움직인다.

"그런데요? 아, 죄송합니다. 점을 보러 오는 젊은 여자 분들은 대체로 무리를 지어 같이 오는 경우가 많아서요. 혼자 온다고 해서 딱히 이상할 건 없겠죠. 어쨌든, 시타 씨라면 위층으로 가 보세요."

그렇게 말하면서 다시 파일 쪽으로 시선을 옮긴다. 그녀는 말없이 서 있었다. 머릿속이 이런저런 생각들로 꽉 차 있어서 무엇부터 얘기해야 좋을지 알 수 없었다.

남자가 다시 얼굴을 들고, 이번에는 확실히 수상하다는 듯한 목소리로 물었다.

"아직 무슨 볼일이 더 남아 있습니까?"

그녀가 겨우 입을 다시 열었다.

"저, 이곳에 볼일이 있어서 왔어요."

손을 들어 책상 앞에 있는 남자를 가리키며 "당신에게 볼일이 있어서요" 하고 덧붙였다.

"저에게요?"

주의 깊게 듣지 않으면 알아듣기 힘든, 무척이나 어려운 단어를 듣기라도 한 듯한 표정으로 남자는 천천히 되물었다.

"저에게, 볼일이 있으시다?"

"네, 그래요."

그녀는 끄덕이며 꿀꺽 침을 삼켰다.

"일을 하나 부탁하고 싶어서요. 당신은…… 당신은 탐정 맞으시죠? 의뢰인의 얘기를 듣고 조사를 해 주시는 분 맞죠? 그래서 온 거예요."

2

조잡해 보이는 응접세트의 의자는 앉아 보니 보기와는 달리 무척 편했다. 젖은 레인코트를 벗고 다리를 뻗자 마치 무거운 짐이라도 내려놓은 듯하다.

"자, 그럼."

사무용 노트 같은 것을 손에 들고 남자는 그녀의 대각선 방향에 앉았다. 그녀도 무릎을 가지런하게 모으고 고쳐 앉았다.

남자는 뭔가 생각하고 있는 듯했다. 왼손 검지로 콧날을 쓰다듬고 있다.

이렇게 가까이서 보니, 그는 예상했던 것보다 더 젊은 듯했다. 마흔둘, 셋? 아니다, 흰 머리가 좀 눈에 띄어서 그렇지 이제 막 마흔 살에 접어들었는지도 모른다. 눈가와 입매에 깊은 주름이 있긴 하지만 이 남자는 주름이 잘 어울린다. 스무 살 때는 없었을 주름이 이렇게 잘 어울린다는 건, 이 남자가 이제까지 허투루 나이를 먹지는 않았다는 증거인지도 모른다.

그다지 고급스러운 웃옷을 입고 있지는 않다. 넥타이도 매지 않았다. 그가 자리에 앉으면서 웃옷의 옷자락을 정돈하려 살짝 팔을 들어 올렸을 때, 언뜻 드러난 푸른색 와이셔츠의 주머니에 대충 찔러 넣은 펜이 두세 개 보였다.

처음 보는 이와 마주 앉을 때 정면이 아니라 약간 비껴 앉는 사람은 낯을 가리는 사람이라는 얘기를 어디선가 들은 적이 있다. 그 이야기를 떠올리자 입술에 들어가 있던 힘이 살짝 풀렸다.

"뭐 이상한 점이라도 있습니까?"

그가 진지한 표정으로 물어 오자 그녀는 당황했다. 기분을 상하게 하고 싶지는 않았다.

"죄송합니다." 머리를 숙여 사과했다.

"왠지 모르게 안심해서…… 여기 오는 데 무척이나 용기가 필요했거든요. 그래서 이렇게 앉아 있는 것만으로도 긴장이 풀린 모양이에요."

고개를 비스듬히 틀어 그녀를 바라보던 그의 얼굴이 처음으로 빙긋 웃었다.

"그래도 이렇게 혼자 찾아오시다니 용기가 가상하네요."

"그렇게 하지 않으면 언제까지나 겁먹고 살게 될 것 같아서요."

"먼저 전화를 해서 이것저것 물어보고 난 후에 오시는 게 보통이거든요."

가슴이 철렁했다.

"혹시…… 이렇게 갑자기 찾아온 사람의 의뢰는 안 받아 주시나요? 규정 위반인가요?"

"아니요, 위반할 규정 같은 것도 없습니다."

"예약을 한 다른 손님이 있다거나……."

"이 사무실이 예약까지 해서 기다려야 할 정도로 손님이 많아 보입니까?"

그녀는 수리가 필요해 보이는 벽과 상처투성이 바닥을 지긋이 바라보았다. 그녀가 솔직히 대답하기도 전에 그가 먼저 말했다.

"어쨌든 좋습니다. 일단 용건부터 들어 보도록 하죠. 우선 이름부터. 혹시 이름과 신원을 밝히지 않고 얘기하기를 원하십니까?"

그녀는 눈을 크게 떴다.

"그렇게도 할 수 있나요?"

"물론이죠, 할 수 있습니다." 남자는 고개를 끄덕였다.

"그런 경우는, 저기…… 요금이 어떻게 되나요? 익명의 상대에게 청구서를 보낼 수는 없는 일이잖아요."

"그런 경우에는 의뢰인의 주머니 사정에 따라서 상담 시간이 달라집니다. 돌아가실 때 현금으로 내셔야 하거든요."

"변호사처럼요?"

"그렇죠."

"상담이면 얘기만 들어 주시나요?"

"그렇습니다."

"탐정인데 조사 같은 것도 하지 않고요?"

"대부분의 의뢰인들은 누군가 얘기를 들어 주기만 해도 기분이 풀리는…… 그런 정도의 문제를 안고 있는 경우가 많거든요."

턱을 확 끌어당기며 그녀가 말했다.

"전 달라요. 그러니 익명으로도 하지 않겠어요."

그 말에 남자는 또 눈썹을 추켜올리며 말했다.

"일단 말씀드리겠는데, 그 '탐정'이라는 말은 그만두셨으면 좋겠군요. 저는 어디까지나 조사원입니다. 사무실 간판에도 그렇게 적혀 있고요."

"하지만 이렇게 사무실을 차리고, 의뢰인을 만나고—이런 건 탐정이 하는 일이잖아요."

그녀의 목소리가 작아졌다.

"소설의 세계에서는 그렇죠. 하지만 전 일개 조사원에 불과합니다. 한마디 덧붙이자면 보험 관계 전문이고, 예전엔 보험 회사 직원이었지요. 다시 말해서 당신이 상상하고 있는 그런 탐정과는 거리가 멀어요. 평범한 샐러리맨이었던 적도 있으니까요."

그녀가 말없이 앉아 있자, 그는 셔츠 주머니에서 펜을 꺼내며 노트를 내려다보았다.

"이름은?"

"나가이 리에코. 리에는 배 리梨 자에 은혜 혜惠 자를 써요."

고개를 끄덕이면서 받아 적는다.

"나이는?"

"다음 달 사일에 만 스물다섯이에요."

"직장인입니까?"

리에코는 고개를 끄덕이며 회사 이름을 댔다.

"전문 대학을 졸업하고 취직한 지 올해로 오 년째예요."

그녀의 회사 이름을 듣고 그는 잠시 눈을 들더니 뭔가를 생각하는 듯했다.

"자동차 판매 회사네요. 이 근처에도 영업소가 있었죠?"

리에코는 고개를 끄덕였다. 조금 놀랐지만, 그만큼 기쁘기도 했다.

"예, 삼 개월 전까지 있었어요. 작은 분점이었는데 새로운 지점이 생기는 바람에 그곳으로 통합되었죠. 그전까지는 저도 거기에 있었고요."

고개를 끄덕이며 다음 질문을 하려는 남자에게, 그녀가 한마디 덧붙였다.

"그래서 당신과 이 사무실을 예전부터 알고 있었어요."

그는 얼굴을 들어 신기한 동물이라도 보는 듯한 눈으로 리에코를 쳐다보았다.

"이 근처를 지나다니셨나 보군요?"

"예, 매일요. 저 앞에 우체국이 있잖아요. 거기 가는 게 제 업무 중 하나였거든요."

남자는 또 왼손 검지로 콧날을 만졌다. 버릇인 모양이다.

"그런 인연 하나로 이렇게 찾아오실 생각까지 하시다니 대단하군요."

"당신이 버려진 개를 돌봐 주시는 모습을 봤거든요."

손가락을 콧등에 멈춘 채 그는 눈을 동그랗게 떴다. 리에코는 웃었다.

"벌써 반년 전 일이긴 한데요, 버려진 개를 주우신 적 있죠? 강아지였는데. 혹시 잊어버리셨나요?"

리에코는 분명히 기억하고 있었다. 진눈깨비가 내리는, 이가 시릴 정도로 추운 저녁 무렵이었다.

그날 오후 우편물을 보내러 나갔을 때, 우체국 부근의 공용 빌딩 옆 쓰레기장에 강아지 한 마리가 골판지 상자에 버려져 있는 모습을 보았다. 그녀는 갈 때도 올 때도 발걸음을 멈추어, 아직 젖도 못 뗀 작은 강아지의 머리를 어루만져 주었다. 무척 걱정이 되었지만, 업무 시간중이라 어떻게 할 수가 없었다.

일이 끝나고 집에 돌아갈 때 될 수 있으면 강아지를 데리고 가려고 일부러 우산을 비껴들고 급히 발을 움직였다. 그런데 그곳에 그가 있었다.

"베이지색 코트를 입고 계셨죠?"

리에코가 계속 말했다.

"몸을 숙여 한 손으로 강아지를 안고서 문쪽으로 가셔서—우편함을 체크하셨어요. 전 솔직히 이런 공용 빌딩에 있는 사람이 강아지를 데리고 가리라고는 생각도 못했기 때문에 당신을 쫓아갔죠. 당신이 들여다보았던 우편함을 확인했어요. 그랬더니 '503호 고노 조사 사무소'라고 쓰여 있는 거예요. 또 한 번 놀랐죠. 아. 이분은 탐정이구나, 하고요."

마음이 불편한지 긴 다리를 풀었다 다시 꼬면서 '탐정'이 말했다.

"버려진 개를 돌봐 줬다고 해서 의뢰인에게 성실하다는 보장은 없어요."

리에코는 방긋 웃었다.

"그런가요? 그래도 상관없어요. 제가 멋대로 그렇게 생각했을 뿐이니까요."

"그리고, 고노가 아니라 가와노입니다."

"예?"

"제 이름 말입니다. 가와노라고 읽습니다."

윗 주머니에서 꺼낸, 닳아 해진 가죽 케이스에서 명함 한 장을 빼 테이블 위에 놓았다.

'가와노 조사 사무소, 가와노 슈스케'.

이름과 함께 사무소 주소와 전화번호가 적혀 있었다. 직함은 쓰여 있지 않다.

"죄송해요. 실례했네요."

명함을 받아 들고 리에코는 가볍게 머리를 숙였다.

"고노라는 이름을 가진 친구가 있는데, 한자가 같아서 저도 모르게 그만……."

"별로 중요한 건 아니니까 신경 쓰지 마십시오."

"이 사무실은 혼자서 운영하세요?"

가와노는 말없이 고개를 끄덕였다. 그쪽에 대해서는 그다지 질문을 받고 싶지 않은 것 같다. 그는 문득 자리에서 일어나 책상 쪽으로 갔다. 그러고는 책상 위에 놓인 담뱃갑을 들어 담배 한 개비를 꺼낸 후 불을 붙였다.

"하지만, 재밌네요."

분위기를 되돌리려고 애써 밝은 목소리로 리에코가 말했다.

"여기 오지 않았으면 저는 영원히 당신을 고노 씨라고 알고 있었겠지요? 한 번 마주친 적이 있는 고노라는 탐정이라고 죽을 때까지 생각했을 거예요."

왠지 뜻밖에 큰 발견이라도 한 것 같은 기분이 들었다.

"아니, 그게 아니지. 그 반대예요. 제가 당신을 '가와노 씨'라고 인식하고 난 후부터 당신은 가와노 씨가 된 거예요. 깊은 산 속에서 커다란 나무가 쓰러졌을 때 그 소리를 들은 사람이 아무도 없으면 나무가 쓰러졌을 때 나는 소리는 존재하지 않은 것이나 마찬가지가 된다, 뭐 이런 얘기도 있잖아요. 그것과 같은 이치죠."

열중해서 떠들다가 갑자기 왠지 창피해졌다. 담배를 들고 말없이 이쪽을 보는 가와노의 시선, 입가, 살짝 기울인 어깨에서 '이런 어린애나 상대하고 있을 시간은 없는데……'라는 짜증 같은 감정이 엿보이는 것 같았기 때문이다.

더는 무슨 말을 해야 할지 알 수 없는 기분이 되어 버렸다. 이리저리 머리를 굴려 보려 했지만, 리에코는 주위가 다시 침묵에 잠기는 기분을 느꼈다. 아까 문 앞에서 느꼈던 것과 비슷한, 멀고도 깊은 곳에 모든 소음을 밀어 넣은 듯한 바닥 깊은 침묵.

"—니까?"

가와노가 한 말을 제대로 듣지 못했다. 황급히 머리를 흔들어 두 귀 아래에 손을 대는 시늉을 하며 리에코는 물었다.

"뭐라 그러셨죠?"

"해결하고 싶은 고민이 뭐냐고 물었습니다."

그렇게 말하면서 가와노는 의자 쪽에 돌아가 앉으려다가 약간 놀란 듯 움직임을 멈추었다.

"괜찮습니까?"

가와노는 엉거주춤하게 앉은 채 리에코의 얼굴을 들여다보았다. 괜찮은지 어쩐지 리에코 자신도 알 수 없었다. 아까의 그 침묵이 자신의 내면으로 들어와 버린 듯한 기분이었다. 몸 안에서 모든 소리가 사라진 것만 같다. 심장의 고동, 피가 흐르는 고요한 속삭임……. 이 모든 소리들이 일순 사라져 버린 느낌…….

"얼굴이 창백하네요. 현기증이라도 났습니까?"

가와노가 차분한 목소리로 묻자 리에코는 천천히 고개를 가로저었다.

"아니요. 괜찮아요."

"아까부터 몸이 좀 안 좋아 보이던데……."

"좀…… 조금 그럴 뿐이에요. 밤에 잠을 제대로 못 자서요."

아까의 자리에 되돌아가 앉으면서 가와노가 물었다.

"그것과 저에게 의뢰하려는 건이 관계가 있어 보이는군요."

정곡을 찌른 질문이었다. 리에코는 몸을 추스른 후 등을 펴고 똑
바로 앉아 얘기를 시작했다.

"매일 밤 꿈을 꿔요. 꿈속에 항상 같은 장소가 나와요. 가 본 적
없는…… 낯선 곳인데 왠지 모르게 그리워요. 어떻게 해서든 그곳
에 다시 한 번 가야 한다는 기분도 들어요."

"꿈을 꿀 때마다요?"

"네."

고개를 끄덕이며 리에코가 몸을 앞으로 내밀었다.

"부탁이니까 정신과에 가 보라는 말은 하지 말아 주세요. 벌써
갔다 왔으니까요."

가와노는 쓴웃음을 지으며 담뱃불을 껐다.

"의사가 뭐라던가요?"

"제가 너무 심각하게 생각한대요. 꿈이라는 게 애초에 매일 꾸는
건 아니고, 비슷한 꿈을 두세 번 꿨을 뿐이라나요. 그걸 너무 깊이
생각해서 매일 꾼 것처럼 착각하고 있다고요."

잠시 뜸을 들인 후 가와노가 물었다.

"꿈속에 혹시 사람은 나옵니까?"

의외의 질문이었기 때문에 리에코는 서둘러 기억을 되새겼다.

"……나온 적은 없었던 것 같아요. 본 기억이 없어요."

"어떤 장소입니까?"

"어떤 장소라뇨……?"

"사람들이 사는 동네인지, 바다나 산인지, 아니면 빌딩 옥상이나 집 안인지, 차를 타고 있는지, 아니면 공중에서 내려다보는지, 뭐 그런 것들 말입니다."

무의식적으로 가슴에 손을 얹고 리에코는 꿈속에서 보았던 풍경을 떠올려 보았다.

"……동네예요."

"집이 보입니까?"

"예. 뭐랄까, 영화의 배경 같아요. 그리고 저는…… 저는…… 교차로 같은 곳에 서 있어요."

"교차로요?"

"예, 도로예요. 도로 위에 있어요."

"그 장소에 땅을 딛고 서 있습니까?"

"서 있어요, 당연히……."

다시 생각해 보고선 리에코는 고개를 가로저었다.

"아니, 달라요. 서 있는 게 아니에요. 위에서 교차로를 내려다보고 있어요. 네 귀퉁이 중 하나에 무척 멋진 산울타리가 쳐진 집이 있고, 정원에는 붉은 진달래가 흐드러지게 피어 있는 장면이 보여요. 반대쪽에는 약간 기울어진 전봇대가 서 있고 거기에 전당포 간판이 나와 있어요. 넓은 범위가 깜짝 놀랄 만큼 자세하고 분명하게 한 번에 다 보여요. 마치 새가 된 기분이에요."

"꿈속에선 흔히 있는 일이죠."

가와노는 그렇게 말하며 팔짱을 끼었다.

"그래서요? 제가 어떻게 하면 되겠습니까? 꿈을 꾸지 않게 해 주세요, 같은 의뢰는 곤란합니다. 그건 의사나 당신 본인이 아니면 해결할 수 없는 영역이니까요."

"조사를 해 주셨으면 해요. 제가 꿈에서 보는 장소가 실제로 있는 곳인지."

리에코는 단호하게 말했다.

가와노는 리에코를 물끄러미 쳐다보았다. 그 시선에 희미하게나마 조롱하는 듯한 눈빛이 섞여 있음을 깨달았지만 리에코는 물러서지 않았다.

"꿈에 이곳만 반복해서 나타난다고요. 저와 관련이 있는 장소라는 생각이 들어요. 그게 어디인지 알고 싶어요."

"그것 때문에 돈을 쓰겠다고요?"

"예."

"바보 같다는 생각은 안 들어요?"

"전혀요."

"그렇게 그 꿈이 싫은 겁니까?"

"싫은 건 아니지만…… 이상하잖아요."

가와노는 가볍게 손을 펼쳤다.

"이상한 일이라면 세상에 넘치고도 남습니다. 초등학생들도 알 법한 미스터리들 말이죠. 버뮤다 삼각지대나 UFO, 유령의 집 같은 것들. 이상한 걸로 따지면 정말 이상한 것들이지만 신경 쓰지 않아도 사는 데 아무 지장이 없잖습니까."

"그런 것들하고는 달라요. 개인적인 문제라고요."

"아까 밤에 잠을 제대로 못 잔다고 했죠? 꿈을 꿀까 봐 두려워서 못 자는 겁니까?"

"그런 건 아닌데요, 꿈이 너무 생생해서, 그러니까 분명 뭔가 의미가 있다는 기분이 들어요."

"너무 확대 해석하고 있는 겁니다."

"절대로 아니에요!"

"세상에 절대라는 건 없어요."

"제 말을 건성으로 들으시는 거죠?"

리에코는 갑자기 자신도 놀랄 정도로 큰 소리를 지르며 반쯤 일어섰다.

"제대로 듣지 않는 거죠? 제가 노이로제인지 뭔지에 걸렸다고 생각하죠? 알지도 못하면서."

화가 머리끝까지 치밀어 말이 마구 쏟아진다.

"아무도 몰라요. 내가 매일 밤 같은 꿈을 꾸고, 그때마다…… 그때마다 어찌하면 좋을지 몰라 초조해 한다는 사실을. 뭔가 있어요. 절대로 뭔가 있다고요. 그 교차로 꿈을 꿀 때마다 뭔가 하지 않으면 안 될 것 같은, 서두르지 않으면 안 될 것 같은, 굉장히 중요한 약속을 안고 있는 것 같은 기분이 든단 말이에요. 그러니까 알아요, 몸으로 알 수 있어요. 꿈에서 보는 그 장소는 나와 깊은 관계가 있다는 사실을요. 예전에 어렸을 때 그곳에 갔고 그곳에서 어떤 일이 있었고, 지금까지는 그곳에 간 적이 있다는 사실을 잊고 살았지만, 이제 생각나서 다시 한 번 그곳에 가서 뭔가를 해야 하는 때가 다가오고 있다고요. 그러니까 그곳이 어디인지 찾아 달라는 거예요. 꼭 알아야겠어요."

단숨에 말을 끝내고 나자 백 미터를 전력 질주하고 난 것처럼 숨이 찼다. 무릎이 떨린다. 보기 흉할 것 같아 멈추려 해도 말을 듣지 않았다.

꽤 오랫동안 창문을 두들기는 빗소리밖에 들리지 않았다. 리에코는 쭈그리고 앉아 있었고, 가와노는 팔짱을 낀 채 옷깃 사이로 턱을 묻고 생각에 잠겨 있었다.

잠시 후 턱을 들고 가와노가 말했다.

"그림 솜씨는 괜찮아요?"

리에코는 잠시 당황했다.

"네?"

"그림 잘 그리냐고요."

"잘 그리는 건 아니지만 싫어하지는 않아요."

가와노는 팔짱을 풀고 앞에 있던 노트를 끌어당겼다.

"잘됐군요. 오늘 밤부터 꿈에서 보는 풍경을 스케치해 보세요. 기억나는 대로 최대한 상세하게, 세밀한 부분까지 그리는 겁니다. 단 생각나지 않는 부분은 안 그려도 돼요. 기억을 수정하면 안 됩니다."

고개를 끄덕이며 리에코가 물었다.

"그러면 뭐가 어떻게 되는데요?"

"현재로선 꿈을 사진이나 비디오로 찍는 기술은 개발되지 않았으니까요."

한숨을 쉬며 그렇게 말한 후 가와노는 살짝 웃었다.

"귀찮아도 프리 핸드손으로 대충 그리는 스케치로 그린 그림에 의지할 수밖에요. 나로서도 우선 당신 꿈속에 나타나는 장소의 전체적인 이미지를 파악하지 않으면 그게 어디인지 찾아낼 수 없으니까요."

믿을 수 없었다.

"의뢰를 받아 주시는 건가요?"

사무용 노트에 적은 리에코의 이름 밑에 선을 긋고 날짜를 쓰면서 가와노가 말했다.

"받을 겁니다. 왜요, 안 됩니까?"

"하지만…… 괜찮으시겠어요? 제 얘기를 진지하게 받아들여 주신 거예요?"

"조금 전까지 그렇게 화를 내던 사람치고는 갑자기 약한 모습이군요."

"그렇긴 해도……."

"한번 해 봅시다."

달래려는 듯 웃으며 가와노가 말했다.

"당신이 말한 대로 꿈의 의미를 발견하면 그걸로 끝, 의미를 발견하지 못해도 당신의 원이 풀린다면 그걸로도 끝입니다. 원은 풀렸는데 갑자기 조사료를 내기 아까워졌다, 뭐 이런 얘기를 하면 안 됩니다."

"그런 치사한 짓은 안 해요. 약속할게요."

강하게 단언하며 리에코는 의욕적으로 자리에서 일어섰다.

3

그날 밤에도 리에코는 꿈을 꾸었다.

같은 꿈이었다. 맑고 푸른 하늘 아래로 녹은 버터 빛깔의 햇볕이 내려 쬐는, 언제나와 똑같은 교차로.

주위의 풍경이 너무 선명하게 보여 어지러울 지경이었다. 리에코는 꿈속에 있는 동시에 꿈 밖에서 내려다보는 존재이기도 했다. 유리에 손을 대고 어항 안을 들여다보는 아이처럼, 꿈을 베어낸 단면에 손을 얹고 꿈의 존재감을 손바닥에 느끼며 그 안쪽을 엿보고 있다. 너무 힘주어 누르면 자신의 체중 때문에 꿈이 휘어 교차로의 풍경이 일그러지지는 않을까 걱정하면서.

그것은 마치 신이 된, 혹은 구름이라도 된 것 같은 기분, 햇빛으로 변해 버린 느낌이었다.

한편, 꿈속의 리에코는 꿈의 교차로에 우두커니 서서 주위를 둘러보고 있다. 사방으로 뻗은 도로 어디에도 사람이나 차는 그림자조차 보이지 않는다. 조용하고, 차분하고, 따뜻하다. 으쌰 하고 발돋움하며 심호흡. 그리고—.

발치를 내려다보고, 자신의 발이 무척 작은데다 앞부분에 조그마한 꽃 모양이 그려진 빨간 운동화를 신고 있다는 사실을 알아차렸다.

나, 어린애구나.

꿈의 바깥쪽에서 들여다보고 있는 리에코는 그렇게 이해했다. 꿈속에 있는 어린 리에코는 새로운 발견에 놀라는 기색도 없이 두 손을 하늘로 뻗어 햇빛을 받고 있었다.

멀리, 어디선가 자동차 소리가 들린다. 꿈속에서 소리가 들린 일은 처음이다. 도로 위니까, 교차로에 자동차가 다가와도 이상한 일은 아니다. 단조로운 자동차 엔진 소리. 그렇다. 틀림없이 엔진 소리다. 리에코의 귀에 가까워져 온다. 가깝게…… 더 가깝게. 하지만 어떤 다른 소리가…… 훨씬 크게, 더 시끄럽게—.

자명종 소리였다. 거기서 눈이 떠졌다.

곧바로 몸을 일으켜 머리맡에 놓아 둔 스케치북을 집어 들어 아까의 풍경을 대충 그려 본다. 교차로의 풍경보다는 발치를 내려 보았을 때 보인 빨간 운동화의 기억이 더 선명했기 때문에 이날 아침은 그걸 그리고 말았다.

가와노와는 우선 일주일 동안 꿈 스케치를 계속해 보겠노라고 약속했다. 아무튼 매일 밤 꿈을 꾸면 그림으로 그려 둘 것. 그러고 나서 얘기하기로 했다.

삼 일간, 리에코는 충실하게 약속을 지켰다. 사흘 동안 꾼 꿈은 언제나 같았다. 교차로, 빨간 운동화—아, 나는 어린아이구나, 라는 따뜻한 느낌—멀리서 들려오는 자동차 엔진 소리. 그것뿐이다. 그 이상도 이하도 아니다.

약속한 일주일 동안 계속 이 상태로 가자고 자기 자신에게 말했다. 밥을 먹을 때도, 장을 볼 때도, 이불을 말리면서 두들길 때도,

멍하니 텔레비전을 볼 때조차 불현듯 생각나서 이젠 괜찮다고 자신에게 말하곤 한다. 혼자 사는 리에코에게는 매일 아침 스케치하는 습관을 이상하게 여기는 부모님도, 시끄럽게 캐묻는 룸메이트도 없다. 마음이 편하다.

꿈을 꾸면 그림으로 그려 두면 된다. 무서워하지 말고, 똑똑히 보고 제대로 스케치해 두기만 하면 된다. 그렇게 생각하니 더 이상 잠들기 전에 불안함을 느끼지 않게 되었다. 그러다 보니 이제까지와는 다르게, 꿈은 계속 꾸지만 깊고 안락하게 푹 잘 수 있게 되었다. 기분까지 편안해졌다. 나달쯤 지났을 땐 몸이 가벼워진 걸 느꼈다. 아침에 일어나 거울에 얼굴을 비춰 봐도 차이를 확실하게 알 수 있었다. 눈이 충혈되지도 않았고, 눈꺼풀의 붓기와 양볼의 잡티도 사라졌다. 식욕도 늘어, 제대로 된 요리를 해서 규칙적으로 식사하는 버릇도 되돌아왔다.

꿈 얘기는 아무에게도 하지 않았지만, 최근까지 리에코가 얼마나 무기력했는지 주위 사람들 모두 다 알고 있었다. 그렇기에 지금의 긍정적인 변화 역시 다들 금세 눈치 챘다.

"요즘 활기를 되찾은 것 같은데."

직장 상사가 그렇게 말하자 리에코는 웃어 보였다.

그러는 사이, 어쩌면 가와노가 일주일간 꿈을 스케치하라고 한 이유가 이런 효과를 노린 것일지도 모른다는 생각이 들었다. 누구보다도 우선 리에코 자신이 꿈과 똑바로 대면하여 그것을 천천히 관찰할 수 있는 마음의 여유가 생기면, 원인 모를 불안에서 해방된다—.

일주일째의 오후, 일곱 장의 스케치를 들고 가와노의 사무실로 향할 때도 리에코는 그런 생각을 했다. 그날은 이전과는 달리 맑은 날로, 긴 복도 끝까지 밝은 햇빛이 들어왔다. 비가 자주 내린 탓에 그쪽에 정신이 팔려 있었지만, 어느새 초여름이라고 불러도 좋은 계절이 와 있었다.

약속 시간보다 이십 분 정도 빨랐지만 리에코는 개의치 않고 문을 노크했다. 전에 왔을 때 그가 풍겼던 '한가한 사무실'이라는 이미지가 리에코로 하여금 별다른 신경을 쓰지 않도록 만들었기 때문이다.

오늘도 역시 대답이 없었다. 하지만 리에코는 문을 열었다.

"안녕하세—."

인사말이 공중에 흩어져 버린 건, 방 안에 있던 두 사람의 예리한 시선이 이쪽으로 날아왔기 때문이다. 한 사람은 가와노였지만 다른 한 사람은 모르는 얼굴이었다. 가와노와 비슷한 나이에, 그보다 키는 작지만 몸집이 탄탄해 보인다. 삭발에 가까울 정도로 짧게 친 머리에 양복을 입고 있었다.

"손님 오셨군."

짧은 머리의 남자가 말했다. 목소리가 굵다. 사무용 책상에 앉아 있는 가와노 옆에서 두 손을 바지 주머니에 찔러 넣은 채 느슨한 자세로 서 있었다.

눈을 한 번 깜빡거릴 정도의 짧은 순간이었지만, 두 남자의 시선이 교차하며 그녀가 알 수 없는 무언의 언어로 말을 주고받았음을 리에코는 알 수 있었다. 리에코가 문을 열기 전까지 나누고 있던 대화를 급히 접으며 생각했으리라. 어디서부터 들었을까.

리에코의 블라우스 소매 아래로 드러난 두 팔에 슬며시 소름이 돋았다.

"죄송합니다, 죄송해요."

사과하면서 문에서 몸을 떼고 뒷걸음질쳤다.

"나중에 다시 올게요."

당황해서 서둘러 밖으로 나가려다 발을 헛디뎠다. 빡빡머리 남자가 큰 소리를 지르며 방을 가로질러 달려왔다.

"괜찮아, 괜찮아요. 가지 말고 들어오세요. 약속이 있어서 오신 거 아닌가?"

목소리가 그냥 크기만 한 게 아니다. 억세다. 무서운 체육 선생님의 목소리 같다고 할까. 리에코는 자신도 모르게 몸을 움츠렸다.

"그렇다고 거북이처럼 그렇게 움츠릴 것까진 없잖습니까."

웃으면서 빡빡머리 남자가 말했다. 문을 활짝 열고 가와노 쪽을 돌아본다.

"그럼 나는 이만 돌아가 볼게. 아무래도 안 되겠구먼, 젊은 아가씨들에게 영 인기가 없다니까."

조심조심 얼굴을 들자 책상에 팔을 얹은 채 가와노가 웃고 있다.

"그 헤어스타일이 문제야."

짧은 머리를 손바닥으로 한번 스윽 쓰다듬은 후 양복을 입은 남자가 말했다.

"다음번에 여기 올 때는 가발이라도 쓰고 오도록 하지. 자, 그럼 아가씨, 천천히 있다 가십시오."

두 손으로 리에코의 어깨를 톡톡 두들긴 후 먼저 나가 버린다. 복도를 걸어가는 그의 어깨가 들썩들썩 움직였다.

"자, 들어와요."

가와노가 부르자 리에코는 스케치북을 품에 고쳐 안고 방으로 걸어 들어갔다. 그의 목소리는 온화했지만 리에코의 불안감을 없애 주지는 못했다. 필요 이상으로 시간을 들여 문을 꼭 닫고 조심스럽게 몸을 돌렸다.

탐정은 아까와 마찬가지로 팔꿈치를 댄 채 지금은 손바닥 위에 턱을 괴고 있다. 얼굴의 절반만 웃고 있는 듯한 어정쩡한 표정을 짓고 있었다.

"엿듣거나 하진 않았어요."

아무 생각도 나지 않아서, 리에코는 그렇게 말했다.

"정말이에요. 아무것도 못 들었어요. 제 문제만으로도 머리가 복잡해서, 방 안에서 얘기 소리가 들리는지조차 몰랐어요. 문을 열때까지 안에 다른 손님이 계신 줄도 몰랐거든요. 정말로 아무것도 못 들었어요. 맹세할 수도 있어요."

아무리 설명하고 또 설명해도 부족한 기분이었다. 하지만 할 말이 다 떨어져 조용히 입을 다문 채 가와노의 눈치를 살피는 일 외에는 할 수 있는 게 없었다.

그는 눈만 움직여 주변을 슬쩍 살폈다. 그럴 필요가 있어서가 아니라 그런 식으로 약간의 뜸을 두려는 것 같았다.

"아까 그 남자는 관할서의 형사입니다."

가와노가 그렇게 말하자 리에코는 다리에 힘이 풀렸다.

"……형사요?"

"그래요, 조직 폭력배 담당 형사라 그런 몰골을 하고 있을 뿐이에요."

"하지만 그분……."

"인상만 험악하지 사실은 착실한 공무원입니다. 그러니까 여기서 수상한 얘기 같은 걸 했을 리도 없죠. 누가 듣는다고 곤란해질 내용도 아니고요. 약속 시간보다 일찍 와서 약간 놀라긴 했지만요. 그러니 그렇게 새파랗게 질려서 떨 필요 없어요."

휴…… 그랬나요, 하고 대답하는 목소리가 웅얼거렸다. 뺨까지 달아올랐다.

"제가 그렇게 겁에 질려 있었나요?"

"무척이나요."

헛기침을 한 번 한 후 가와노는 그녀에게 앉으라고 권했다.

"그렇게 서 있지 말고 앉아요. 스케치는 가지고 왔죠?"

일주일 동안 꿈속에서 새롭게 발견한 사실은 자신이 아이가 되어 빨간 운동화를 신고 있었다는 것뿐이었다. 스케치를 보여 주면서 리에코가 설명하는 내용을 가와노는 조용히 듣고 있었다. 얘기가 끝나자, 오늘은 웃옷 주머니에서 담배를 꺼내 불을 댕긴다.

"그래서 기분은 좀 어때요?"

연기를 내뿜으며 스케치를 들여다보더니 그렇게 물었다.

"아직 불안해요? 여전히 잠을 제대로 못 잡니까?"

리에코는 어깨를 움츠린 채 그렇지 않다고 대답했다. 그러고는 가와노가 꿈을 스케치하라고 권한 이유가 이렇게 되리란 걸 예상했기 때문이냐고 물어보았다.

"맞죠? 그럴 줄 아셨죠? 굉장히 효과가 있었거든요."

리에코의 말에 약간 쑥스러운 듯 입 끝을 추켜올리며 가와노가 웃었다.

"의사는 아니니까요. 얼마나 효과가 있을지 치밀하게 계산해서 시켰던 건 아니었지요."

"그래도 역시 알고 계셨군요?"

"꿈을 꾸겠다고 생각하면서 자면 도리어 꿈을 안 꾸게 되잖습니까. 반대로 당신처럼 꿈꾸고 싶지 않아, 오늘 밤에도 꿈을 꾸면 어떻게 하지, 하고 걱정하면 도리어 더 나타나는 법이고요. 그래서 한번 해 봤지요."

"정말 딱 맞아떨어진 것 같아요." 리에코는 웃었다.

"이대로 계속 가면, 언젠가 꿈을 안 꾸게 될지도 모르겠네요."

"그렇게 되면 자연히 조사도 끝납니다. 그걸로 되겠죠? 아니면, 불안감이 사라져도 그 교차로는 계속 신경이 쓰입니까? 장소를 알아야 직성이 풀리겠어요?"

가와노의 손가락 사이에 끼워진 담배에서는 연기가 피어오르고 있다. 그걸 바라보면서 리에코는 잠시 생각했다.

"모르겠어요……. 아직 모르겠어요."

간신히 그렇게 말하고 나자 슬며시 미안한 기분이 들었다.

"너무 저 편할 대로 하는 말인지 모르겠지만, 그건 꿈을 꾸지 않게 되고 나면 생각해 볼게요. 그러면 안 될까요?"

"상관이야 없습니다만 그러려면 시간이 걸리니까요. 당신도 매일 바쁘잖습니까. 이런저런 예정들도 있을 테고. 그러니 어느 한 지점에서 딱 잘라 잊어버리는 편이 좋을지도 모릅니다."

리에코는 고개를 저었다.

"그건 괜찮아요. 저, 시간 많거든요."

"젊은 아가씨가?"

"젊어도 한가한 사람은 있어요."

고집스러운 리에코의 말투가 재밌는지 가와노는 놀리듯이 "하긴 그렇군요" 하고 말했다.

"우선 스케치를 일주일 더 해 보면 어떻습니까? 운 좋게 그 안에 꿈을 안 꾸게 되더라도 일주일 동안은 만일을 대비해서 스케치북을 준비해 두는 겁니다. 이게 이번 처방전이에요."

"해 볼게요."

리에코는 고개를 끄덕였다. 그러고 나자 말할 거리가 다 떨어지고 말았다.

왠지 겨우 이 정도 얘기만 하고 방을 나가는 게 너무 아깝게 느껴졌다. 조금 더 얘기하고 싶다.

순수한 호기심에서 비롯된 감정인지도 모른다. 조금 전에 멋대로 상상하다가 웃음을 사긴 했어도 가와노가 등에 지고 있는 세계, 그가 일하고 생활하는 세계는 리에코와는 연이 없는 미지의 세계였다.

그뿐만이 아니다. 생각해 보면 지금의 리에코에게는 소속되어 있는 '회사'라는 틀 안에도 그 밖에서도 가와노 연배의 남성과 제대로 얘기할 수 있는 기회가 없다.

　방금 전 그가 리에코에게 젊으니까 바쁘지 않겠느냐고 말한 이유도, 젊은 여자의 생활 속에는 즐거운 일, 자극적인 일이 많이 있지 않느냐는 의미이리라. 하지만 실제 젊은 여자로 살아오면서 아무런 자극도 느끼지 못하고 마음이 들뜨는 경험도 해 보지 못한 리에코에게 그 말은 너무 잔혹하게 들렸다. 내팽개쳐진 듯한 기분까지 들 정도였다.

　"왜 그래요?"

　퍼뜩 정신을 차리고 보니, 팔짱을 낀 채 그녀의 얼굴을 들여다보며 가와노가 묻고 있다.

　"제가 무슨 말을 했나요?"

　무의식중에 뭔가 중얼거렸나 보다.

　"저도 모르게 그만, 멍하니 생각에 잠겨 있다가 무슨 말을 한 모양이네요."

　"사실은 여전히 밤에 제대로 못 자는 거 아닙니까? 붕 뜬 말만 계속하는 걸 보니. 수상하네."

　"그렇진 않아요……."

　고개를 흔들며 리에코는 웃었다.

　"아까 그분, 형사님이라고 하셨잖아요. 경찰이 여기 온다는 건, 팀을 이뤄 같이 일하시는 경우도 있다는 말인가요?"

　"글쎄요." 가와노는 시치미를 뗐다. 그럴 때는 왠지 무척 젊게—리에코와 같은 나이 또래로—보였다.

　"사업상의 비밀인가요?"

"우리 같은 사람들의 세계를 아가씨 같은 사람이 알 필요는 없어요."

"그런가요?"

"물론이죠. 외국 영화에 나오는 탐정과는 딴판이니까요. 제대로 된 자격증이 있는 것도 아니고."

문득 스치는 생각에 리에코가 물었다.

"자격증이라. 그래도 어느 정도의 자격은 필요하겠죠? 아무것도 모르는 보통 사람들은 못할 것 같은데……. 가와노 씨, 혹시 예전에 경찰관 아니셨어요?"

앉아 있던 의자에서 바늘이라도 솟은 듯 가와노가 어깨를 들썩하고 움직였다. 어머, 맞혔나 보네, 하고 리에코는 생각했다.

"그렇죠? 맞죠?"

강요하듯 다시 묻자 그가 무표정하게 대답했다.

"아닙니다. 벌써 잊었어요? 처음에 얘기했을 텐데. 예전에 보험회사 직원이었다고."

아, 그러고 보니, 하더니 말투가 슬쩍 바뀐다.

"내가 당신이 근무했던 곳을 알고 있는 것도 그 때문입니다. 일 년 전쯤이었나? 의뢰를 받은 적이 있었죠. 석 달쯤 맡아서 했는데."

리에코는 잠깐 생각하다가 고개를 갸우뚱했다.

"잘 모르겠는데요."

가와노가 쓴웃음을 지었다.

"그야 모를 수도 있죠. 경영자가 아니니까. 하여간 나는 평범한 샐러리맨에서 전직한 인간이라, 점잖은 조사밖에 안 하는 온건한 조사원입니다."

"정말이에요? 말로는 무슨 얘길 못하겠어요. 과거도 다 지어내면 그만이잖아요."

리에코는 가와노를 지긋이 쳐다보았다. 그러자 그가 두 손으로 무릎을 탁 치면서 일어났다.

"커피라도 좀 끓일까요?"

기분이 이상해졌다. 동시에 그가 말을 돌리는 모습에서 뭔가 숨기려는 의도를 느꼈다. 아무리 리에코라 해도 그 정도도 알아차리지 못할 만큼 둔감하거나 뻔뻔하지는 않다.

죄송하다고 사과하려는데 책상 위 전화가 울렸다. 방구석에 있는, 정말로 커피를 끓이는 용도로밖에는 쓸 수 없는 작은 부엌 쪽으로 가던 가와노가 걸음을 멈추었다.

"전화 받으세요."

자리에서 일어서며 리에코가 말했다.

"괜찮으시면 커피는 제가 대신—."

'대신 끓일게요'라고 말할 생각이었는데, 그렇게 말했는지는 모르겠다. 바로 그 순간 무음 상태, 몸 안에 침묵이 들어차는 그 감각이 파도처럼 덮쳐 왔기 때문이다.

그 파도는 이제까지 경험했던 것 중 가장 거대했다. 저 멀리 심연에 아련한 웅성거림을 묻은 깊은 침묵. 마치 두꺼운 플라스틱 벽 너머에 있는 사람들이 벽을 에워싸고 이쪽을 향해 뭐라 말하는 것을 듣고 있는 느낌이었다.

자신이 지금 서 있는 방의 바닥이 갑자기 실체를 잃고 사라져 버린 듯하다. 책상 위에서 나는 전화 벨소리는 물 밑을 지나면서 울리는 것처럼 들린다. 소리 하나하나가 구불구불하게 휜 공간을 지나, 정상적인 세계에서보다 훨씬 더 긴 시간이 지나서야 귀에 와 닿는다—그렇게 느껴졌다. 공기가 무거워지고, 중력이 커지고, 호흡이 힘들어진다. 목소리가 안 나온다. 몸을 일으킨 순간, 방의 천장과 바닥이 반대로 뒤집혀 위도 아래도 없고 좌우 구별도 안 되는 공간으로 내동댕이쳐진 것 같았다.

'이렇게 죽는 걸까?' 하는 생각을 마지막으로 주위가 암흑처럼 변했다.

4

제일 먼저 되돌아온 감각은 촉각이었다.

누군가의 손이 어깨를 흔들고 있는 걸 느꼈다. 목소리는 들리지 않았지만, 누군가가 옆에 있음은 알 수 있었다.

의식이 분명해지자 눈을 감은 어둠 속에서도 상하의 감각을 알 수 있게 되었다. 나는 지금, 똑바로 누워 있다. 등 쪽이 살짝 아프다. 구두를 벗고 다리 아래 뭔가를 받친 채 누워 있다.

기억도 돌아왔다. 내가 어디 있었더라…… 어디서 뭘 하고 있었더라…….

누군가의 손이 다시 어깨를 만졌다. 리에코는 눈을 떴다.

자신을 내려다보고 있는 건 그곳에 있으리라 기대했던 얼굴이 아니었다. 머리가 반쯤 벗겨진 노인의 퉁퉁한 얼굴이다.

"정신이 들었구먼." 노인이 말했다.

옷깃을 반듯하게 다림질한 흰 가운을 입고, 목에 청진기를 걸고 있다. 연극이라도 하나 싶을 정도로 고전적인 의사의 복장이다.

눈을 깜빡이며 리에코는 목을 움직였다. 흰 가운을 입은 노인 옆에 가와노의 얼굴이 보인다. 미간을 찡그리고 있다.

리에코에게 말을 걸기 전에, 그는 흰 가운을 입은 노인을 쳐다보았다. 노인은 가와노에게 눈짓을 하고는 다시 리에코를 내려다보았다.

"내 얼굴 보이나?"

리에코는 고개를 끄덕였다.

"쓰러졌어. 기억은 나나?"

한 번 더 고개를 끄덕였다. 그러고는 말라서 붙어 버린 듯한 입을 열어 겨우 목소리를 냈다.

"의사 선생님이세요?"

흰 옷을 입은 노인이 아니라 가와노의 얼굴을 보며 물었다. 그는 고개를 끄덕였다.

"옆 빌딩에 계시는 의사 선생님입니다."

리에코는 머리를 움직여 의사를 쳐다보았다.

"일어나도 될까요?"

어지럽진 않은지, 토할 것 같지는 않은지 등 몇 가지 질문을 한 후 리에코가 괜찮다고 하자 의사가 손을 잡아 일으켜 주었다.

응접용 소파에 누워 있었다. 빈혈을 일으킨 사람에게 하는 것처럼 다리를 약간 높이 둔 채 가슴까지 담요가 덮혀 있다. 의사는 의자를 끌어당겨 앉아 있었고 가와노는 테이블 모서리에 걸터앉아 있었다. 리에코가 몸을 일으키자 그가 일어섰다.

"기분은 어때요?"

"조금 귀가 먹은 듯한 느낌이에요."

이런 일은 처음인지, 어디 달리 아픈 데는 없는지, 빈혈증이 있다는 얘기는 들은 적 없는지, 흰 가운을 입은 의사가 심각한 표정으로 리에코에게 이것저것 물었다. 사월에 있던 정기 검진에서는 아무 이상이 없다는 진단서를 받았다고 대답하자 의사는 과장되게 얼굴을 찌푸렸다.

"단체 검진은 믿을 게 못 돼. 아가씨, 혹시 어렸을 때 넘어져서 머리를 부딪힌 적은 없어?"

"아니요, 없는데요."

"모르는 일이라고. 기억도 믿을 게 못 되거든. 아버지나 어머니한테 물어보는 게 좋겠어. 빈혈도 아닌데 당신 나이에 이렇게 갑자기 정신을 잃는다는 건 가벼운 일이 아니야. 나쁜 얘기는 안할 테니, 큰 병원에 가서 제대로 검사를 받아 봐. 가능하면 CT 스캔 검사를 받아 보라고. 뇌에 이상이 있을지도 모르니까."

의사를 밖까지 배웅하고 가와노가 다시 소파 쪽으로 다가왔다.

"이렇게 폐를 끼쳐 죄송해요."

이상하게도 그렇게 기묘한, 현실의 밑바닥이 꺼진 듯한 감각에 빠져 쓰러졌는데, 지금은 멀쩡하다. 목소리도 제대로 나온다.

"놀라셨죠? 꽈당 하고 쓰러지던가요?"

"그렇진 않았고 뭐랄까, 이렇게…… 돌고 있던 팽이의 속도가 줄어들면서 서서히 쓰러지는 것 같은 느낌이었지."

가와노는 다시 테이블 모서리에 걸터앉으며 대답했다. 리에코보다도 가와노 쪽이 더 초췌해 보인다.

그의 웃옷 주머니가 반쯤 찢어져 너덜거리고 있다. 그러고 보니 카펫도 없는 바닥에 쓰러졌는데 몸과 머리에는 부딪힌 상처나 혹도 없다. 이 모든 걸 종합해 보고는 그만 미안해졌다.

아마도 쓰러지는 나를 가와노 씨가 몸으로 받았겠지. 그때 내 손이 그의 웃옷 주머니를 잡는 바람에 저렇게 찢어졌을 테고.

그런 상상은, 마치 직접 손에 닿은 것처럼 마음속 깊은 곳에 와 닿았다.

"이러는 거 정말 처음이에요?"

리에코는 고개를 끄덕였다.

"어릴 때부터? 한 번도 없었나?"

"저는 건강한 애였거든요. 다섯 살 때 뇌염에 걸려 죽을 뻔한 적이 있긴 하지만, 부모님께 걱정을 끼친 건 그때뿐이었어요."

"다섯 살이라…….."

손에 턱을 괴고서는 한동안 꼼짝 않는다.

"이상한 꿈을 꾸는 일과 오늘 일어난 일이 뭔가 관계가 있지는 않을까?"

"어떻게요?"

"어느 쪽이든 당신의 여기에서―," 가와노는 손을 들어 자신의 관자놀이 부근을 가리켰다. "일어나는 일이니까요."

"그럴까요."

"뭐, 전문가도 아닌데 속단하는 건 위험하지만. 일단 한 번쯤은 병원에 가서 진찰을 받으라고."

갑자기 윗사람이라도 된 듯 명령조로 말한다.

"삼십 분 정도 더 누워 있어요. 나중에 택시를 불러서 집까지 보내 줄 테니까."

"가와노 씨."

리에코가 말했다.

"음?"

"종이랑 연필 좀 주실래요?"

담요 위로 손을 살짝 움직여 본다. 괜찮다. 손가락도 제대로 움직인다. 저리지도 않다.

"조금 전 잠든 사이에도 꿈을 꿨어요. 그걸 그려 보려고요."

거짓말이 아니었다. 의식을 잃었을 때 또 그 교차로의 광경을 본 것이다. 게다가 이번에는 새로운 것이 등장했다.

"차가 있었어요."

"차?"

"예, 엔진 소리는 예전에도 쭈욱 들렸잖아요. 그런데 이번에는 차가 보였어요. 조금 별난 색의 승용차였고 해치백이었어요. 하늘색인데 차체의 옆 부분만 나뭇결 무늬가 있었어요."

"우드 패널인가."

"그렇게 부르나요? 잘 몰라요."

"정말로 하늘색이었나?"

"예, 이상한 건가요?"

가와노는 눈을 깜빡였다. 눈은 이쪽을 보고 있지 않았다.

"아니, 별로."

사무용 노트 뒷면에 리에코가 연필로 그림을 그리는 동안 그는 밖에 나가 근처 문방구에서 색연필을 사 왔다.

"색도 한번 칠해 봐요."

시킨 대로 하늘색 색연필을 꺼내 차체를 칠했다. 종이 위에 꿈이 재현되어 가고 있다. 너무나 선명하게 기억이 나 자신도 깜짝 놀랄 정도다.

"차 번호는 기억이 나지 않는데, 운전하던 사람은 남자였어요. 그리고 한두 사람 정도가 더 타고 있었던 것 같아요……."

"오른쪽 핸들이었나?"

"네…… 맞아요, 그랬어요."

그 꿈에는 역시 무언가 의미가 숨어 있는 걸까? 그림을 그리면서 자꾸 그런 생각을 했다. 하지만 처음 꿈을 꾸기 시작할 무렵 느꼈던 숨 막히는 불안감을 느끼지는 않았다.

이제는 혼자가 아니기 때문이다. 리에코는 생각했다. 같은 편이 있다. 실제로, 그림을 그리는 동안 가와노가 팔꿈치 바로 옆, 조그만 움직임이라도 금방 전해질 정도로 가까운 거리에 있다는 사실은 묘하게 리에코를 안심시켰다.

다 그린 그림을 그에게 건네준 리에코는 두 손을 내리고 얌전하게 기다렸다. 아주 오랫동안 그는 그림을 손에 든 채, 리에코가 옆에 있다는 사실도 잊은 듯 꼼짝도 하지 않고 그림을 내려다보았다.

가와노는 그림을 보는 도중 몇 번이나 눈을 가늘게 떴다. 마치 예전 기억을 되살리기라도 하는 것 같다…….

그렇게 생각하며 가와노의 옆얼굴을 바라보다 눈을 크게 떴다.

눈꺼풀을 뜰 때 소리가 났을 리도 없고 미세한 움직임이 공기를 흐트러뜨렸을 리도 없는데, 가와노는 그녀가 눈을 동그랗게 뜬 걸 눈치 챈 모양이다. 이쪽으로 고개를 돌린다.

"이상한 얘기라고 웃지 마세요."

리에코 자신도 반신반의하며 얘기를 시작했다.

"가와노 씨, 이 차 어디서 본 적 있죠? 그래서 이제까지와는 다르게 열심히 들여다보는 거죠? 색도 칠하고……. 그렇게까지 신경을 쓰는 이유도 이 차에 뭔가 짐작이 가는 게 있어서 그러는 거 아니에요?"

괜한 걸 물었다 싶어 후회할 정도로 오랫동안 뜸을 들인 후, 하지만 리에코가 표정을 바꿔 웃으며 "그런 말도 안 되는 일이 있을 리 없죠"라고 말할 여유는 주지 않고, 그가 고개를 끄덕였다.

"사실대로 말하자면 본 기억이 있어요."

리에코는 두 팔을 감싸안았다.

"어디에서요?"

대답하기 전 상당히 오랫동안 가와노는 입술을 일그러뜨리며 뭔가를 생각했다. 마치 치통이라도 온 듯이.

"어디에서 보셨어요?"

리에코가 목소리에 힘을 주어 한 번 더 물어보자, 그는 겨우 대답했다.

"아니, 착각인지도 몰라. 잊어버려요."

그는 그렇게 말한 후 자리에서 일어나 리에코 곁을 떠났다.

잠깐이었지만 도망치는 듯이 보였다.

5

병원은 무척 붐벼서, 정밀 검사 예약을 하기란 쉬운 일이 아니었다. 고생고생하며 아파트에서 가까운 종합 병원에 반나절 코스의 건강 검진을 예약하는 데는 성공했지만, 열흘이나 기다리지 않으면 안 된다.

"그렇게 한가한 처지가 아닌데."

리에코는 입을 삐죽거렸다. 의사에게 간다고 해서 뾰족한 수가 있는 것도 아닌데.

"그러면 안 돼. 일단은 제대로 한번 진찰을 받아 봐요."

가와노에게 한마디 들은 탓에 마지못해 예약을 취소하지 않고 기다리기로 했다. 혼자였으면 분명 예약 따위 취소하고 병원 반경 일 킬로미터 이내로는 접근하지도 않았으리라.

열흘 사이에도 꿈은 매일 밤 찾아왔다. 그리고 또 새로운 것이 나타났다.

이번에 보인 것은 자전거였다.

자전거가 처음 모습을 드러낸 것은, 하늘색 자동차가 보인 지 나흘 후였다. 바퀴살을 하얗게 칠하고, 안장을 덮은 검은색 커버의 가장자리가 찢어져 살짝 뒤집힌 자전거였다. 어른용 사이즈로, 차체가 튼튼해 보였다. 리에코의 꿈속에서 자전거는 도로 위에 쓰러져 있었다.

사람은 없다. 자전거 옆에는 아무도 없다. 그리고 자전거가 있는 곳이 교차로로 이어진 두 도로 중 어느 쪽인지, 달려오는 하늘색 차가 어느 길을 통해 교차로로 들어오는지, 거기까지는 아직 알 수 없었다. 꿈속에서는 위치 관계도 시간 순서도 분명하지 않다. 자전거와 자동차는 동시에 한 장소에 있는 것처럼 보이기도 했고, 다른 장소 다른 시간에 있는 것처럼 느껴지기도 했다.

리에코는 매일 밤 스케치를 했다. 그리고 서로 시간이 맞는 한 거의 매일 가와노의 사무실에 들러 그에게 그림을 보여 주었다.

리에코의 그림 속에 자전거가 나타났을 때, 그의 얼굴에는 감출 수 없이 놀란 표정이 떠올랐다. 리에코는 언제나처럼 그의 맞은편에 앉아 있었으나, 자신도 모르는 사이에 머리가 맞붙을 정도로 가깝게 몸을 앞으로 내밀었다.

"괜찮으세요?"

말을 걸어도 처음엔 대답이 없었다. 가와노의 시선은 그림 속의 자전거에 못 박혀 있었고 입가는 굳어 있었다.

"가와노 씨!"

큰 소리로 불러 보았다. 그것도 안 되면 팔을 잡고 흔들 생각이었다. 그제야 그의 눈이 제자리로 돌아왔다. 천천히 얼굴을 든다. 생각지도 못한 가까운 곳에 리에코의 눈이 있었기 때문인지, 가와노는 몸을 일으켜 등받이에 기대고 숨을 내쉬었다. 그러고는 내쉰

입김에 흩어져 버린 미세한 먼지라도 관찰하듯 신중하게 리에코의 눈을 들여다보았다.

"정말로 이 자전거를 봤어?"

고개를 끄덕이기가 무서웠다. 거짓말이라고 말하고 싶었다.

"이 자전거도 본 적이 있어요?"

말끝이 살짝 떨렸다. 목이 막혀 왔다. 왜? 왜 내 꿈속에 나오는 것들이 당신 기억 속에 있지?

"있어"라고 낮게 말하며 가와노는 자전거의 짐받이를 가리켰다.

"그런데, 이 부분이 좀. 꿈속에서 본 자전거가 혹시 여기에 하얀 상자를 달고 있지는 않았나?"

"잘 모르겠어요……. 봤을지도 모르지만 기억나지 않아요."

무슨 의미라도 있느냐고 묻자 가와노가 대답했다.

"보통 때는 하얀 상자를 달고 다니거든. 안에는 서류가 들어 있지."

"서류……."

"당신이 알 만한 걸로 설명하자면…… 맞다."

가와노는 잠시 생각했다.

"방범 연락 카드라는 거 혹시 본 적 없나? 지금 아파트로 이사했을 때 순경이 가지고 들렀을 텐데."

"주소라든가 회사 이름 등을 써서 내는 서류? 파출소에 내는 거 말이에요?"

그러고 보니 그런 게 있었다.

"이 자전거—."

"맞아요. 제복을 입은 순경이 타는 순찰용 자전거예요."

그게 왜 내 꿈속에 나타나지? 리에코가 그것을 물어보려는 찰나 그가 선수를 쳤다.

"당신 고향이 어디였더라?"

"그건 왜요?"

그는 엷게 웃었다.

"어딘지 물어본 적 없지? 너무 멀면 무리겠지만 가까운 곳이라면 휴가를 받아서 한번 가 볼까 해서."

"그래요?"

리에코는 자리에 고쳐 앉은 후, 약간 떨어져서 그의 얼굴을 바라보았다. 요즘 자주 보는 얼굴이지만 동시에 그녀가 아직 모르는 부분을 감추고 있는 얼굴이기도 하다.

그래서 아직 정확한 것은 모른다. 상상할 수밖에 없다. 그렇지만 지금 가와노가 특별한 의미는 없는 양 던지는 질문의 밑바닥에 리에코가 생각도 못할 정도로 깊은 의미가 숨겨져 있다는 사실만은, 공기 속에서, 그의 숨 속에서 느낄 수 있었다.

"저희 아빠는 은행에서 근무하셨어요. 그래서 전근이 무척 잦았기 때문에 고향이라 부를 만큼 오래 산 곳이 없어요."

그건 사실이었다. 가와노는 리에코의 말을 음미라도 하듯 뜸을 들였다. 그러고는 낮고 평탄한 말투로 물었다.

"가타하시라는 곳에 살았던 적은 없어? 사이타마 현인데."

있다. 리에코는 고개를 끄덕였다.

"제가 초등학교 올라가기 전인데요. 이 년 정도 살았나. 전에 애기한 적 있잖아요. 뇌염에 걸려 죽을 뻔했다고. 그게 가타하시에 살던 때였어요."

"가타하시의 어디 부근이었는데?"

어슴푸레 기억하고 있는 주소와 당시 살고 있던 동네의 풍경을 설명하자 가와노는 알아들은 모양이다.

"당신도 가타하시에 산 적이 있어요?"

물어보았지만 대답하지 않았다. 질문 자체가 귀에 안 들어오는 것 같기도 하다.

"뭐가 잘못되기라도 했어요?"

확실히 뭔가 잘못됐다. 가와노의 어깨가 리에코의 눈에는 보이지 않는 무거운 짐을 진 듯 굳어 있었다.

오랫동안 그는 말이 없었다. 허공을 향하고 있는 시선은, 사무실의 벽에 있는 물 얼룩을 세고 있는 듯 보이기도 했고 졸려서 멍해 있는 듯 보이기도 했다.

잠시 후 그가 들릴까 말까 한 낮은 목소리로 말했다.

"내일부터 하루나 이틀 정도 어디에 좀 다녀와야 할 것 같아."

리에코의 머릿속에 온갖 생각이 떠올랐다. 내 일 때문에 조사하러 가나? 그러면 나도 따라가도 될까? 어디로 가지? 지금 무슨 생각을 하는 걸까?

결국 입에 올린 말은 이것뿐이었다.

"당신이 없는 사이 또 이상한 발작이 일어나면 어떻게 해요?"

투명한 나뭇진 같은 두꺼운 침묵에 갇혀 아무것도 안 들리게 되고 감각을 잃어버린다. 그 무서운 현상은 점점 간격을 좁히며 빈번

하게 리에코를 덮쳐 왔다. 그게 두려워 회사도 쉬게 되었다.

가와노는 리에코의 얼굴을 보았다.

"아파트에서 나가지 말고 얌전히 있어요."

지극히 낮은, 속삭이는 듯한 목소리로 그가 말했다.

"매정하게 들리겠지만, 지금으로선 그 수밖에 없어. 누군가가 같이 있어도 발작이 일어나면 할 수 있는 게 아무것도 없으니까."

"……나을 거라고 생각해요?"

"나을 거야."

"원인을 찾아 줄 거예요?"

가와노는 크게 한숨을 쉬고는, "아마도"라고 말하며 살짝 웃었다.

삼 일간 가와노는 사무소를 비웠다. 다른 업무도 있던 모양이지만 급히 취소하고, 상당히 무리하게 일정을 변경해 가며 나섰다고 했다.

이틀 하고 반, 리에코는 그가 말한 대로 아파트에서 꼼짝도 않고 지냈다. 그 사이 두 번, 짧았지만 그 '공백'의 발작이 일어났다. 두 번 다 발작이 일어나자마자 리에코는 혹시라도 쓰러지지 않도록 그 자리에 털썩 주저앉았고, 가능할 때는 옆으로 누웠다.

'공백'의 발작이 일어나면 주위의 소리가 들리지 않게 된다. 하지만 이번에 두 번의 발작이 일어났을 때는 묘한 소리를 들었다. 폭발음 같은, 뭔가 터지는 소리였다. 뭔지는 알 수 없었지만 일상생활에서 쉽게 들을 수 없는 류의 소리라는 것쯤은 리에코도 상상할 수 있었다.

그것이 그녀를 겁먹게 만들었다.

삼 일째 오후에는 더 이상 참지 못하고 가와노의 사무실로 발걸음을 옮겼다. 입구에는 자물쇠가 걸려 있고, 열쇠를 어디에 두는지 리에코는 모른다. 가와노도 나름대로 생각한 바가 있어 일부러 가르쳐 주지 않은 모양이다.

다행히 이제 밖에 있어도 그다지 춥지 않은 계절이었다. 리에코는 스커트를 펼치고 빌딩의 복도, 503호 앞에 앉아 무릎을 끌어안았다.

오후 내내 그렇게 앉아 있었지만 지나가는 사람 하나 없었다. 엘리베이터가 움직이는 소리는 들렸지만 건물로 들어오는 사람은 없다. 어쩌면 오층에만 드나드는 사람이 없는지도 모른다.

아무리 그래도 그렇지, 영업을 하려면 사람이 많은 곳에 가서 하는 편이 나을 텐데……. 무릎 위에 머리를 얹고선 꾸벅거리며 그렇게 생각했다.

확실하게 물어본 적은 없지만 가와노는 몇 살이나 되었을까? 리에코보다 스무 살 넘게 연상은 아닌 듯하지만, 대략 그 연배 같기는 하다.

조사 사무소를 열기 전에는 무슨 일을 했을까? 역시나 경찰관이었을까? 그렇다면 왜 그만두었을까? 독신으로 보이는데 가정을 가진 적은 있을까? 자식은 있는 걸까? 아침에 일어났을 때 가장 먼저 하는 일은 뭘까? 그때 데리고 간 강아지는 집에서 키우고 있을까? 누군가 개를 돌봐 줄 사람이 있는 걸까?

그날 저녁 그녀는 복도에서 자고 있다가 가와노가 흔드는 바람에 정신을 차렸다. 몸이 차가워져 있었다.

"지금 몇 시?"

"열시 넘었어."

눈을 부비며 얼굴을 들자, 가와노 옆에서 전에 보았던 빡빡머리 형사가 이쪽을 내려다보고 있다. 눈초리는 험악하고 찡그린 이마에는 주름이 잡혔다. 그 부분만 사람의 피부라고 생각할 수 없을 정도로 두꺼워 보이는 게 이상했다.

"젊은 아가씨가 이런 곳에서 자고 있다니 어처구니가 없구먼."

그가 굵은 목소리로 야단치자 리에코는 고개를 움츠렸다. 벽을 짚고 일어서는데 다리가 휘청거렸다.

"내가 배웅할 테니까."

형사가 가와노에게 말했다. 그러고선 리에코를 내려다보며 물었다.

"집이 어디야?"

마치 끌려온 여중생에게 얘기하는 듯한 말투다.

"그렇게 무서운 얼굴 하지 마세요."

리에코는 말하면서 가와노를 보았다.

"역시 발작이 일어났어요. 너무 무서웠어요. 뭔가 이상한 소리가 들리는 거예요. 어찌해야 할지 몰라서, 결국 여기로 올 수밖에 없었어요……."

가와노는 물끄러미 리에코를 바라보았다. 머리라도 헝클어져 있나 싶어서 리에코는 손을 들어 머리를 매만졌다.

조금 피곤해 보이는 얼굴로 한숨을 쉰 가와노는 문을 열고 리에코를 재촉했다.

"일단 안으로 들어가. 얘기는 들어가서 듣자고."

빡빡머리 형사도 말없이 따라 들어왔다. 뜻밖이었기 때문에 리에코는 눈을 동그랗게 뜨고 항의라도 하듯 형사를 쳐다보았다.

"나도 저치랑 해야 할 얘기가 있거든. 끼어든 건 그쪽 아닌가, 아가씨?"

빡빡머리 형사가 말했다.

뭐라 대꾸할 말이 없어 리에코는 가와노 쪽으로 돌아섰다. 무의식적으로 어린아이처럼 두 손으로 치맛자락을 꼬옥 쥐었다.

"가와노 씨……."

그와 형사 사이에 짧은 무언의 대화가 오고 갔다. 두 사람 모두 다루기 까다로운 것을 신중하게 주고받는 듯한 얼굴이었다.

잠시 후 빡빡머리 형사의 입에서 굵은 한숨이 새어 나왔다.

그는 "커피라도 한잔하고 올게"라고 말한 후 밖으로 나갔다.

"미안." 가와노는 가볍게 사과하고는 리에코 쪽으로 몸을 돌려 앉았다.

"자, 무슨 일이 있었는데?"

한 시간쯤 후 형사가 돌아왔을 때는 얘기가 모두 끝나 있었다. 발작에 새로 더해진 요소인 폭발음 얘기를 하고 나자 마음이 무척 가벼워졌다.

자리에서 일어선 리에코는, 어디서 밥이라도 먹고 왔는지 이쑤시개를 물고 있는 형사에게 일부러 정중하게 머리를 숙였다.

"기다리시게 해서 죄송합니다, 형사님."

형사는 머쓱해졌는지, 조용하던 사무실이 떠나갈 듯 큰 소리로 헛기침을 하고는 "괜찮아, 괜찮아" 하고 웃었다.

리에코는 몸을 돌려 가와노를 보았다. 그는 입가에 달래는 듯한 웃음을 짓고 있었다. 그 미소가 리에코에게는 위로가 되었다.

6

정밀 검사는 예정대로 끝났지만, 결과가 나오려면 이 주일 정도 기다려야 한다. 애초에 리에코는 '공백'의 발작이 병리적인 이유로 발생한다고는 생각하지 않았다. 처음부터 직관적으로 아니라는 걸 알고 있었다. 그래서 그다지 초조하지도 않았다.

도리어 가와노 쪽이 검사 결과에 대해 염려하는 듯 보였다. 특히 담당 의사가, 처음 발작을 일으켰을 때 진찰을 했던 의사와 마찬가지로, 어렸을 때 세게 머리를 부딪힌 적은 없는지 물어보았다는 얘기를 듣고는 무척이나 신경을 곤두세우는 눈치였다.

"정말로 그런 적 없었어?" 하며 몇 번이나 물어보았다. 그때마다 리에코는 고개를 저었다.

"적어도 제 기억엔 없어요."

"그럼 부모님께 여쭤봐. 가족 중 누군가는 기억하고 있을지도 모르니."

"그럴 필요 없어요. 자기가 다쳤던 일을 기억도 못할 정도로 건

망증이 심하진 않아요."

리에코는 정말로 그렇게 생각했기 때문에 한 말인데, 가와노는 조금 질렸다는 얼굴로 한숨을 쉬었다.

창 쪽으로 얼굴을 돌린 채 의자에 기대어 있다. 창밖을 바라보는 것도 아니고 눈앞에 가까이 있는 무언가를 보고 있는 것도 아니다. 다리를 꼬고 앉아 가끔씩 위에 올려진 오른발 발끝을 움직인다. 뭔가를 생각할 때 무의식적으로 하는 몸짓이겠지만, 리에코의 눈에는 문득 그것이 가와노가 그에게만 보이는 길을 더듬어 가고 있다는 신호처럼 보였다. 걸어서 먼저 가 버릴 것만 같다.

"전화해 볼게요."

말을 접시에 담아 내밀듯 리에코가 입을 열었다.

"물어볼게요."

그래도 한동안 대답이 돌아오지 않았다. 한참 후에야 리에코의 말은 듣지 않고 있었다는 표정으로 갑자기 다른 얘기를 꺼냈다.

"그 꿈 말인데."

"예."

"제일 처음 꾼 게 언제쯤이었지?"

리에코는 이상한 생각이 들었다. 그 얘기라면 지겹도록 하지 않았던가.

"여기에 처음 찾아왔을 때부터요. 하지만 그때는 꿈을 꾸기 시작한 지 보름 정도 지났을 거예요. 금방 마음먹고 찾아온 건 아니었으니까."

"그건 알고 있어." 가와노가 고개를 끄덕였다.

"그 이전에, 훨씬 더 옛날에 같은 꿈을 꾼 적은 없어?"

생각해 본 적도 없었다. 리에코는 멍해졌다.

가와노는 슬쩍 웃었다.

"기억이 안 나? 아니면 '꾼 꿈은 다 기억하고 있어요'인가?"

"그런 건 아니지만……."

"꿈을 꾸고 난 후 누군가에게 얘기했을 수도 있으니까, 집에 전화할 때 그 얘기도 물어보라고."

"기억하고 있을까? 가와노 씨는 남의 꿈 얘기 같은 거 기억해요?"

"부모님은 남이 아니잖아. 부모란 자식들의 일이라면 아무리 작고 시시한 거라도 전부 기억하는 법이니까."

진지한 표정으로 얘기하는 바람에 리에코도 잠자코 고개를 끄덕일 수밖에 없었다. 그 '부모란'이라는 표현은 자신의 실제 경험에서 나온 말이냐고 물어보고 싶었지만 그만두었다. 철모르는 아이처럼 굴어 봤자 보기 흉할 테니까.

우선, 질투하고 있는 것처럼 들린다. 아니, 사실 그렇긴 하지만 질투를 하는 것과 그걸 들키는 것은 완전히 차원이 다른 얘기다.

— 질투라고?

황급히 자신의 사고를 되짚어가며 그 말을 다시 꺼내 보았다. 시기하고 있다. 질투심을 불태우고 있다.

누구에게? 누구인지는 모르지만, 저 탐정 씨 옆에 있는 사람이겠지. 가족이라든가, 애인이라든가.

그의 사생활에 대해서 자신은 아는 게 하나도 없다. 단지 의뢰인

일 뿐이므로 알 권리도 없다. 일반적으로는.

하지만 정말로 그럴까? 나에게는 아무 권리도 없을까?

나는 지금 저 사람, 가와노 슈스케 한 사람만을 이렇게 의지하고 있는데. 그 정도는 봐줘도 되잖아?

그뿐만이 아니다. 자신이 가와노에게 있어 뭔가 특별한 의미를 가진 사람이라는 기분이 든다. 왜 그런지는 모르겠지만, 그런 확신이 든다. 그렇지 않으면 리에코의 꿈과 그의 과거가 싱크로할 이유가 없잖아.

이제까지 집에는 이 주일에 한 번 정도 전화를 걸었지만 그리 길게 얘기를 나눈 적은 없다. 게다가 엄마들이란 상당히 예민한 존재이기 때문에, '발작'을 일으켰다는 사실을 숨기면서 어렸을 적에 있잖아—하며 질문을 꺼내기 위해 리에코는 조심했다.

어찌어찌 물어보는 데는 성공했다. 리에코의 기억은 틀림없었다. 어린 시절 머리를 부딪힌 일은 한 번도 없었다. 엄마의 말이 그것을 뒷받침했다.

"내가 꿈을 꾸고 잠꼬대를 하거나 꿈이 무섭다고 운 적 있어?"

"그런 신경질적인 애는 아니었지만," 하며 엄마가 웃었다.

"딱 한 번 뇌염에 걸렸잖아? 그때는 정말 끔찍했지. 엄마나 아빠나 리에코가 잘못된 줄 알았어. 줄곧 헛소리를 해 댔으니까."

사십 도의 고열이 사나흘 계속 이어져 한때는 의사에게도 최악의 경우를 각오해 두라는 얘기까지 들었다고 한다.

"그러고 보니 딱 이맘때쯤이네. 네가 뇌염에 걸렸던 게."

"그랬나?"

"오월 말쯤이었어. 일 년 중에서도 가장 아름다운 계절인데 우리 아이는 죽어 가는 건가, 하고 슬퍼했으니까."

우습게도, 막상 죽을 뻔했던 당사자는 자세한 일을 전혀 기억하지 못하고 있다.

"내가 했다는 헛소리 말인데, 무슨 말을 했어?"

엄마는 으음 하는 소리를 내면서 잠시 생각에 빠졌다.

"확실히 말로 뭐라 설명할 수 있는 제대로 된 말은 아니었던 모양이네."

"그런가 봐."

어찌 보면 당연하다. 겨우 다섯 살이었던데다, 고열에 시달리고 있었으니.

"그런데, 무서운 남자들이 보인다는 말은 한 적이 있어. 병이 다 낫고 나서 한 말인데. 그때 무서운 꿈을 꿨다고 했지."

리에코는 놀랐다.

"정말이야?"

"정말이야. 기억 안 나?"

"전혀……."

"자세히는 모르겠는데, 자동차를 타고 너를 쫓아왔대. 아니, 네가 아니라 다른 사람을 쫓아갔다고 그랬던가?"

세상에, 말도 안 돼, 하고 생각하면서도 이것만은 물어보지 않을 수 없었다.

"그 차, 혹시 하늘색 아니었어? 내가 그 차의 색깔에 대해서는 얘기 안 했어?"

"으음……, 엄마도 거기까지는 기억이 안나."

갑자기 엄마가 약간 정색한 목소리로 리에코를 불렀다.

"그런데, 리에코."

"왜?"

"너 혹시 좋아하는 사람 생긴 거 아니니?"

말문이 막혔다.

"왜 그렇게 생각하는데?"

엄마가 웃었다.

"난데없이 옛날 얘기를 물어보니까 그렇지. 자기도 기억 못하는 어린 시절 일을 끄집어내는 걸 보니, 좋아하는 사람이라도 생겨서 그 사람에게 네 옛날 얘기라도 하려나 싶어서."

"참 재밌는 발상이네."

엄마와 함께 웃으면서도, 절반은 맞았어, 하고 마음속으로 중얼 거리며 전화를 끊었다.

그날 저녁 가와노의 사무실에 가자 그 빡빡머리 형사가 또 와 있 었다. 오늘은 왠지 알고 지낸 지 십 년은 된 친구처럼 사근사근하 게 두 손으로 악수를 하며 걱정스러운 얼굴을 했다.

"저번에는 실례가 많았어. 병원에 갔다고 들었는데?"

리에코는 고개를 끄덕였다.

"그랬구먼. 다행이네."

빡빡머리 형사가 웃으며 창가에 서 있는 가와노 쪽을 쳐다보았 다.

"나는 여기서 이만."

298

가와노는 두 손을 바지 주머니에 찔러 넣은 채 어깨를 까딱했다.

"자, 그럼 안녕, 아가씨."

형사는 밝은 목소리로 인사를 건네고 문 쪽으로 걸어가다가, 불현듯 발길을 멈추더니 리에코 쪽을 돌아보며 웃는 얼굴로 말했다.

"이봐, 아가씨, 요즘 이 인간에게 좀 귀찮은 정보 수집을 부탁했거든."

이 인간이란 가와노 얘기다. 리에코는 키득키득 웃었다.

"그러시군요."

"그래서 좀 삐걱대는 것뿐이야. 아가씨를 방해할 생각은 조금도 없어."

그러더니 갑자기 한쪽 눈을 감고 얼굴을 찡그렸다. 눈에 티끌이라도 들어갔나 했는데, 그게 아니라 윙크를 하는 모양이다.

"안녕히 가세요."

웃으면서 형사의 뒤에 대고 인사를 한 후 가와노 쪽을 보았다.

"저 형사님, 이제 보니 마음씨 좋은 분 같네요."

"글쎄."

가와노는 창가에 서 있었다. 담배를 물고 약간 구부정하게 서서 석양이 지는 하늘을 바라보고 있다. 왠지 나이 들어 보였다.

그 옆에는 햇빛에 색이 바랜 명주 천 커튼이 드리워져 있었다. 그것 때문에 그의 모습마저 빛이 바래 보이는 듯하다고 리에코는 생각했다.

나한테 맡겨 주면 더 예쁜 걸로 바꿔 달아 줄 수 있는데. 말을 해 볼까? 커튼 바꾸지 않으실래요? 제가 괜찮은 인테리어 용품점을 하나 알고 있는데요.

머릿속에서 말을 고르며 잠시 거기에 열중해 있었다. '좋아, 이 거라면 괜찮겠어'라고 생각하며 말을 꺼내려는 순간―.

심장이 멎었다. 멈추기 직전 마지막으로 덜컥 하는 소리를 남긴 채.

없다. 가와노의 모습이 사라졌다. 방금 전까지 주머니에 손을 넣 은 채 느긋하게 서 있었는데.

문득 아래를 내려다보자, 리에코의 발밑에 카펫이 깔려 있었다. 본 적 없는 세련된 보라색, 아무리 생각해도 이 사무실과는 어울리 지 않는 물건이다. 밟는 느낌이 부드럽고 푹신하다. 털이 길어서 발끝이 잠겨 보이지 않았다.

발끝에서부터 오한이 밀려 올라왔다. 한 손으로 벽을 짚고 그 감 촉을 확인하면서 눈을 감고 머리를 힘껏 흔들었다.

눈을 뜸과 동시에 누군가에게 붙잡히는 것을 느꼈다. 순간 패닉 에 빠져 목소리를 삼키며 도망치려 했다. 그러다가 자신을 붙잡고 있는 게 가와노의 팔임을 겨우 깨달았다.

"또 발작인가?"

그녀의 몸을 끌어올리듯 안으면서 묻는다.

"제가 쓰러질 뻔했나요?"

물어보자 그가 고개를 끄덕였다.

"이번에는 조금 달랐어요. 뭔가 좀 이상했어요."

"어떻게 이상했는데?"

당신의 모습이 사라졌어요, 라고 말하지 못했다. 이곳이 처음 본 장소로 바뀌었다고 말하지도 못했다. 너무나 불길한 말처럼 느껴져서.

"아무것도 아니에요" 하고 억지로 웃어 보였다. 입술 끝이 조금 굳는 게 느껴졌지만 상관없었다. 그냥 웃자. 그러면 그저 우스운 일로 끝난다.

리에코가 쓰러지지 않겠다는 확신이 들자 가와노는 조심조심 손을 놓았다. 하지만 그녀가 조금 휘청거리자 바로 다시 붙잡았다.

"좀 누워."

엄한 목소리로 말하며, 거의 안듯이 해서 그녀를 소파 쪽으로 데리고 갔다.

이렇게 있으니 그의 체온이 느껴진다. 리에코가 체중을 싣자 단단히 받쳐 준다. 실체가 있는 체온이다.

바보 같은 리에코. 이 사람은 확실히 여기에 있어. 이렇게 느껴지잖아? 여기 있다고.

사라질 리가 없어.

주문처럼 그렇게 중얼거리면서도 한편으로는 이 확인이 허무한 것임을 느끼고 있었다. 야생 동물이 남쪽에서 불어오는 바람에 섞여 있는 폭풍우의 전조를 피부로 느끼듯, 신경의 맨 밑바닥에서 예감하고 있는 기분이었다. 퇴화해 버린 인간의 본능 중에서 딱 하나, 아직 남아 있는 건 자신이 필요로 하는 사람, 헤어지고 싶지 않은 사람과 작별해야 한다는, 죽기보다 더 무서운 사실을 인식하는 코드뿐이다.

리에코의 직감은 적중했다. 현실이 된 것이다.

하지만 그것은 생각지도 못했던 방향에서였다—.

다음 날의 일이었다.

정밀 검사의 결과를 들으러 병원에 들러야 했다.

될 수 있으면 가와노와 함께 가고 싶었다. 이유를 말하자면 이리
저리 꺾었다 한 바퀴 빙 둘러 말할 수밖에 없겠지만, 리에코는 의
사가 이상을 발견했으면 좋겠다고 생각했다. 측두엽에 그림자가 보
입니다. 이게 원인인 모양입니다. 그런가요, 그럼 수술을 해야 하
나요? 그렇습니다. 맡겨만 주십시오. 현대의 발달한 의료 기술이면
간단히 치료할 수 있습니다—얘기가 이렇게 진행되었으면 했다.

그렇게 되면 깔끔하게 마무리 지을 수 있다. 그냥 병 때문이었네
요, 하고. 말은 안 했지만 가와노 역시 그렇게 생각하고 있음을 느
낄 수 있다. 그렇기 때문에 더욱 같이 가서, 둘이서 의사의 설명을
듣고 싶었다. 혼자 보다는 둘. 둘이서 같은 소원을 빌면 현실을 좋
은 쪽으로 끌어당길 수 있을지도 모르니까.

가와노가 유급 휴가 신청만 하면 쉴 수 있는 마음 편한 신분이
아님은 알고 있었고, 빡빡머리 형사가 하는 얘기를 들어 봐도 지금
맡고 있는 사건이 그리 쉬운 일은 아닌 모양이라고 짐작할 수 있었
다. 그래도 어떻게 안 될까.

"그건 내가 끼어들 범주의 일이 아냐."

"제가 이렇게 부탁하는데도요?"

"일단 의사가 허락할 리가 없잖아. 보호자도 아닌 사람이 끼어드
는 걸."

"혼자 가기 불안해서 그래요……."

"그럼 시간을 봐서 나중에 마중을 갈게. 이 정도면 되지?"

타협적인 제안이었지만 그 이상은 무슨 수를 써 봐도 소용없었다. 결국 리에코는 혼자 사무실을 나섰다.

문 앞에서 힐끗 뒤돌아봤지만 가와노는 이쪽을 보고 있지도 않았다. 시선을 아래로 떨어뜨리고 멍하게 앉아 있는 듯 보였다. 창으로 들어오는 햇빛 탓일까? 관자놀이 부근의 흰머리가 유난히 도드라져 보인다. 리에코는 문을 쾅 하고 닫았다.

큰 병원에 가서 인내심이 가장 필요할 때는 시끄러운 대기실에서 계속 기다리고 있을 때다. 아픈 사람들만 모여 있을 텐데 왜 이렇게 시끄러울까. 한 시간 정도 가만히 앉아 있으니 머리가 지끈거리며 아파 왔다. 진찰실로 불려 들어갔을 때는 우리에서 탈출이라도 한 듯한 기분이었다.

결과는 이상 없음이었다.

엑스레이 사진, 진료 기록 카드, CT 스캔의 영상을 보여 주면서 담당 의사는 친절하게 설명해 주었다. 그러고 나서 다시 한 번 리에코가 호소하는 자각 증상을 확인했다.

"예전에는 그냥 현기증 같은 게 일어날 뿐이었는데요"라고 서두를 꺼낸 후, 있는 것이 사라지고 없는 것이 보이는, 바로 어제 나타난 증상을 설명했다.

"이상하죠? 이런 일이 있을 수 있나요?"

"인간의 뇌 안에서는 어떤 일이라도 일어날 수 있죠."

의사는 그렇게 말하며 리에코의 진료 기록 카드를 뒤적거렸다.

"하지만 현재로는 내과적인 이상은 안 보입니다. 이런 경우 저처럼 양심적인 의사는 보통 이렇게 얘기하죠."

"'조금 더 지켜봅시다' 말인가요?"

한발 앞서 리에코가 말했다.

쾌활한 목소리로 웃으면서 의사가 끄덕거렸다.

"맞아요. 그겁니다. 너무 걱정하지 마시고요."

결국 리에코는 가벼운 신경 안정제만 처방받아서 병원 건물을 나섰다. 시계를 보니 두 시간 정도 지났다.

외래 환자 전용 주차장 쪽으로 발걸음을 옮겼다. 가와노가 벌써 와 있을지도 모를 일이다. 마음이 급해졌다.

병원 구내는 넓고 통로가 복잡하게 얽혀 있어서, 표지판을 보고 따라가는데도 주차장이 금방 눈에 띄지 않았다. 겨우 찾아내서, 출입구 두 군데 중 사람들이 별로 드나들지 않는, 금속 문에 철망을 고정시켜서 보수한 듯한 게이트를 지나 콘크리트로 된 넓은 주차장으로 들어갔다.

주위를 둘러보다가 금방 찾아냈다. 지금 막 들어온 참이다. 가와노가 회색 차에서 내려 운전석 문을 닫고 있는 모습이 보였다.

그는 이쪽을 보지 못한 모양이다. 정면에 있는 게이트 쪽으로 향한다. 얼굴도 그쪽을 향하고 있다. 리에코는 양손을 들어 큰 소리로 불렀다.

"가와노 씨, 이쪽이에요."

발돋움하며 손을 흔들었다.

"여기요, 여기요."

그는 점점 멀어져 간다. 나를 못 봤나? 내 목소리가 안 들리나?

"그쪽이 아니라니까요. 나는 여기 있어요. 탐정 아저씨. 그쪽으로 가면 안 돼요."

그 순간 가와노가 이쪽을 돌아보았다. 별안간 누군가에게 얻어맞기라도 한 듯 경악한 얼굴이었다.

— 왜 저러지?

마음속으로 그렇게 생각했다. 그 순간, 언젠가 어딘가에서 이것과 똑같은 상황을 경험한 듯한, 두 개의 시간이 겹쳐진 것 같은 기시감이 솟구쳐 올라왔다. 어디선가, 이것과 똑같은 말을 한 적이 있어.

— 안 돼, 그쪽으로 가면 안 돼요.

그리고 그 공백을 일으키는 발작이 덮쳐 왔다.

7

아무리 빨리 가와노가 주차장을 전속력으로 가로질러 온다 해도, 이번만큼은 리에코가 콘크리트 바닥 위에 쓰러지기 전에 붙잡을 수 없었으리라. 일단 옆에 주차되어 있던 차의 보닛 위로 쓰러졌기 때문에 머리나 등을 세게 부딪히는 것은 피할 수 있었지만, 오른쪽 팔목에 골절상을 입고 말았다.

상처 자체는 입원할 정도까지는 아니었으나, 정밀 검사 결과 이상 없다는 진단을 받은 직후 졸도했다는 사실이 의사들에게는 불안했던 모양이다. 일주일 동안 입원해서 진찰을 받기로 했다.

그사이 가와노에게 설득당해 리에코는 하는 수 없이 부모님께 연락을 했다. 깜짝 놀란 엄마가 달려왔지만 리에코는 골절상을 입기까지의 사정은 거의 설명하지 않았다. 물론 꿈이나 발작에 관한 이야기도. 주차장에서 쓰러진 이유 역시 단순한 빈혈 때문이라고 둘러댔다.

문제는 가와노의 존재였다. 엄마에게 도무지 설명할 수 있는 길이 없다. 탐정을 고용했노라고 하면 깜짝 놀라 펄펄 뛸 테니까. 입 다물고 모른 척하는 게 최선이라고 리에코는 생각했다.

그런데 당사자인 가와노는 모든 사정을 어머니에게 밝히고 그의 정체에 대해서도 명확하게 하는 편이 좋다고 그러는 거다.

"안 돼요. 이 얘기를 엄마가 알면 당신을 그만두게 할 거예요."

"모가지가 날아가도 내가 피해 볼 일은 없는데, 뭘."

가와노의 말에 충격을 받았다. 이렇게 매정할 수가.

"나를 그냥 버려둘 작정이에요?"

가와노는 웃었다.

"오버가 심하군. 그런 말이 아니야. 단지 당신은 아직 어린데다 혼자서 이런 큰 문제를 처리하는 건 아무래도 무리니까. 그러니 어머니께 상의 드리는 편이 좋다는 말이지. 그러고 나서 내가 조사를 계속하면 문제가 없잖아?"

리에코는 경계하는 듯한 자세를 취했다.

"절대 안 돼요."

"왜?"

"엄마가 내 말을 믿어 줄 리가 없거든요."

"얘기도 안 해 보고 어떻게 알아?"

"안다니까요!"

자신도 모르게 큰 목소리를 냈다. 빈 침대 한 칸 건너편에 누워 있던 젊은 여자 환자가 놀랐는지 베개에서 머리를 들었다.

눈치를 살피듯 그쪽을 잠깐 본 후 가와노가 타이르는 목소리로 말했다.

"어떻게 안다는 거야? 큰 소리 안 내도 되니까 그냥 설명해 봐."

어떻게든 가슴속에 막혀 있는 말들을 다 꺼내 그에게 보여 주고 싶었다. 알아주었으면 했다. 소란을 피우고 싶진 않다. 누가 울까 보냐. 하지만 그렇게 생각하면 생각할수록 말은 말라 버리고, 대신 이라도 하듯 눈물이 흘러내렸다.

"ㅡ궁금하지 않아요?"

겨우 입을 열어 한마디를 던졌다. 하얀 침대 시트 위에 눈물이 뚝뚝 떨어졌다.

"뭐가?"

가와노의 목소리가 푹 숙인 머리 위에서 들려온다.

"당신은 뭐가 궁금한데?"

흐느끼면서 리에코는 입을 열었다.

"내 꿈에 당신의 기억 속에 있는 것이 나타나잖아요. 안 그래요? 그렇잖아요. 그런데 왜 관심을 가져 주지 않는 거예요? 왜 날 중간 에 그냥 버리려고 해요?"

그렇게 말하고 나자 우는 것 외에는 할 수 있는 일이 없었다. 약

냄새 나는 시트를 깨물면서 계속 울었다.

자신에게 그런 체력이 있는 줄은 몰랐다. 리에코도 놀랐다. 두 시간 가까이 울었다고 한다. 울다 지쳐 깜박 졸다가 눈을 떴을 때 침대 옆 스툴에 앉아 있던 가와노가 말해 주었다.

그 역시 피곤한 얼굴을 하고 있었다. 퉁퉁 부은 눈을 누르며 침 대에서 일어난 리에코 쪽으로 의자를 끌어당겨 앉고는 말했다.

"중간에 버리거나 하진 않을 테니 안심해."

"정말이에요?"

그는 말없이 끄덕였다.

"조사를 계속해 주는 거죠?"

한 번 더 깊게 끄덕인다.

"할 수 있는 일은 다 할 테니까. 단서가 될 만한 게 없는 상황도 아니고."

리에코는 눈이 확 떠졌다. 단서라고? 그런 얘기는 이제까지 한 번도 한 적 없었는데.

"게다가⋯⋯." 희미한 미소를 띠며 가와노가 말을 이었다.

"나 역시 관심이 없지는 않다고. 당신과 나 사이에 얽혀 있는 것 이 무엇인지 말이야."

병원 주차장에서 쓰러지고 나서 보름 후, 리에코는 가와노를 따 라 그의 차를 타고 어린 시절에 살았던 가타하시로 갔다.

여기로 돌아오면 수수께끼가 풀릴 거라고 가와노가 말했다. 공 기 중에 초여름의 향기가 떠다니는 해질 무렵에, 가타하시의 어딘 가, 의식 속에서는 어린 시절의 기억 어디에도 남아 있지 않은 장소에 도착했다. 손을 빌려 차에서 내려서 그의 팔에 의지하며 기대어 섰다. 그 순간 리에코는 그가 한 말의 의미를 알 수 있었다.

교차로였다. 꿈에 나타나던 바로 그 장소다.

"여기였구나⋯⋯."

주위를 둘러본다. 꿈에서 봤던 것처럼 깨끗하고 선명하진 않다. 기울어져 가는 거무튀튀한 벽의 목조 건물, 별로 건강해 보이지 않는 가로수들에 둘러싸인 어디에라도 있음직한 교차로다. 꿈에서 봤던 것보다 훨씬 작은 교차로였다. 지나다니는 차도 거의 없다. 일단 신호등은 달려 있긴 한데 싶은, 마을 안 사거리. 지도상에서 표식으로 쓰기도 힘들 정도다.

하지만 분명히 이곳이었다. 이곳 외의 다른 장소일 리가 없다. 희미했던 기억이 현실의 시각과 결합하면서 정착액을 뿌린 양 천천히 마음속에 새겨진다.

꿈속에서 봤던 기울어진 전신주는 없었다. 이십 년 사이에 철거당한 모양이다. 하지만 멋진 산울타리와 새빨갛게 피어 있는 진달래에 둘러싸여 있던 집은 남아 있다. 꿈에서 본 집보다는 낡았지만 진달래의 붉은 빛깔은 눈이 시릴 정도로 선명했다.

지금 이렇게 바라보고 있는 풍경이 진짜다. 꿈속에서 봤던 교차로의 풍경은 왠지 색상 조정을 잘못한 화면을 보는 느낌이었다. 리에코의 기억 재생 장치의 눈금이 조금 잘못되었던 모양이다.

"이십 년 전, 바로 앞에 있는 민가에서 끔찍한 강도 사건이 있었어."

조용한 말투로 가와노가 말했다.

"밤 열한시쯤이었을까. 다들 막 잠이 들었을 즈음이야. 일가족 네 명이 모두 살해당하는 사건이 일어났지. 범인은 삼인조로, 그중 둘은 총신을 짧게 자른 산탄총을 가지고 있었어. 첫 번째 목적은 돈이었지만 원한 관계도 있었던 모양이야."

리에코는 그의 얼굴을 바라보았다.

"어떻게 그렇게 자세하게 알고 있어요?"

"관계자 중 하나였으니까."

그의 팔을 붙잡은 채 한 발 떨어져서 마치 조각이라도 보듯이 가와노를 빤히 쳐다보았다. 가와노도 리에코를 마주 보았다.

"경찰이었어. 순경이었지. 배속된 지 얼마 안 된, 고작 스무 살짜리 애송이었어."

"이 동네에서?"

"그래, 태어난 곳은 아니지만 말이야."

교차로는 한적했다. 방금 전에 형제로 보이는 남자아이 둘이 차를 갓길에 세워 두고 서 있는 두 남녀를 이상하다는 표정으로 쳐다보면서 지나갔다. 그뿐이었다.

"그 강도들은, 아까도 말했지만 총으로 무장하고 있었기 때문에," 가와노가 말을 이었다. "경찰이 현장에 도착했다고 해도 한두 명으로는 범인들을 못 막았을 거야."

"도리어 살해당했을지도 모르고요."

몸을 움츠리며 리에코가 말했다.

"당신은 그 현장에 없었죠?"

속삭이는 듯한 목소리밖에 나오지 않았다.

"아니면 현장에 갔나요?"

"원래대로라면 현장에서 범인들과 맞닥뜨리게 되어 있었어."

낮은 목소리로 천천히 말하며, 가와노는 눈을 들어 교차로 너머 좁은 길을 바라보았다. 길 한쪽에는 콘크리트 벽이 서 있었다.

"저쪽 길에서 와서 사건이 발생한 민가 앞을 지나가게 되어 있었어. 순찰 코스가 그렇게 정해져 있었거든. 언제나 일정한 시간에 같은 장소를 지나도록 되어 있었고. 이런 것들을 맞춰 봤을 때, 원래대로라면 사건이 일어난 시각에 나는 그 집 앞을 지나가고 있어야 했지."

하지만 그렇게 되지 않았다.

"내가 어디에 있었냐 하면 말이야."

리에코를 앞세우고 횡단보도를 건너 좁고 작은 길로 들어가 왼쪽에 콘크리트 벽이 나타난 곳에서 그는 발을 멈추었다.

"여기에 있었어."

그가 가리킨 장소는 리에코도 본 적이 있다. 꿈속에서 자전거가 쓰러져 있던 곳이다.

낮은 산울타리가 있었다. 도로에서 조금 떨어진 곳에 작은 집 한 채가 덩그러니 서 있다.

"여기서 사람을 찾고 있었어. 작은 여자아이를."

"여자아이?"

가와노는 고개를 끄덕였다.

"자전거로 순찰을 돌고 있던 신참 순경을 부르는 목소리가 갑자기 들려오는 거야. 작은 어린아이 목소리로, '그쪽으로 가면 안 돼요. 이쪽이에요, 이쪽' 하고."

리에코는 몸이 굳었다. 아아, 내 목소리다. 꿈속에 울려 퍼지는 어린 시절의 내 목소리—.

다섯 살 때?

"귀여운 목소리였는데 필사적이었어. 신경이 쓰여 견딜 수가 없었지. 그래서 자전거를 세운 다음 회중전등을 한 손에 들고 이 주위를 찾아 헤맸어. 자신을 부르는 여자아이가 어디 있나 하고."

그때 총성이 울렸다.

공백의 발작이 일어났을 때 내가 들었던 폭발음 같은 소리다— 리에코는 생각했다. 그 소리는 이십 년 전의 심야에 이곳에서 울렸던 총성이었던 것이다.

"놀란 순경이 황급히 현장에 출동했을 때는 범인들이 모두 도망친 후였지."

리에코도 어떻게 된 이야기인지 조금씩 알 것 같았다.

"범인들이 도망칠 때 타고 간 것이 하늘색 자동차 아니었나요?"

잠시 뜸을 들인 후 가와노가 대답했다.

"맞아, 우드 패널이 있는 하늘색 승용차였어."

리에코는 눈을 감았다. 꿈에서 본 하늘색 자동차—.

"그렇게 젊은 순경은 범인들을 놓치고 말았어. 하지만 결과적으로는 운이 좋았다고도 할 수 있지. 범인들과 정면으로 맞부딪쳤다면 그쪽은 세 사람에 이쪽은 단 한 명, 아마도 총에 맞아 죽었을 테니까."

작은 여자아이가 부른 덕에, 목숨을 구했다…….

"하지만 그 때문에 경찰을 그만뒀잖아요."

"반드시 그래서만은 아니야."

가와노는 웃었다. 리에코를 안심시키는 동시에 살짝 애를 태우는 듯한, 관록이 느껴지는 웃음이었다. 살다 보면 이런저런 일들이 일어나기 마련이니까요, 아가씨.

"솔직히, 백 미터도 떨어지지 않은 곳에서 참혹한 살인 사건이 벌어졌을 무렵 순찰 코스에서 벗어나 도대체 뭘 하고 있었느냐는 질책을 받았을 때는 대답이 궁했어. 어디선가 들려오는 여자애의 목소리에 이끌려 갔다고 말할 수는 없잖아. 적어도 공식적인 대답으로는 말이지. 하지만 경찰을 그만둔 이유는 단지 그것만은 아니야. 여러 가지 일이 있었고, 결국 자신의 적성에 안 맞다는 사실을 알게 됐지."

그만둔 후 민간 회사에 취직했다. 보험 회사였다.

"그 얘기는 처음 만났을 때 했던 대로야. 강도나 도둑을 쫓는 건 못하지만, 조사하는 일이라면 나에게도 맞겠다 생각하고 그런 일을 찾아봤거든. 그래서 채용된 곳이 보험 회사 조사원이었지."

그곳에서 십오 년 동안 일을 한 후 독립해서 지금의 사무소를 열었다고 가와노는 말했다.

"언젠가 독립하는 게 꿈이었으니까."

주머니를 뒤져 담배를 꺼내 불을 붙인 후 가늘게 눈을 떴다.

"오랫동안 참 궁금했어."

낮은 목소리로 말을 잇는다.

"그때 나를 불렀던 여자아이는 누구였을까, 하면서 말이야. 평생 풀리지 않을 수수께끼라 생각했는데."

"그게 풀렸다는 말이군요."

"그런 셈이지. 네가 꾸는 꿈이 그 답이니까."

이쪽에서 조사를 해 보고선 금방 알았다고 부드러운 목소리로 말했다.

"강도 사건이 일어난 밤은 분명 네가 사경을 헤매고 있던 밤이었을 거야. 틀림없어."

"그럴 리가……."

"말도 안 되는 얘기라고 생각해? 그렇지 않을걸. 조사해 볼 방법쯤은 얼마든지 있어. 적어도 사건 당시 너희 가족이 이곳에 살고 있었던 것은 확실하니까."

그때 리에코는 생각이 났다. 엄마가 한 말이. 네가 뇌염에 걸렸던 때가 오월 말쯤이었어―.

"이맘때였죠?" 리에코는 중얼거렸다.

"이맘때였어. 오월 말. 그렇죠? 아닌가요?"

"이제 생각났어?"

고개를 끄덕이며 가와노가 말했다.

더듬어 봤지만 기억이 영상이 되어 돌아오지는 않았다. 고열에 시달리며 잠들어 있는 다섯 살 소녀였던 자신의 모습―.

생각해 내려고 신경을 집중했을 때 또 몸이 휘청거린 모양이다. 가와노가 팔을 둘러 리에코를 받쳐 주었다.

"당시 이 동네에 친구가 하나 있었는데, 좀 별난 녀석이었어. 사건이 일어난 후 이상하게 생각하고 있는 나에게, 그 여자아이는 다른 차원에서 왔다고 말한 적이 있었거든. 그때는 웃어넘겼지만, 지금 생각해 보면 그 말이 맞았던 게 아닐까 생각해."

어느새 리에코를 너라고 부르게 된 그의 말투가 격의 없이 느껴져 리에코는 기뻤다. 이상하고 믿기 힘든 얘기를 듣고 있는 지금 이 순간에도 머릿속 일부분, 마음속 한구석에서는 그런 감정을 느끼고 있었다.

"그 사람이 무슨 얘기를 했어요?"

물으면서 쳐다보자 가와노는 마치 어려운 대사를 암송이라도 하듯 한 마디 한 마디 또박또박 천천히 말했다.

"그 녀석 말로는, 죽음의 문턱에 선 인간은 모두 자신의 육체는 물론 시간과 공간으로부터 자유로워진대."

그 말을 믿는지 아닌지는 모르겠지만 그의 입가에 미소가 흘렀다.

"그리고 나를 불렀던 여자아이―다시 말해 그때 다섯 살이었던 너―도 그런 상태였다는 거야. 이승과 저승 사이를 넘나들면서 영혼이 공중에 떠 있었지. 지상에서 떠올라, 말하자면 모든 장애물을 뛰어넘어 이 세상에 일어나는 모든 일들을 샅샅이 꿰뚫어볼 수 있는 상태라고 할까. 온갖 사람들의 움직임을 장기판 들여다보듯 하나하나 전부 볼 수 있었던 거야."

그리고, 알아챘다―.

"자신이 살고 있는 동네에서 벌어지고 있는 무시무시한 사건과, 아무것도 모른 채 그 사건과 마주치게 될 아직 비실비실한 신참 순경의 운명을."

그래서 불렀다. 그곳에 가면 안 된다고.

"꿈 같은 얘기지"라고 가와노가 말했다.

"말도 안 돼."

리에코가 웃었다.

"맞아, 믿기 힘든 얘기지. 나도 쭉 그렇게 생각했어. 그런데."

리에코의 얼굴을 내려다본다.

"네가 사무소에 와서 꿈 얘기를 하고 하늘색 자동차를 그리고 자전거를 그리는 걸 보면서, 조금 오싹해졌어. 혹시 이게…… 바로 그것일지도 모른다고 말이야."

이해가 됐다. 모든 것이 맞아떨어진다.

역시 그랬구나, 리에코는 가슴속에서 이 사실을 되뇌어 보았다. 역시 나는 이 사람에게 특별한 존재였어.

가와노는 말을 이었다.

"그래서 사건 당시의 일들을 재조사하고, 옛날 친구의 연락처를 찾아내 그때의 얘기를 다시 물어봤어."

그러자 그 친구는 이렇게 얘기했다고 한다.

— 그 여자애는 역시 해서는 안 될 일을 했어. 자기 혼자 멋대로 세상을 내려다보며 현실의 배열을 바꿔 버렸잖아.

가와노 슈스케는 이십 년 전에 죽었어야 하는 인간인데 그를 구하는 바람에, 그게 원인이 되어 현재 리에코의 세계가, 지금의 현실이 때때로 일그러져 공백이 나타나는 거야—라고.

"타임머신을 타고 날아가 과거를 바꾸면 큰일 난다는 얘기 들어본 적 있지? 그건 역사적인 큰 사건에만 해당되는 게 아니야. 개인

인생의 아무리 작은 일이라도 나름대로 배열이 정해져 있어. 그걸 움직일 수 있는 기회가 주어져도 움직여서는 안 돼. 그런 짓을 하면 나중에 반드시 그 대가를 치르게 돼. 왜곡이 발생하거든……."

그래서 공백이 생기는 거다.

"나를 구하는 바람에 너는 원래 살아야 할 인생으로부터 점점 벗어나는 것 같다는군. 그 친구가 얘기했어. LP 레코드가 뭔지 알지? 회전시켜서 그 위에 바늘을 올려놓잖아. 판이 돌고 있는데 그 위에, 예를 들면 작은 십 엔짜리 동전이라도 올려놓으면 회전이 이상해져 이상한 소리가 나지. 인간들이 살고 있는 시간 축도 그것과 마찬가지인 모양이야."

아무것도 더해서는 안 된다. 아무것도 빼서는 안 된다.

현실이 바뀌어 버리니까.

"안 믿어요. 그런 말 따위는."

리에코는 고개를 흔들며 말했다.

"너무 황당한 얘기라 이건가?"

"저는 지금 여기에 있고, 당신도 여기에 있어요. 그걸로 된 거 아니에요? 당신이 죽었어야 할 사람이라니, 그런 거 말도 안 돼요."

중요한 건 내가 당신을 구했다는 사실이에요, 하고 속으로 생각했다. 그래서 지금 두 사람이 이렇게 함께 있지 않은가.

'허허, 거참'이라는 표정을 지으며 가와노가 리에코의 어깨를 가볍게 톡톡 두들겼다.

"그렇게 되나?"

"돌아가요"라고 리에코가 속삭였다.

"더 이상 이곳에 있고 싶지 않아요. 무슨 얘기인지는 알겠어요. 그 친구분에게도 전해 주세요. 소설 쓰면 성공할 거라고."

오랜만에 가와노가 소리를 내며 웃었다.

"그럼 돌아갈까? 차를 이쪽으로 가지고 올 테니까, 여기서 기다리고 있어."

네, 하고 대답하며 리에코는 그의 팔을 놓았다.

그 순간—

— 가면 안 돼요.

먼 곳에 잠들어 있던 기억이 머릿속에서 그렇게 속삭였다. 꿈속의 교차로. 위에서 내려다보고 있던 그곳.

흡사 신이라도 된 것 같은 기분.

나중에 그 대가를 치르게 된다.

소리를 질러 외치고 싶었다. 기다려요. 나도 같이 갈래. 혼자 가면 안 돼요.

당신은 이십 년 전에 이곳에서 죽었어야 하는 사람이니까. 당신이 이곳에 돌아오기를 시간의 신이—아니, 신이 아니야, 시간의 규율, 시간의 법칙, 타협도 없고 용서도 없는 그 규율이 당신을 기다리고 있었으니까.

제 위치에 놓이지 않고 어디론가 튕겨 나간 장기말을 이번에야말로 제자리에 돌려놓으려고.

"가와노 씨!"

불러 보았다.

대답이 돌아오지 않았다.

리에코는 교차로로 뛰어갔다. 이리저리 뛰어다니면서 가와노를 찾았다.

그는 없었다. 어디에도. 어느 가로수 그늘에도, 어느 지붕 아래에도.

그림자조차 남아 있지 않았다.

두 번 다시 리에코 곁으로 돌아오지 않았다.

믿는 것도 믿지 않는 것도 자유라고 리에코는 생각한다.

가와노는 믿지 않았다. 웃고 있었잖아. 정해진 운명? 그걸 움직이면 안 된다고? 그런 게 어디 있어.

하지만 그는 왜 사라져 버린 걸까? 왜 어디에도 없는 걸까?

그날 이후, 리에코의 생활에서 평화와 평온은 완전히 사라지고 말았다. 자욱하게 깔린 것은 오직 의문과 초조함, 그리고 어찌할 바 모를 분노였다.

가와노의 사무실에도 찾아가 보았다. 하지만 503호의 바닥에는 세련된 보라색 카펫이 깔려 있었고, 그의 사무실 자체가 없어져 버렸다.

"여기는 예전부터 쭉 저희 사무실이었는데요."

여직원이 나와 간판을 손으로 가리키며 그렇게 말했다. '가네다 회계 사무소'.

비로소 깨달았다. 가와노의 사무실에서 본 찰나의 환영. 그것은 이 광경의 전조였다. 이십 년 전에 내가 바꾸었던 현실이 원래대로 되돌아오려는 것이다. 쥐어짠 수건이 펴지듯이 본모습으로 되돌아오려 하고 있다. 바로 그 전조였다.

그래서 그때, 그 자리에 있었어야 하는 가와노의 모습이 사라졌던 것이다.

경찰서를 찾아가 보았다. 빡빡머리의 형사는 틀림없이 그곳에 있었다. 그와 비슷한 차림에 체격 좋은 형사들이 북적이고 있어서 큰 소리로 말하지 않으면 대화가 불가능할 듯한 사무실의 한구석에 서서, 그는 리에코가 필사적으로 설명하고 있는 얘기를 건성으로 들었다. 제대로 신경 쓰려 듣지도 않았다.

리에코가 누구인지 모른다고 했다. 가와노라는 사립 탐정도 모른다고 했다. 탐정? 하하하, 아가씨는 영화를 너무 많이 본 모양이구먼.

"이봐, 리에코 씨."

친한 척 그녀의 이름을 부르면서 빡빡머리 형사는 말했다.

"당신 말이야, 병원에 좀 가 보는 편이 좋겠어. 망상이야. 치료라도 받아 봐."

"애초부터 형사님이 믿어 주시리라고는 생각 안 했어요."

리에코가 계속 버티자 형사는 굳은 어깨라도 풀려는 듯 고개를 젖히고 신음 소리를 냈다.

"졌다, 졌어. 아가씨, 정신 좀 차려. 눈 좀 똑바로 뜨고 현실을 제대로 보라고."

"현실?"

"그래, 현실 말이야. 나 같아도, 당신이 그런 꿈 얘기를 하면서 당신과 관계가 있네 어쩌네 하고 사무실 앞에 주저앉으면 두 손 두

발 다 들고 싶어질 거야."

"무슨 말씀이세요? 무슨 얘기를 하고 싶으신 거예요?"

"다시 말해, 그 가와노라는 작자는 망상에 사로잡혀 있는 당신을 주체 못하게 된 끝에 이런 소설 같은 얘기를 지어낸 후 도망쳐 버렸다는 말이지. 처음엔 당신을 동정해서, 게다가 젊은 여자기도 하니, 가벼운 마음으로 받아들였겠지. 그런데 얘기는 점점 현실에서 벗어나지, 당신은 점점 더 들러붙지, 그 사람도 곤란해졌을 거 아냐. 그 사람도 가정이 있을 텐데 당신 같은 꼬맹이 아가씨에게 휘둘릴 수는 없잖겠어. 우선 이건 영업 방해라고. 제발 좀 봐주라, 싶은 기분이 됐을 거야. 그래서 도망친 거지. 혼자서 개업하는 조사원들이란 인간들은 원래 홀가분한 몸이니까 말이야. 가타하시인지 뭔지 하는 동네에서 연극 한 판 벌이고 나서 당신을 내버려두고 튄 거라고. 당신은 시간 감각도 잃어버린 모양인데, 오월 말이라고 하면 벌써 보름도 넘게 지났다고. 도망칠 시간이야 충분하지."

그 자리에 선 채로 주위의 어수선한 소음을 어렴풋이 들으며 리에코는 스스로에게 물어보았다. 망상? 망상이라고?

벌써 보름이나 지났어?

가엾다는 얼굴을 한 채 형사가 말을 이었다.

"아가씨, 아까 얘기했지? 그 탐정을 전부터 알고 있었다고. 게다가 그가 당신네 회사 일을 봐 준 적도 있다고 말이야. 아가씨는 아마 그런 기회에 어떤 계기로 우연히 그 작자의 경력이랑 신분을 알게 됐겠지. 그래서 그것들을 당신 망상에 잘 끼워 맞춘 거야. 밖에서 들은 정보와 머릿속에서 꾸며낸 이야기를 합쳐 짬뽕한 거지. 당신, 어디가 아파도 좀 많이 아파."

리에코를 방에서 밀어내며, 위로라도 하는 듯 그녀의 어깨를 토닥였다.

"당신은 가와노인지 뭔지 하는 남자의 사무실에 찾아갔을 때 제정신과 망상 사이를 오락가락하고 있었을 거야. 가와노가 그걸 알아챘겠지. 그러니 당신을 병원에 데려 가기도 하고 부모에게 연락하기도 했고. 그런데도 당신은 떨어져 나가지 않지, 망상은 점점더 심해지지. 더 이상 못 참고 사라져 버린 거라고."

형사는 무슨 의미라도 있는 듯이 헛기침을 했다. 그의 눈이 마치이런 말을 하는 것 같다고 리에코는 생각했다.

— 그리고 아가씨, 나는 오랫동안 같이 일해 온 동료를 위해서라면 다소간의 거짓말도 서슴없이 하는 남자라고. 그러니 나는 가와노라는 남자를 모르는 거야.

망상?

이것 또한 망상일까?

어느 쪽이 진짜일까? 발을 동동 구르며 리에코는 생각했다. 무엇이 현실일까? 어느 쪽이 진짜일까? 가와노가 있는 세계가? 아니면그가 없는 쪽이?

리에코의 개인적인 생활은 무엇 하나 바뀐 게 없다. 병원의 진찰권도 손에 남아 있다. 최근 컨디션이 안 좋더니만 이젠 많이 좋아졌네, 라며 어깨를 토닥여 주는 상사도 있다. 부러진 손목은 아직낫지 않았고, 엄마도 걱정 어린 전화를 자주 걸어온다.

없는 것은, 사라져 버린 것은 오직 한 사람, 가와노 슈스케뿐.

오직 한 사람만이 자리에 없다. 이걸로 만세, 앞으로는 일그러짐 없이 예정된 대로 운명이 굴러갑니다……하고 좋아해야 하나?

하지만 리에코는 생각했다. 그건 아니라고. 하염없이 울고, 죽을 만큼 화를 내고, 미치기 일보 직전까지 간 후 생각했다.

다섯 살의 나는 왜 가와노 슈스케를 구했을까? 왜 그를 불러 세웠던 걸까?

그것은 그때, 영혼이 하늘에 떠 있었을 때, 차원의 틈을 넘고 시간 축을 건너 세계를 바라보고는 알게 되었기 때문이 아닐까. 그가 바로 먼 미래, 이십 년 후 다시 만나게 될, 더없이 소중한 오직 한 사람이라는 사실을. 그래서 죽게 하고 싶지 않았기 때문에 그를 불러 세웠던 것이다.

운명을 바꿔서는 안 된다는 말 따위 웃기지도 않는 헛소리다. 그렇다면 세상은 살아갈 가치가 없다.

어쩌면 좋지? 어떻게 하면 그를 다시 만날 수 있지?

어디를 찾아야 하는 거야? 어느 모퉁이를 돌아야 놓쳐 버린 그가 살고 있는, 그가 사무실을 열고 있는, 그 빛바랜 커튼 옆에 서서 창밖을 바라보고 있는, 그 시간 축이 지배하는 차원으로 돌아갈 수 있는데?

한 번은 해냈다. 한 번 더 할 수 있어. 리에코는 생각했다. 반드시 그를 찾아낼 것이다. 반드시, 반드시. 포기하지 않고 두 눈을 부릅뜨고 있으면, 어느 날 불현듯 고개를 돌리는 순간, 방금 지나친 길모퉁이를 왼쪽으로 꺾어 들어가고 있는 그의 구부정한 어깨를 발견할 수 있을 거야. 그때는 쫓아갈 거야. 반드시 쫓아가고 말겠어.

그렇게 결심하고 리에코는 하루하루의 시간을 헤엄쳐 간다.

그날이 올 때까지, 나는 죽을 수 없을지도 몰라.

★

역　　자

후　　기

여러분들은 미야베 미유키라는 이름 여섯 자에서 어떤 이미지를 가장 먼저 떠올리시나요? 이 작가를 좋아하시는 분들이 많으니 이 런저런 다양한 의견이 있겠습니다만, 저라면 '무서움'이라는 단어 를 제일 앞줄에 놓을 것 같습니다. 미야베 미유키는 무섭다. 물론 그녀의 성격이 무서운지 어떤지는 알 길이 없습니다. 무서운 건 그 녀가 만들어 낸 세계, 그 안에서 살아 움직이는 인간 군상들이지 요. 너무 치밀하고 생생해서 섬뜩할 정도라고나 할까요. 가끔은 징 그러울 정도입니다. 세상에서 가장 무서운 게 인간이라는 말을 그 녀처럼 멋들어지게 입증해 주는 작가도 흔치 않을 것 같습니다.

독자일 때는 이런 그녀의 무서움을 즐겼습니다. 그녀가 전해 주 는 서늘함에 어떤 쾌감을 느끼기까지 했으니까요. 그게 추리 작 가로서의 그녀의 미덕이고 또 우리가 그녀의 작품 앞에서 열광하 며 기꺼이 지갑을 여는 이유일 테지요. 그런데 그녀의 글을 옮기는 입장이 되고 보니 또 다른 종류의 무서움이 덮쳐 오더군요. 그녀 의 치밀함, 생생함이 그냥 얻어진 게 아니라는 것 말입니다. 그녀 가 얽어 놓은 언어의 씨줄 날줄을 헝크러뜨리지 않고 따라가는 일 은 정말 고역 중의 고역이라는 사실을 번역 작업을 하면서 다시 확 인해야만 했습니다. 어찌 그렇게 말 한 마디도 허투루 던지는 법이 없는지……. 정말 얄미울 정도였습니다.

독자의 입장에서 보자면 이 작품집은 참 말랑말랑한 소설들로 채워져 있습니다. 그녀의 펜끝을 따라 가슴 졸이는 데 익숙한 독자들로서는 '어, 미야베 미유키에게 이런 면이 있었어?' 하는 생각이 들 정도로 그녀가 들려주는 이야기들은 폭신하고 따뜻하기까지 합니다. 익숙한 긴장감을 기대하시는 분들은 '어라?' 하는 반응을 보이실지도 모르겠습니다. 하지만 염려 놓으십시오. 미야베 미유키가 어디 가겠습니까? 이 폭신한 이야기조차 그녀는 한 땀 한 땀 치밀하고 냉철하게 엮어 가고 있습니다. 그런 의미에서 미야베 미유키는 역시나 무서운 사람임이 틀림없는 거죠.

창밖으로 벚꽃이 흩날리고 있습니다. 지진으로부터 두 달. 여전히 흔들리고 있는 대지. 많은 것들이 바뀌었지만 시간만큼은 어김없는 길이로 우리 곁을 지나가고 있네요.

2011년 5월 오사카에서
박도영

초판 1쇄 발행 2011년 6월 17일

지은이   미야베 미유키
옮긴이   박도영

　　　　발행편집인   김홍민 · 최내현
　　　　책임편집   박신양
　　　　편집자   유온누리
　　　　마케팅   홍용준
　　　　표지디자인   이혜경디자인
　　　　용지   화인페이퍼
　　　　출력   스크린출력
　　　　인쇄 · 제본   현문
　　　　독자교정   권미유, 이은영, 정유선

펴낸곳   도서출판 북스피어
출판등록   2005년 6월 18일 제105-90-91700호
주소   (121-826) 서울특별시 마포구 망원동 513 상암마젤란21 101-902
전화   02) 518-0427
팩스   02) 701-0428
홈페이지   www.booksfear.com
전자우편   editor@booksfear.com

ISBN 978-89-91931-78-7 (04830)
　　　978-89-91931-11-4 (세트)